모든 순간마다
선택은 옳았다

모든 순간마다 선택은 옳았다

인생, 나의 선택에 의미를 부여하는 시간

초 판 1쇄 2024년 12월 04일

지은이 강혜진, 글빛혁수, 김서현, 백현기, 신민진, 쓰꾸미, 윤미경, 이해랑, 조지혜, 최지은
펴낸이 류종렬

펴낸곳 미다스북스
본부장 임종익
편집장 이다경, 김가영
디자인 임인영, 윤가희
책임진행 안채원, 이예나, 김요섭, 김은진, 장민주

등록 2001년 3월 21일 제2001-000040호
주소 서울시 마포구 양화로 133 서교타워 711호
전화 02) 322-7802~3
팩스 02) 6007-1845
블로그 http://blog.naver.com/midasbooks
전자주소 midasbooks@hanmail.net
페이스북 https://www.facebook.com/midasbooks425
인스타그램 https://www.instagram.com/midasbooks

ISBN 979-11-6910-947-5 03810

값 19,000원

인생,

나의 선택에

의미를 부여하는

시간

모든 순간마다 선택은 옳았다

강혜진

글빛혁수

김서현

백현기

신민진

쓰꾸미

윤미경

이해랑

조지혜

최지은

미다스북스

들어가는 글 함께 걷는 여정, 다양한 색으로 물든 이야기 8

제1장 어제는 흐림, 오늘은 맑음

1 진짜 부자가 되는 중입니다 _강혜진 17
2 해 보니 또 할 만하다 _글빛혁수 23
3 도망친 곳에 낙원은 없었지만 _김서현 29
4 우울증 환자, 작가 되다 _백현기 35
5 인생에는 한 가지 길만 있는 것이 아니다 _신민진 40
6 작은 변화가 만든 건강한 나 _쓰꾸미 46
7 내가 꿈꾸던 성공, 그리고 그 너머 _윤미경 52
8 엄마의 우산 마중 _이해랑 58
9 실패는 항상 실패로만 남지 않는다 _조지혜 63
10 한 번 더 내보는 용기 _최지은 69

제2장 어떤 길이든 의미가 있지

1 테니스로 하나 된 우리 _강혜진 77

2 빈 곳을 채워 주는 사람 _글빛혁수 83

3 죄수생? 아니요, 재수생입니다 _김서현 89

4 인생의 파도에 올라타는 법 _백현기 96

5 성공은 기쁨 속에 숨어 있다 _신민진 101

6 내려놓음이 가져다준 성공 _쓰꾸미 107

7 매일 집밥을 차리기로 결심합니다 _윤미경 113

8 삶의 길은 내가 찾아가는 거야 _이해랑 119

9 성공은 함께 이룰 때 더욱 의미 있다 _조지혜 125

10 단절과 이음의 연결고리 _최지은 131

제3장 미워도 고와도 내 인생

1 열심히 노력하는 앤처럼 _강혜진 139

2 오래 나를 마주 본다 _글빛혁수 145

3 유산과 순산 사이 _김서현 151

4 제대로 된 프로 되는 법 _백현기 157

5 과정을 누리는 것이 인생이다 _신민진 163

6 변화 속에서 길을 찾다 _쓰꾸미 168

7 쓰디쓴 실패 후, 성공의 달콤함 _윤미경 174

8 꿈을 가진 사람은 무너지지 않는다 _이해랑 180

9 내 손으로 선택의 문을 열어 _조지혜 185

10 너의 선택을 응원한다 _최지은 191

제 4 장 내 삶이 대답했다, 다 괜찮다고

1 늘 최선이라 믿으며 _강혜진 199

2 그 순간만이 존재한다 _글빛혁수 205

3 슈퍼우먼이 되기를 선택했다 _김서현 211

4 행복은 라디오 주파수 _백현기 217

5 마음이 이끄는 선택을 향해 _신민진 222

6 내 페이스로 뛴다 _쓰꾸미 228

7 시간을 어떻게 쓰는가 _윤미경 234

8 엄마 뭐 하시니? _이해랑 240

9 모든 선택은 내게 선물이었다 _조지혜 245

10 행복할 시간을 기다림 _최지은 251

마치는 글 257

함께 걷는 여정,
다양한 색으로 물든 이야기

마흔셋. 내 나이다. 어린이였을 때는 40대가 되면 무엇이든 척척 해내는 어른이 될 줄 알았다. 그런데 그 40대 되니 아니었다. 참고 견딘다는 표현이 더 어울린다. 결정은 언제나 어렵다. 특히 좋은 결과를 얻고 싶을 때는 더욱 조바심이 나서 더욱 힘들다. 그리고 새로운 일을 처음 할 때는 두렵기도 하다.

2024년 6월 첫 공저 출간 계약을 위해 대전에 갔다. 공저 작가가 모여서 축하 행사를 해야 하니, 늦으면 안 되는 상황이었다. 대전에는 처음 가는 길이어서 걱정 많았다. 네이버 지도를 열고 어떻게 가야 할지 검색했다. 이제부터 고민이 시작되었다. 교통수단이 시작이었다. 버스를 타야 할지, KTX를 타고 가야 할지. 어느 것이 더 편하게 갈 수 있는지 고민했다. 몇 시에 대전에 도착해야 하는지. 언제 집에 돌아와야 하는지. 모든 것은 선택이었다. 그 선택 안에는 결정도 있었다. 정답을 찾고자 하는 결정은 아니다.

그래도 만족스러운 좋은 답을 찾고 싶었다. 그래서 경험 있는 작가에게 연락해서 도움을 청했다. “강혜진 선배님. 대전 기차표 예매하셨습니까?”라고 물었다. 작가로서, 첫 행사를 근사하게 하고 싶은 욕심 때문에 선배 작가에게 의지하는 내 모습을 발견했다. 좋은 결과를 원하다 보니 오히려 두려움이 생겼다. 그래서 내가 선택하는 것이 아니라 믿을 수 있는 분에게 결정을 미루고 의지했다.

시간이 지나고 나서 다시 살펴보니, 첫 공저 행사 에피소드는 성공과 실패가 섞여 있었다.

성공의 측면은 첫 공저 행사에 마음 편히 갈 수 있었다는 것이다. 가 보지 못한 길을 누군가 가본 방법 그대로 가면, 제시간에 도착할 수 있으니 안심되었다. 그렇게 안심이 되는 감정으로 행사에서 무엇을 할 수 있을지 생각하고 행동하니, 성공이다.

실패의 측면은 성장의 기회를 놓쳤다는 것이다. 익숙하지 않은 사항에 대한 결정을 타인에게 맡겼다. 그래서 결정하는 과정에 고려해야 하는 사항들을 확인하면서, 배울 기회를 놓쳤다. 국내에 다른 곳에 여행이나 출장을 가면, 적용할 수 있을 지혜를 쌓지 못해 아쉬웠다.

어떤 선택이 성공이고, 실패인지 모르겠다. 그런데 성공과 실패 사이에 공통점은 있다. 선택한 것에 책임감을 가지고 최선을 다해 살아가는 것이다. KTX를 탄다는 정보에 집에서 모이는 장소까지 어떻게 갈지를 찾기 시작했다. 대전에 모이는 시간이 아침 8시 30분, 새벽부터 부지런히 움직여야 했다. 전날 밤 빨리 잠자리에 들고, 아침에 일어나 허둥대지 않기 위해 미리 옷을 꺼내 한곳에 모았다. 그리고 최대한 여유롭게 움직이기 위해 가장 빨리 도착할 수 있는 방법을 선택했다. 집에서 서울역까지 가는 길, 처음 타보는 버스를 선택했다. 도착 시간보다 10분 정도 일찍 도착한 후, 잠시 기다렸다가 같이 이동했다. 강혜진 작가 덕분에 대전역에서 약속 장소까지 편하게 그리고 안정감을 느끼고 와서 출간 계약 행사를 잘 마무리했다.

시간이 지나감에 따라 가치관이 바뀐 나를 발견한다.

학생 신분이었을 때, 대표적인 평가 지표는 성적이었다. 모든 문제는 맞다, 틀리다의 기준으로 생각했다. 객관식은 답이 명확하지만, 주관식 서술형 문제의 답을 쓸 때도 정답을 쓰기 위해 노력했다. 그런데 사회생활을 시작하고 사람들과 어울려 생활하는 기준이 바뀌기 시작했다. 회사에서 맞다, 틀리다로 선택할 수 없는 일이 생긴다. 예를 들어 아내 생일이 오늘이다. 출근길에 정시 퇴근을 약속했다고 가정하자. 업무 시간 동안 상사에게 오늘까지 해결해야 할 과제를 받았다. 과제의 정도에 따라 다르겠지만 내일로 미룰 수도 있는 과제라고 여겨진다면, 아내와의 약속을 지키고자 노력할 것이다. 만약, 맡은 일이 회사 운명에 영향을 주는 일이라고 친다면, 아내와의 약속을 뒤로 미룬다. 극단적인 예시일 수 있다. 하지만 선택에서 맞다, 틀리다로 나눌 수 없는 문제임에는 분명하다.

2020년 코로나19로 인해 해외 건설업은 위기였다. 해외 근무 중인 나는 비행기 운항 여부도 걱정거리였다. 현장에 자재가 도착하지 않았고, 제품 납품 시점도 점점 늦어졌다. 그 당시에는 실패였고 좋지 못한 상황이었다.

이동이 막히니 영상으로 사람들과 회의하는 일이 늘었다. 이후 지금까지 해외 출장 횟수는 줄었고 가족과 보내는 시간이 과거에 비해 많아졌다. 외국 업체들과의 화상 미팅은 성의가 없는 것으로 간주 되었으나 지금은 아니다. 사 년의 세월이 지난 후 돌아보니, 회사의 출장비용만 놓고 보면 줄어들었을 것 같다.

맞다, 틀리다는 것을 증명하기 위해 각을 세우고 대립했던 적 있었다. 내 말이 옳다고 결론이 난다 해도 마음이 불편했다. 가족과 모이는 명절에는 정치 이야기를 했다. 맞다, 틀리다로 의견 대립이 격해지기도 했다. 서로의 안부를 묻고 긍정적인 말만 해도 부족함이 없었다. 공감과 축하가 우선이어야 하는 자리에서 대립은 감정만 소모했다.

마흔이 넘었다. 이제는 세상을 보는 눈이 조금 달라졌다. 맞다, 틀리다 보다는 나에게 맞는 상황인지부터 확인한다. 성공과 실패라는 구분보다는 긴 인생을 보고 삶을 바라보는 게 작가의 태도라고 생각한다.

작가 10명이 모여서 각자의 이야기를 본인의 색으로 썼다. 마치 우리가 사는 세상처럼 다양한 관점과 시각으로 공저 책이 나왔다. 다채로운 시각들이 모여 하나의 목소리를 내는 공저 책은 그래서 더욱 특별하게 느껴진다. 작가 개개인이 자기 경험을 진솔하게 담았다. 그래서 이 책을 읽으시는 분들이 더 공감하고 위로도 받고, 알맞은 해결책도 찾았으면 하는 욕심도 있다.

1장 '어제는 흐림, 오늘은 맑음'에서는 결정하고, 실패하더라도 작가들이 무엇을 얻게 되었는지에 대한 이야기를 담았다. 2장 '어떤 길이든 의미가 있지'에서는 선택하기까지의 어려움을 이겨 내고, 성공하기까지의 스토리를 썼다. 3장 '미워도 고와도 내 인생'에서는 세상이 반드시 성공과 실패로 나누어지지 않는 점을 경험과 같이 글로 적었다. 마지막 4장 '내 삶이 대답했다, 다 괜찮다고'에서는 작가가 살아가는 태도에 대해서 글로 남겼다.

이 책을 손에 쥐고 펼쳐 읽는 독자도 '모든 순간마다 선택은 옳았다'의 의미에 대해서 공감했으면 한다. 작가 10명이 도움을 주려는 마음을 담아 본인의 이야기를 나누었다. 이 책의 내용과 같이 삶은 성공만으로 또는 실패만으로 채워지지 않는다. 성공과 실패로 구분할 수 없는 것들이 더 많다. 이렇게 섞여 있기에 인생을 색깔로 구분하면 흑백으로 표현하기가 힘들다. 그래서 인생은 '풀칼라'라는 표현에 동의한다. 이 한 권의 책 안에 전혀 생각지도 못했던 내용이 누군가에게 위로와 삶을 지탱할 수 있는 버팀목이 되기를 기대해 본다. 마지막으로 이 책을 쓰면서 느꼈던 감정을 잘 표현한 문장을 하나 공유해 본다.

아름다움도 두려움도 모두 일어나게 놔두어라.

그래도 계속 가라. 어떤 감정도 끝이 아니다.

- 라이너 마리아 릴케

2024년 가을

작가 쓰꾸미

제 1 장

어제는 흐림,
오늘은 맑음

1

진짜 부자가 되는 중입니다

-

강혜진

우리는 행복하기로 마음먹은 만큼 행복해질 수 있다.

- 에이브러햄 링컨

"여보, 오늘은 삼겹살이 너무 비싸다. 삼겹살 말고 제육볶음 어때?"

남편은 고기반찬 없는 밥상은 받아 본 적이 없는 사람 같았다. 장남인 남편을 키울 때는 사업이 잘 돼 늘 부족함이 없었다는 시아버지와 전라도에서 시집온 시어머니 덕에 12첩 반상이 특별하지 않았던 시댁이었다. 없는 형편에 텃밭에서 따온 푸성귀로 채식하며 살던 와이프를 만나 고기 없는 아침, 저녁 식탁 앞에 앉을 때마다 남편은 표정이 어두웠다. 불평 한마디 없었지만 고기 없는 밥상에 젓가락 댈 곳이 없어 못마땅한 눈치였다. 미안한 마음에 장을 볼 때 고기 한 팩씩 꼭 장바구니에 담아야지 생각했다. 돈 걱정 떨쳐 버리지 못해 저렴한 고기만 골랐지만 나름 남편을 위해 마음을 낸 것이었다. 비싼 삼겹살 대신 돼지고기 앞다릿살을 양념에 재워서 양파랑 버섯을 왕창 넣고 제육볶음을 자주 했다. 야채볶음인지, 제육볶음인지 헷갈릴 정도로 야채만 잔뜩 들어 있기는 했지만, 어쨌거나 고기 좋아하는 남편을 위한 메뉴였다.

장 보는 것도, 음식 하는 것도 어떻게 하면 조금이라도 아낄까 궁리하며 살았다. 남편과 맞벌이하며 받는 월급, 네 식구 살기에 부족하지는 않았지만, 살던 습관이 몸에 배어 십 원 단위까지 비교해 가며 짠순이처럼 굴었다. 아이 키울 때도 다르지 않았다. 키즈카페나 놀이공원 다닐 비용을 아끼기 위해 산, 들, 바다로 다녔다.

방학이면 동료 교사들이 해외여행 다녀온 사진을 SNS에 올려댔다. 캐나다에서 오로라를 봤다는 동료의 사진에 '좋아요'를 눌렀다. 나도 형편 좋아지면 캐나다가 아니라 북극이라도 가서 오로라를 보고야 말리라 마음먹었다. 면세점에서 산 명품 가방을 자랑하던 친구에게는 내가 가진 이만 원짜리 가방이 가볍고 실용적이라고 말했다. 휴대전화 하나, 지갑 하나만 들어가면 되는 가방을 수백만 원이나 주고 살 필요가 있냐면서 말이다. 속으로는 언젠가 나도 돈 걱정 없이 명품 가방 하나 살 수 있을 날이 올 거라고 기대했다. 일단, 내가 부자가 되기만 해 봐라, 그깟 명품 양말 사듯이 살 거라고 속으로 외쳤다.

비트코인에 투자해 일확천금을 벌었다는 젊은이들의 소식을 들었다. 인근 학교의 한 젊은 교사는 스포츠카를 타고 출근해 사직서를 멋지게 던지고 교직을 떠났다고 했다. 겨우 천 원씩 아껴 적금하는 재미로 살던 나는 허탈해졌다. 쉽게, 빨리, 큰돈을 벌고 싶다는 생각이 들었다. 아껴서 모으기만 해서는 부자가 되기 어렵다는 걸 투자하는 사람들을 보며 알았다. 나도 주식이나 부동산에 투자해 봐야겠다는 결심이 불쑥 싹트기 시작했다.

2016년 여름, 지인의 결혼식에 참석했다가 예식장 옆 모델하우스를 구경한 적이 있었다. 그날은 뭐에 홀렸던 것이 분명했다. 이제 막 누가 계약을 취소해서 마침 저렴하고 좋은 호수가 남아 있다는 말을 들었다. 내일이면 이런 좋은 집은 없을 거라는 안내사의 말, 조바심이 났다. 앉은 자리에서 통장에 있던 오백만 원을 탈탈 털어 계약금으로 이체했다. 앞다릿살만 사던 좀생이 마음에 무슨 바람이 불었는지, 수억 원이나 되는 집을 즉흥적으로 골랐다. 되돌려 받을 수도 없는 계약금. 집으로 돌아와서도 나는 그동안 죄짓지 않고 착하게 살았으니 저 집은 나를 부자로 만들어 줄 거라며 주문을 외듯 되뇌었다. 아파트 건물이 한 층씩 지어지면 손가락으로 1층, 2층, 3층… 층을 세다가 저기 15층이 우리 집이구나, 햇빛이 잘 들어오니 다행이라 생각하면서 지냈다.

그런데 싼 게 비지떡이란 말은 그냥 생긴 말이 아니었다. 다 지어진 아파트에 입주를 몇 달 앞둔 어느 날, 그 앞을 지나다가 보게 되었다. 싼 맛에 계약한 우리 집 앞에 다른 건물이 딱, 우리 집 높이만큼 올라와 있는 것을.

확 트인 전망을 기대했던 집, 예상했던 것과는 다른 풍경에 가슴이 철렁 내려앉았다. 좋은 물건에 적절한 돈을 쓰는 것도 사치라 여기던 나였다. 좋은 집을 남들보다 싸게 사려는 욕심에 즉흥적으로 계약한 아파트가 비지떡이란 말을 차마 내 입으로 할 수가 없었다. 입주할 날은 다가오고 누구에게 말도 못 하고 속으로 끙끙 앓기만 했다.

이런 나의 고민을 눈치챘던 걸까? 하루는 남편이 신분증과 서류를 준비해 두라고 했다. 이왕 이렇게 된 거 조금 무리해서라도 더 좋은 집을 사자고 말이다. 이미 계약한 집은 어쩌고 그 큰돈은 또 어디서 마련하냐며 신경질을 내는 나에게 남편은 잠자코 시키는 대로만 하라고 했다. 남편은 이미 꽤 많은 프리미엄을 지불하고 내가 산 아파트의 꼭대기 층을 계약하려고 모든 준비를 해 놓고 있었다.

물려받은 재산도 없고, 어린 두 아이를 키우려면 앞으로 교육비가 많이 들 텐데 집 두 채의 대출금 이자는 어떻게 감당할지 눈앞이 캄캄했다. 남편은 꿋꿋이 주택담보 대출에 신용대출까지 받은 후 모자란 돈은 지인에게 빌려서 부동산 거래를 마쳤다.

부자가 되겠다는 나의 계획은 물 건너가 버렸다. 매달 부담해야 하는 대출금 부담만 한 사람 월급 가까이 되는 상황. 해외여행, 명품은커녕 앞으로 앞다릿살도 겨우 먹겠다 싶어 가슴이 답답했다. 그날부터 부자가 되기로 한 꿈은 가슴 깊숙한 곳에 묻어 두었다.

2020년, 남편이 계약한 집으로 이사 왔다. 아이들과 식탁에서 웃으며 식사하고 소파에 나란히 앉아 책을 읽었다. 집이 환하고 넓어서 좋았다. 대출금 갚을 걱정은 잊은 지 오래. 부자가 되겠다는 욕심을 미뤄두고 나니 마음이 느긋해 웃으며 지내는 날이 늘었다.

산 가격보다 시세가 떨어진 15층 집은 울며 겨자 먹기로 전세 냈다. 부동산의 '부' 자도 모르던 우리 부부가 시세도 모르고 터무니없이 싸게 내놓은 전세는 금방 계약됐다. 50대 부부가 들어와 4년 살다 이사 나갔다. 2024년 8월부터는 젊은 신혼부부가 이사와 살고 있다. 나의 신혼 때가 생각나 타일과 벽지를 깨끗하게 수리해 주었다. 이미 나간 50대 부부는 이사하고 한참 지난 어느 날 문자 한 통을 보내왔다.

'싸게 세를 내주고 배려를 많이 해 주신 덕분에 이 집에 살면서 좋은 일이 많이 있었습니다. 아내는 몸이 많이 안 좋았는데 지금은 건강해졌고, 저도 5급 사무관으로 승진했습니다. 새로 이사 들어온 신혼부부도 이 집에서 좋은 일이 많을 거라고 전해 주세요. 감사했습니다.'

돈에 얽매여 살았다. 아껴서 부자 되는 것이 성공이라 여겼다. 그런데 돈 벌고사 하는 욕심에 결국 손해 보는 신택을 하게 되었다. 그러면서 깨달은 것이 있다. 신은 욕심 부리는 자의 손에 원하는 것을 쉽게 쥐여 주지 않는다는 사실. 대신에 많이 베풀고 살면 그것이 백 배, 천 배로 되돌아와 평생 남부럽지 않게 살 수 있을 거라는 희망을 품어 본다.

돈 많이 벌어 부자 되는 것에는 이제 미련이 없다. 돈을 많이 버는 것보단 기회 되는대로 주변에 베풀며 보람 있는 일을 하려 한다. 돈? 대출 이자 갚으며 카드값 구멍 나지 않을 정도면 된다. 매일 가족들과 웃으며 밥을 먹고 대화하면 그뿐이다. 그게 정말 부자가 아닌가 싶어 이제야 삼겹살에 선뜻 손이 간다.

2

해 보니 또 할 만하다

-

글빛혁수

인간은 구제할 길 없는 자유를 타고난다.
인간은 일단 세계에 내던져지고, 그가 행한 모든 일에 대한 책임을 지게 된다.

-장 폴 사르트르

오늘 요양원 어르신을 뒷자리에 모시고 병원에 다녀왔다. 내가 운전했다. 평생 운전 안 하기로 독하게 마음먹고 살았지만 일 때문에 어쩔 수 없었다. 운전 연수까지 받고운전을 시작한 지 2024년 6월부터 이제 두 달이 조금 넘었다.

잠을 못 자서 컨디션이 좋지 않았다. 꿈자리도 뒤숭숭했다. 에어컨 바람이 싫어서 선풍기로 버티다가 어제는 도저히 안 돼서 에어컨을 틀었다. 냉방 온도 조절을 잘 못했는지, 잠결에 덜덜 떠느라 한숨도 제대로 못 잤다.

시커먼 다크서클로 출근했다. 오늘은 운전하기 진짜 싫었다. 그래도 내가 아니면 할 사람이 없는 상황이라 어쩔 수 없이 운전대를 잡았다. 가슴이 두근거리고 예감도 너무 좋지 않았다. 지금 생각하면 그때 그 예감대로 운전하지 말았어야 했다. 못 하겠다고 말할까, 오늘은 진짜 아닌 거 같은데. 생각은 그렇게 하면서도 요양원 이름이 가득 새겨진 카니발 운전석에 올라탔다. 마음 한구석에는 언제 어떤 상황에서든 운전을 많이 해 봐야 늘지 않겠나, 하는 생각도 있었다.

어쨌든 운전을 해서 병원까지 차를 몰고 갔다. 차에 탈 때부터 콩닥거리던 가슴은 터질 것만 같았다. 병원은 멀지 않았지만, 주차가 문제였다. 전에, 이 병원 다녀왔던 선생님이 한 칸짜리 장애인 주차장이 비어 있으면 주차해도 된다고 했던 말이 기억났다. 그런데 가 보니 비어 있긴 한데 너무 좁았다. 주위에 차들도 길 양옆으로 늘어서 있어, 겨우 차 한 대 지나갈 공간만 열려 있었다. 자신이 없었다. 한 달 동안 실제로 운전한 날은 채 며칠 되지도 않았다. 게다가 요양원 차는 8인승으로 덩치가 크다. 사람이 걸어가고 있거나 차가 마주 오기라도 하면 바싹 긴장하고 최대한 천천히 갔다. 결국 주차 자리를 못 찾아서 동네를 한 바퀴 돌고 왔지만 마찬가지였다. 그때 병원 건물 옆 주차장 한쪽이 비어 있는 게 보였다. 빈 공간이 하얗게 빛났다. 차 여섯 대 정도 주차할 수 있는 작은 주차장이었다. 나는 다짜고짜 차 엉덩이부터 들이밀고 들어갔다. 그때 '어어~'하는 소리가 들렸다. 뒷자리 어르신 옆에 앉은 간호사 선생님이 지르는 소리였다. 주차장 바리케이드가 내려져 있다고 했다. 결국 바리케이드를 조금 건드리고 말았다. 일단 먼저 주차장에 들어갔어야 했는데, 급한 마음에 무조건 주차할 생각만 했던 게 잘못이었다. 바리케이드에 얼마나 부딪혔는지 확인할 생각도 못 하고 다시 빠져나왔다. 주차장에 후진으로 들어가다니, 미쳤구나 싶었다. 급한 마음에 머리가 텅 비어 버렸다. 문제는 그걸로 끝이 아니었다. 주차장에 후진으로 들어갈 때, 맞은편에 세워져 있던 그랜저 승용차의 앞쪽 라이트 밑을 긁어 버린 것이다. 차 주인이 마침 옆에 서 있었다. 주차장 바리케이드에 막혀 다시 나오는 내게 다가와 창문을 마구 두드려 댔다. 차 주인은 씩씩거리면서 차를 이렇게 긁었으니 어떡할 거냐고 윽박질렀다. 나는 일단 어르신 병원이 급했다. 무조건 죄송하다고 하고 전화번호를 교환했다. 긁힌 자리 사진 한 장 찍고 얼른 다시 차에 탔다. 병원 예약 시간은 이미 지나있었다. 빨리 주차하고 병원에 가야 하는데 아무리 봐도 다른 데는 주차할 데가 없었다. 할 수 없이 좀 전에는 도저히 자신 없던 그 장애인 주차 공간에 주차하기 위해 차를 출발시켰다. 딱 차 한 대 들어갈 공간이었다. 후진으로 살살 왔다 갔다 하면서 겨우 주차했다. 이마에 땀이 송골송골 맺혀 눈 위로 굴러떨어졌다. 막다른 길에 몰리니 초인적인 집중력이 생겼다. 두 달 동안 사고라고 할 만한 건 오늘이 처음이다. 그것도 사고 날만 한 상황이 아닌데 어이없이 사고가 나버렸다. 보험을 부를 정신도 없었다. 병원 진료를 마치고 요양원으로 돌아갔는데 어르신 모시고 갔던 그 병원 주차 관리인에게서 연락이 왔다. 주차장 바리케이드가 우그러져 있다는 것이다. CCTV(씨씨티브이)를 보고 전화했다고 한다. 까딱하면 뺑소니로 일이 커지게 생겼다. 다행히 요양원 원장이 말을 잘해 주어서 일이 크게 되지는 않았다. 운전자가 몇 달 안 된 초보자라 그런 거니 이해해 달라고 했다. 다행인지 불행인지 그 후로는 운전을 안 하고 있다. 그런 말도 안 되는 실수를 했는데 어떻게 믿고 어르신을 태워 보낼 수 있겠는가.

나는 평생 운전은 안 하고 살기로 했었다. 중학교 2학년 때, 친구가 차 사고로 죽은 후부터다. 신문 배달하기 위해 오토바이를 몰다가 차에 치여 그대로 명을 달리했다. 너무도 허무하게 세상을 떠난 친구의 소식을 듣고 어떻게 받아들여야 할지 혼란스러웠다. 그 소식을 들은 건 카페에서였다. 친구 서너 명과 모여 어디서 놀지 이야기하고 있었던 것 같다. 다른 친구의 이름은 다 잊어버렸지만, 죽은 친구의 이름은 아직도 기억한다. 김윤성(가명). 그 친구는 소심하기로 나보다 더한 친구였다. 뭐 하나 해 달라고 하면 거절을 못 하던 친구였다. 나는 그때, 싸우면 백전백패 맨날 맞고 다녔었다. 윤성이는 그런 내가 하는 말도 거절 못 하고 다 들어주었었다. 우리는 친하진 않았지만 묘한 동질감을 느끼고 있었다. 그러다가 어느 때부턴가 윤성이가 노는 애들과 어울리는 걸 보며 우리는 멀어졌다. 그러던 어느 날, 카페에서 친구들과 놀다가 윤성이를 불러내려고 윤성이 집에 전화를 걸었다. 윤성이 어머님이 받으셨다. 나는 윤성이 좀 바꿔 달라고 말했다. 그때

윤성이 어머님이 착 가라앉은 목소리로 말씀하셨다.

"윤성이 없다. 윤성이 사고 나서 죽었다."

나는 그 말을 듣고 멍하니 수화기를 내려놨다. 친구들에게 말하기 위해 카페 테이블 사이를 지나 천천히 걸어갔다. 아무것도 보이지 않고 아무것도 들리지 않았다. 본능적으로 다리만 움직이고 있었다. 나는 윤성이 어머니에게 들은 말을 친구들에게 전했다. 친구들도 나와 비슷한 반응이었던 것 같다. 믿지 못하고 여러 번 묻는 친구도 있었던 것 같다. 아니, 잘 모르겠다. 아마 그랬던 것 같다. 기억은 잘 나지 않는다. 나는 너무 어렸고 너무 멍했다. 머릿속이 하얗게 된다는 걸 그때 처음 느꼈다. 죽는다는 게 어떤 건지 몰랐다. 내게는 너무 먼 이야기였다. 그런데 친구가, 어제까지 웃고 떠들던 친구가 '죽었다'고 하니 아무 생각도 들지 않았다. 우리는 윤성이 집에 다 같이 갔다. 윤성이 방에서 윤성이 어머니가 차려주신 밥을 먹었다. 그 와중에도 맛있다는 생각이 들었다. 밥을 다 먹고 친구 한 명과 같이 윤성이 방에 누웠다. 윤성이 어머니가 더 있다가 가라고 하셨기 때문이다. 그때 친구 어머니의 목소리는 애원하는 듯 들렸다. 나는 갈 수 없었다. 몇 명은 가고 남은 친구 한 명과 둘이서 윤성이 방에 누워 자는 척했다. 누군가 조용히 들어와서 옆으로 누운 내 허리에 얇은 이불을 둘러 주셨다. 나는 가만히 있을 수밖에 없었다. 그렇게 하는 게 윤성이 어머니에게 조금이라도 힘을 주는 것처럼 느껴졌다. 검은 옷을 입은 윤성이네 가족들이 기억난다. 우는 소리는 들리지 않았다. 오히려 너무 조용했다. 누구도 큰 소리로 말하는 소리를 들을 수 없었다. 지금도 내 기억이 맞는지 확신할 수 없을 정도로 이상했다. 간혹 어른들이 말하는 소리는 있었지만, 그 외에는 조용했다. 그래서 윤성이 방에 누워 자는 척이라도 할 수 있었는지 모른다. 마치 내가 쉴 수 있게 모두 가만히 계시는 것만 같았다. 나는 희한한 포근함을 느끼며 나도 모르게 설핏 잠이 들었다.

그 후로 나는 운전을 하지 않기로 했다. 할 수가 없었다. 생명이 이렇게 쉽게 사라진다고? 목숨을 이렇게 순식간에 지워 버리는 차를 용서할 수 없었다. 내 손으로 그 핸들을 잡는 게 싫었다.

어느새 35년이 지났다. 요양원에서 간호조무사로 일하고 있다. 거동 하나하나가 불편한 어르신들을 만나고 아픈 사람들을 만난다. 그들을 돕기 위해 나이 50에 운전대를 처음으로 잡았다. 할 수 있는 만큼 최선을 다해서 돕는다. 먹고 살기 위한 일이지만, 남을 도우면서 살고 싶었던 내 꿈을 조금이라도 채워 주는 일이다.

중고차도 한 대 샀다. 해 보니 또 할 만하다.

3

도망친 곳에 낙원은 없었지만

-

김서현

성공은 최종 목적지가 아니라 여정이다.

- 아서 애시

5개월 된 아기를 겨우 재운 깜깜하고 조용한 밤. 홀로 앉아 노트북을 켰다. 그리고 여행 예약 사이트를 이리저리 기웃거렸다.

"아, 답답해. 여행 가고 싶다!"

나도 모르게 혼잣말이 나왔다. 아직 옹알이밖에 못 하는 갓난아기를 키우는 것과 동시에 직장도 다니느라 지쳤던 나는 어디론가 훌쩍 떠나고 싶었다. 제왕절개 수술로 몸이 채 회복되지 않았는데도 말이다. 갈까, 말까. 노트북을 덮고도 한참을 고민하다 아기 옆에 누워 잠이 들었다.

며칠이 지나도 내 머릿속에는 여행이라는 단어가 선명했다. 쉽게 사라질 것 같지 않았다. 옆에 있던 남편에게 슬쩍 이야기를 꺼내 보았다.

"여보, 나 대만에 가고 싶어. 너무 멀지도 않고 비교적 안전한 나라니까 혼자 여행하기 딱 좋을 것 같아. 그런데 아직 아기도 어리고 몸도 안 좋아서 현실적으로 무리겠지?"

조용히 내 말을 듣던 남편이 대답했다.

"당신이 요즘 너무 지쳐서 그래. 내가 혼자서 아기 잘 보고 있을 테니까 며칠 다녀와. 지금 아니면 언제 혼자 여행 다녀오겠어? 마음먹은 김에 눈 딱 감고 얼른 비행기 표 예약해."

그렇게 나는 남편의 배려로 대만행 비행기 표를 끊었다. 숙소도 예약하고 대만 안에서 타고 다닐 기차표도 구매하며 혼자 멋지게 대만 여행을 할 준비를 모두 마쳤다.

드디어 여행 당일. 한 손에는 캐리어 손잡이를 잡고 나머지 손을 흔들며 남편과 아기에게 인사했다. 아빠 품에 안겨서 눈만 깜박이며 나를 바라보는 아기를 향해 '엄마 잘 다녀올게. 사랑해.'라고 말하고 공항으로 향했다. 처음에는 아직 어린 아기와 혼자 아기를 돌볼 남편에게 미안한 마음에 발이 잘 떨어지지 않았다. 하지만 여행 가서 그만큼 에너지를 충전하고 돌아와 다시 열심히 육아하면 될 일. 오히려 모두에게 잘된 일이라 생각하고 마음을 가볍게 비우기로 했다.

코로나와 육아로 오랜만에 비행기를 탔다. 아기 울음소리 대신 들리는 비행기 엔진 소리가 잔잔한 음악같이 느껴졌다. 비행기에 가만히 앉아 창밖의 구름을 보니 진짜 구름 위를 걷는 것 같았다. 대만에 도착하면 혼자 마음껏 자유를 누리고 돌아오리라 다짐하며 들뜬 마음을 품고 날아갔다.

대만에 도착했다. 2월의 대만은 추웠다. 시내로 들어와 숙소에 도착해 체크인을 했다. 오랜만에 움직여서 피곤했는지 잠이 들었다. 한참 뒤에 눈을 떴더니 몸에서 뜨끈한 열이 오르고 있었다. 온몸이 무겁고 계속 기침이 났다. 집에서 챙겨 온 감기약을 하나 먹었지만 나아지지 않았다. 컨디션이 좋지 않으니 밖을 돌아다닐 수가 없었다. 그렇게 대만에서의 첫날은 끙끙 앓으며 지나갔다.

다음 날에도 몸이 으스스했다. 내복을 사러 근처 쇼핑 매장에 갔다. 쇼핑몰에 도착해 옷 안에 껴입을 내복들을 골랐다. 그런데 계산이 끝나고 내복을 집던 중 갑자기 엄지손가락이 따끔했다. 앞에서 계산하던 직원이 내 손가락을 보더니 눈이 휘둥그레졌다. 무슨 일인가 싶어 손가락을 보았다. 빨간 피가 맺혀 있었다. 손가락은 욱신거리고, 계산원은 눈이 동그래져 있고, 뒤에 사람들은 계산을 기다리며 길게 줄을 서 있었다. 정신이 하나도 없었다. 순간 어떤 직원이 나를 데스크로 데리고 가서 손가락에 밴드를 붙여 주었다. 나는 "Thank you(고맙습니다)."만 외치며 쇼핑몰을 빠져나왔다. 친절한 직원 덕분에 손가락을 치료했지만, 대만에 도착한 뒤 아프고 다치는 일이 생겨서 기분이 한없이 다운되었다.

저녁에 마사지를 받으러 갔다. 잘 풀리지 않는 여행으로 인해 지친 몸과 마음을 마사지라도 받으며 풀고 싶었다. 터덜터덜 걸어 마사지 가게에 도착했다. 직원에게 내 몸 상태를 설명하며 최대한 살살 마사지해 달라고 부탁했다. 직원이 마사지를 시작했다. 하지만 몸에 손을 대자마자 너무 아팠다. 약하게 만져 달라 말했지만 최대한 힘을 뺀 거라는 대답만 돌아왔다. 아마도 내 몸 상태가 아직 회복이 덜 된 탓인 것 같았다. 조금만 손을 대도 눈물이 나올 정도로 아파서 결국 중간에 마사지를 멈추어야 했다. 숙소로 돌아오며 생각했다. '이번 대만 여행, 참 마음대로 되지 않는구나.' 하고. 여행이라기보다는 고행의 느낌이었다. 무거운 마음으로 잠을 청했다.

다음 날 아침, 미리 예매해 둔 기차표를 꺼내 들고 기차역으로 가기 위해 택시에 탔다. 택시에 앉아 멍하니 창밖을 구경했다. 출근 시간대여서 차가 많았다. 잘 달리던 택시가 천천히 속도를 늦추며 빨간색 신호등 앞에 멈춰 서려 하던 순간, 갑자기 쿵 소리가 나며 몸이 앞으로 기울었다. 뒤에 있던 차가 택시를 들이박은 것이다. 택시 기사는 상대 차량과 잠깐 대화를 나누더니 다시 자리로 돌아와 아무렇지 않게 운전했다. 내가 괜찮은지 물어보지도 않았다. 크게 다치지는 않았어도 손님인 나를 신경 써 주지 않는 무심함에 마음이 상했다. 이번 여행은 정말 불운의 연속인 걸까. 큰 사고로 이어지지 않은 것이 다행일 지경이었다.

무거운 발걸음으로 기차를 타고 이후 목적지인 작은 섬에 도착했다. 마지막 여행지인 만큼 별일 없이 여행을 마무리할 수 있기를 기도했다. 섬을 둘러보기 위해 근처 가게에서 전기 스쿠터를 빌렸다. 날씨가 참 좋았다. 초봄같이 따뜻한 햇볕 아래 바닷바람을 맞으며 스쿠터를 타고 해변을 씽씽

달렸다. 기분이 좋아졌다. 이제야 여행다운 여행을 하는 것 같았다. 아무도 나를 방해하지 않는 이 작은 섬에서 예쁜 바다를 마음껏 구경할 수 있다니. 볼에 스치는 미지근한 바람도, 눈에 들어오는 아기자기한 풍경도 모두 지친 나를 어루만져 주었다.

섬을 돌아다니다 보니 어느덧 스쿠터를 반납할 시간이 되었다. 20분 안에 반납해야 하는데 가게까지 빨리 달려도 최소 30분은 걸릴 것 같았다. 속도를 내서 달렸다. 한참을 달리다가 눈앞에 있는 큰 트럭을 지나며 핸들을 틀던 순간, 쿵 하며 스쿠터가 트럭에 부딪혔다. 내 운전 실수로 트럭을 들이받은 것이다. 다행히 부딪힌 흔적은 남지 않았지만 스쿠터 반납 시간까지 촉박한데 골치 아프게 사고까지 나 버렸다. 당황해하는 트럭 주인에게 나는 정말 간절한 표정으로 "I'm sorry(죄송합니다.)"를 연발했다. 트럭 주인이 괜찮으니 그냥 가라고 말해 주었다. 감사하다고 말하고 도망치듯이 그 자리를 빠져나왔다. 스쿠터는 5분 정도 늦게 반납했다. 길지 않은 시간이어서 가게 주인이 별다른 말은 하지 않았다. 모두 잘 해결은 되었지만 결국 또 사고로 마무리했다. 여행이라는 이름이 무색할 정도로 다치고 아프고 사고만 치다가 한국행 비행기를 탔다.

집에 도착했다. 오랜만에 남편과 아기를 만났다. 남편은 혼자 육아하느라 눈 밑에 다크써클이 짙어져 있었다. 남편은 남편대로, 나는 나대로 힘들었던 시간이었다. 설렘으로 시작했던 여행이 이렇게 끝이 났다.

육아와 일상에서 잠깐이나마 벗어나고 싶었다. 그러기 위해 대만 여행을 선택했다. 하지만 도망친 곳에 낙원은 없었다. 첫날부터 마지막까지 내 맘대로 풀리지 않아 실패한 여행이었다.

그런데 대만 여행이 잘 풀렸어도 성공한 여행이라 말할 수 있었을까? 5개월 된 아기를 두고 회복되지 않은 몸으로 혼자 떠난 여행이 진정으로 행복했을까? 물론 재미를 느꼈던 소소한 순간은 있었다. 그러나 엄마에게 세상 전부인 갓난쟁이를 집에 두고 대만에서 혼자 먹는 우육면은 그리 맛있지 않았고, 아름답다는 대만 풍경도 별 감흥이 없었다.

이제 혼자는 재미없다. 셋이 같이 떠나고 싶다. 우리 가족 셋이 하는 여행이라면 여행지에서의 힘든 시간도 추억으로 두고두고 꺼내 볼 수 있을 것이다. 낯선 곳에서 서로가 든든한 버팀목이 되어 모든 순간을 함께한다면 얼마나 의미 깊을까. 언젠가 함께 떠날 여행 생각에 가슴이 두근거린다. 비록 이번 여행은 실패했지만 셋이 함께할 다음 여행은 벌써 성공이다.

실패 덕분에 설렘을 얻었다. 만약 이번 여행이 성공했었더라면 앞으로 있을 시간이 이렇게까지 기다려지지는 않았을 것이다. 그런 의미에서 보면 이번 여행은 결코 실패한 여행이 아니다.

결국 실패도 내가 의미를 부여하기 나름이다. 그래서 앞으로 있을 그 언젠가의 실패도 두렵지 않다. 다시 새롭게 의미를 만들어 가면 되니까.

4

우울증 환자, 작가 되다

-

백현기

인생은 선택의 연속이다. 후회하지 말고, 선택한 길을 믿어라.

- 찰스 다윈

고3 수능시험을 봤지만, 갈피를 잡지 못했다. 어느 대학에 원서를 써야 하는지, 어떤 직업을 선택해야 할지 고민됐다. 옆자리에 앉은 민수는 시험 성적이 나오는 걸 봐서 적당한 대학으로 갈 예정이라고 했다. 진배는 일찌감치 내신 점수로 대학에 합격해 둔 터라 걱정이 없었다. 그런 친구들을 볼 때마다 자꾸 조바심이 생겼다. 어떤 길이든 나도 빨리 선택하지 않으면 뒤처지는 것 같았다.

시간이 흘러 수능 시험성적이 발표됐다. 서울은커녕 지방 4년제 대학에 입학하기도 힘든 점수였다. 결국, 나도 다른 친구들처럼 점수에 맞는 대학으로 진로를 정했다. 같은 반이었던 기태도, 형수도 그랬었기에 무조건 맞는 줄 알았다.

19년 전 지금의 직장에 취업했다. 대학을 졸업하기도 전이었다. 운이 좋았다. 예비 합격자에 이름을 올려둔 뒤 다섯 달쯤 지나 출근할 수 있었다. 합격 소식을 전했을 땐 부모님께서도 한시름 놨다며 기뻐하셨다.

입사한 지 5년 차가 되었을 때였다. 어느 정도 일에 익숙해질 즈음 마음속 한구석 허전함이 느껴지기 시작했다. 늦은 밤까지 일하고 퇴근 후 침대에 누우면 막상 잠이 오질 않았다. 무언가 중요한 일 한 가지를 빠뜨린 기분이었다. 답답했다. 선배들에게 물으니 그 시기에 누구나 한 번쯤 겪는 권태기일 수도 있다고 했다. 지금을 잘 보내야 한다는 조언도 빠뜨리지 않았다.

새로운 꿈을 꿨다. 퇴사였다. 그것만으로도 무언가 또 다른 시작을 할 수 있을 것만 같았다. 하지만 막상 이곳을 나가려니 덜컥 겁이 났다. '내가 잘할 수 있을까?' 답답한 마음 조금이라도 덜어낼 수 있지 않을까 하는 기대에 지난달 동창회에서 만났었던 민수에게 전화를 걸었다.

"민수야 잘 지내냐? 내가 요즘 퇴사를 고민 중인데 어떻게 생각하냐?"

"뭐? 퇴사? 배부른 소리 하지 마라. 너 진배 기억나지? 우리 중에서 혼자만 수시로 대학 합격했다고 자랑하고 다녔잖아. 요즘 뭐 하는지 알아?"

"모르지. 내가 따로 연락하는 성격은 아니잖냐."

"대학 좋은데 나오면 뭐 해, 집에서 논다는데? 요즘 취업 안 돼서 아르바이트하는 애들이 더 많아. 이제 우리도 자리 잡아야 해. 언제까지 스무 살이 아니잖냐. 나도 저번 주에 고시 합격 발표 났어. 거의 2년 동안 도서관에서 살았다, 살았어! 내년 봄에 인천에 있는 초등학교로 갈 것 같다."

"와, 진짜? 이제 선생님이네? 축하한다. 다음 달에 만나면 선생님으로 만나는 거냐!"

"왜? 부럽나? 그러니까, 너도 엉뚱한 생각 하지 말고 직장이나 잘 다녀. 인마!"

민수와 통화를 마쳤다. 조바심이 났다. 비교해 보니 나만 보잘것없어 보였다. 그때부터였다. 모든 상황이 벅찼다. '나는 이곳에 어울리는 사람인가?'의 대답을 자신 있게 하지 못했다. 처음엔 시간이 해결해 준다는 말에 꾸역꾸역 참고 버텼다. 그래도 확신하지 못하는 건 변함없었다. 지금 하는 일이 내가 좋아하는 일인지, 어쩔 수 없이 하는 일인지 혼란스러웠다. 과거의 내 선택의 결과는 반복되는 후회뿐이었다.

부모님께 상태를 알렸다. 아버지께서는 배부른 소리 하지 말라고 했다. 하필 연이은 경제 불황으로 취업이 어렵다는 2010년도였다. 그러니 잘 다니고 있는 지금 직장을 때려치울 생각 말라는 으름장까지 내셨다. '그래. 그러면 조금만 더 해 보자. 그때 가서 더 아니라고 생각되면, 그때 퇴사하지 뭐.'

10년 차가 됐을 때도 이전과 비슷한 상황에 빠졌다. 이번엔 스스로 위로한답시고 술을 입에 대기 시작했다. 이번 방황은 훨씬 오래갔다. 해결할 방법을 찾으려 노력했지만 그럴수록 더 답답했다. 출근과 퇴근만 반복했다. 우울증세가 심해지더니 결국, 병이 생겼다. 대인기피, 적응 장애 등 정상적인 업무를 하지 못할 정도가 됐다. 입사를 함께한 동료들은 이미 승승장구하고 있는데 나만 몇 년째 제자리걸음만 하는 듯했다. 이대로 있다간 정말 인생을 낭비하는 것만 같았다. 고3의 내가 내린 결정은 분명 최선이었을 터다. 무엇을 해야 하는지 몰라 시간만 보내느니 다른 친구를 따라 하면 최악은 피할 수 있으리라 생각했다. 그러다 남들과 비교해 보니 나만 그대로인 것 같아 실망할 수밖에.

후회보다는 결과를 묵묵히 받아들이기로 했다. 어쩌면 과거의 경험이 삶의 디딤돌이 될 수도 있으리라는 다짐도 해 봤다. 나만 할 수 있는 일에 관심을 돌리기로 했다. 남들과 비교와 경쟁이 아닌 성취와 성장에 목표를 뒀다. 예를 들면 이런 일이다. 하루 한 페이지 책 읽기, 세 줄 쓰기, 주 삼 일 이상 근력 운동하기 등. 앞서가는 사람들과 비교했을 땐 나의 부족한 점만 보였는데, 방법을 바꾸니 나 자체가 단단해지는 기분이었다.

내년이면 20년 차다. 계속 근무 중이고 후배 양성에 힘쓰고 있다. 과거 부족한 업무 능력과 주변 사람들을 챙기지 못하는 탓에 매일 '빵점 인생'을 살았다면, 지금은 회사 어디든 나의 손길이 닿지 않는 곳이 없다.

사무실에 제일 먼저 출근해서는 밤새 잠겨져 있었던 사무실의 잠금장치를 해제한다. 그리고는 창문을 열어 환기를 시켜놓고 커피포트에 물을 올려놓는다. 누가 시켜서 하는 일이 아니다. 하는 이유가 있다. 조금이라도 더 많은 사람을 만나기 위해서다. 나의 주된 업무는 직장 내 사람들의 불편함이나 어려움을 들어주고 해소할 수 있도록 절차를 안내하는 분야다. 수시로 울리는 전화, 메일 수신 알람, 실시간으로 쌓이는 공문서를 처리하다 보면 하루가 어떻게 가는지 모를 때가 많다. 직접 현장에서 발로 뛰는 날도 많았다. 그러다 보니 실수도 많이 했다. 실수할 때마다 자책감이 컸다. 선배에게, 다른 동료에게 전화로도 물었다. 돌아오는 답변은 같았다. 같은 실수를 반복하지 않도록 노력하라는 말뿐이었다. 방법을 고안해 냈다. 한 사람의 고민을 해소해 줄 때 확실하게 처리해 주는 것. 그러기 위해서는 일대일 면담에 가까울 정도로 깊은 대화가 필요했기에 커피포트엔 항상 물이 가득 차 있어야만 했다. 처음엔 어색하고 낯선 관계였지만 진심은 늘 통한다고 했다. 시간이 지날수록 나의 실수도, 사람들의 고충도 조금씩 줄어들고 있다는 걸 느낄 수 있었다.

후회의 바닥은 보이지 않는 법이다. 과거의 내 선택을 탓하고 지금 상황을 부정해 봤자 바뀌는 건 없다. 지금의 내가 할 수 있는 건 내일을 향해 나아가겠다는 다짐뿐이다. 11월에는 태어나 처음으로 하프마라톤 대회에 도전하기 위해 준비 중이다. 빵점투성이였던 과거의 경험을 친구 삼아 글도 쓴다. 아직도 고등학생 시절의 내가 그렸던 꿈이 정확하게 무엇인지 모르지만, 오늘의 결과를 후회하지 않는다. 그럼 충분한 것 아닌가.

5

인생에는 한 가지 길만 있는 것이 아니다

-

신민진

행복의 한쪽 문이 닫히면 다른 쪽 문이 열린다.
그러나 우리는 닫힌 문에 너무 오래 머물러 있어 우리를 위해
새롭게 열린 문을 보지 못한다.

- 헬렌 켈러

"민진아, 언니 입회식 날짜 정해졌대. 8월 15일인데 갈 거지?"

여행을 떠나기 2주 전, 어머니가 전화로 언니 소식을 전하며 물었다. 첫마디에 가슴이 철렁 내려앉았다. 전화기를 들고 아무 말도 못 한 채 달력만 넘겨보았다. 거실 한편에 광택을 뽐내며 서 있는 빨간 캐리어가 눈에 들어왔다. 8월 15일이면 한창 베트남 남부 쪽을 누비고 있을 날짜다. 2012년 8월 3일에 떠나서 20일에 돌아오는 일정으로 벌써 항공권을 사 두었다. 몇 년 동안 사용하던 배낭을 치우고 캐리어도 장만했다. 함께 가겠다는 친구

도 있었다. 베트남 종단이라는 이름으로 순조롭게 여행 준비가 진행되고 있을 때였다. 대답을 못 하고 머뭇거리니 어머니의 질문이 쏟아졌다. 안 간다는 대답은 선택지에 없다. 당일 아침에 갈지 전날에 갈지, 어떻게 갈 건지 묻는 말들에 머리가 복잡해진다.

연구원이었다가 서른이 넘어 별안간 수녀가 된 우리 언니 이야기다. 어느 날 수녀가 되겠다며 하던 일을 모조리 정리했던 때가 벌써 5년 전이다. 친구보다 언니가 좋을 만큼 사이가 돈독한 자매였다. 화려했던 언니가 매일 무채색 옷을 입고 성지순례와 영성 수련에 다니는 것을 지켜보았다. 다른 삶으로 전환을 준비하는 모습은 나에게서 점차 사라지는 언니를 받아들여야 할 시간이 되었다. 내색할 수는 없었지만 나의 일상도 중심을 잃고 기울었다. 언니와 수다 떨며 목구멍이 보일 만큼 깔깔 웃었던 일, 예쁜 옷을 골라주며 같이 쇼핑했던 일, 집에서 파자마 입고 떡볶이를 해 먹던 흔한 일상이 이제는 그리움이 되겠구나. 어디에 털어놓아야 할지 모를 답답함으로 혼자 끙끙 앓았다. 언니를 좋아했던 만큼 상실의 구멍은 크고 깊었다.

수녀가 된 언니는 이전의 삶보다 활기차고 행복해 보였다. 언니는 세상 속에서 사람들과 만나며 수도 생활을 하는 활동 수녀였다. 다행히 일 년에 한두 번 휴가가 있어 며칠씩 집에 왔다. 언니가 온다는 소식은 그 어떤 일보다 기뻤다. 열 일 제치고 온전히 함께 시간을 보내며 허전한 마음을 달랬다. 언니가 없는 일상에도 차츰 적응되어 갈 무렵, 이번엔 봉쇄수도원에 입회한다고 했다. 그 선언은 처음 수녀가 되겠다는 말보다 더 묵직한 돌덩이로 다가왔다. 수도원에서 오로지 기도와 묵상의 삶을 살아가는 봉쇄수도원 수녀. 외부 사람들과 단절된 삶을 살며 외출도 할 수 없다고 했다. 만나더라도 함께 할 수 있는 일은 아무것도 없었다. 언니를 완전히 잃는 기분이었지만 울지도 못하고 속만 태웠다. '안 가면 안 되나? 꼭 그렇게 해야 하는 건가?'라는 물음이 목에 가득 찼다. 쉽지 않은 결정이었음을 안다. 투정 부리고 억지 부릴 만큼 철이 없지도 않다. 복잡한 마음과 참아 둔 말들이 응어리져 갔다. 언니는 내 생각을 조금도 하지 않는 것 같은데, 언니에게 전전긍긍하는 내가 억울했다. 입회식, 화가 나서 보고 싶지도 않았다. '치, 나도 내 생각만 할 거다!' 분이 풀리지 않은 기분으로 이를 악문다. 어머니의 만류에도 굽히지 않고 나는 여행을 선택했다. 마음이 무거웠지만, 보란 듯이 여행을 즐기고 싶은 심술로 가득 차 있었다.

"이번 여행은 내가 회비 관리할게. 넌 비용 계산하는 거 신경 쓰지 말고 편하게 다녀."

두 번째 여행을 함께하는 유정이다. 내 복잡한 심경을 알고 배려해 주는 친구가 고맙지만 여행 내내 기분이 처진다. 나흘 동안 하노이 주변을 돌아본 후 중부에 있는 도시 후에로 이동했다. 야간기차에 올라탄 유정이는 손가방을 풀며 조심스럽게 말을 꺼냈다.

"우리 회비를 거의 다 썼어. 너 남은 달러 얼마 있어?"

생각보다 지출이 많았는지 돈이 금세 바닥났다. 내 지갑에는 환전해 둔 돈이 더 있다. 하지만 유정이는 10일, 나는 18일간의 일정으로 여행을 계획했으니 그 돈은 혼자 남은 기간에 필요한 경비였다.

“나 현금카드 만들어 왔으니까 일단 네 돈으로 다 쓰고 나중에 찾으면 돌려줄게.”

국제현금카드를 믿고 턱없이 부족한 금액을 환전해 온 것이 문제의 시작이었다. 이상하게도 유정의 현금카드는 인출기에서 인식이 되지 않았다. 기계는 자꾸 카드를 뱉어 내기만 했다.

“몇 번이나 확인해 봤는데, 그땐 잘 되었는데.”

친구는 변명 같은 혼잣말을 되풀이했다. 보이는 은행마다 들어가 시도했지만 마찬가지였다. 신용카드를 쓸 수 있는 곳도 거의 없었다. 내가 가지고 있던 달러를 탈탈 털어 밥을 먹고, 교통비와 입장료 등을 충당했다. 스마트폰 앱으로 하루씩 숙소를 예약하며 여행을 이어갔다. 구경하고 즐기는 일정보다 난관을 해결하려는데 시간과 공을 들였다. 며칠 만에 내 지갑도 바닥을 보이기 시작했다. 더는 할 수 있는 일이 없었다. 다낭에 도착해 겨우 비엣젯항공 사무실을 찾아갔다. 신용카드를 사용할 수 있는 유일한 곳이라고 했다. 무조건 호찌민행 비행기 표를 끊었다. 중간 일정을 모두 취소하고 미련도 없이 이동했다. 여행 열흘째 되는 8월 12일이었다. 유정이가 먼저 귀국하기로 한 날, 나도 한국으로 함께 돌아왔다. 버티듯 이어 온 여행이 끝났다. 차라리 홀가분한 기분이 들었다.

2012년 8월 15일, 아침 일찍 언니와 함께 수도원에 갔다. 도착한 수도원 성당은 보통의 성당들과는 다른 모습이었다. 제단을 중심에 두고 쇠창살로 나누어져 반은 봉쇄구역, 나머지 반은 일반구역이다. 입회식이 시작되자 굳게 닫혀 있던 중간 문이 열렸다. 가족과 일반구역에서 함께 있던 언니가 그 문을 통해 수도원의 봉쇄구역으로 들어갔다. 구름 위를 걷는 듯한 발걸음으로 무언가에 이끌리듯 빨려 들어갔다. 시선을 뗄 수가 없었다. 언니의 눈은 영롱한 이슬처럼 맑게 빛나고 있었고, 어깨는 열망으로 가득했다. 한 치의 주저함도 없는 모습이 서운했지만, 어쩐지 언니 인생의 레드카펫이 보이는 것만 같았다. 설명하지 않아도 알 것 같은 언니의 마음. 그 숭고함을 뭐라고 표현할지조차 모르겠다. 나도 모르게 눈물만 가득 고였다. 고개가 끄덕여지며 언니를 향한 섭섭한 생각들이 어디론가 소리 없이 사라지고 있었다.

입회식 후 언니와 단둘이 면회할 수 있는 시간이 허락되었다. 비록 격자창을 사이에 두고 있었지만 눈을 마주 보며 더 가깝게 연결된 기분을 느꼈다. 남은 하루를 가득 채워 마음속에 쌓아 둔 말들을 풀어냈다. 언니에게 기대지 않고 혼자 설 수 있는 용기도 얻었다. 깊이 숨겨 두었던 응어리가 차츰 빛으로 변해 갔다.

야심 차게 준비했던 베트남 종단여행은 완벽한 실패다. 아름다운 풍경에도 시큰둥했고, 함께해 준 친구에게도 마음이 상했다. 새로운 경험은 피하려고 했고, 돈 걱정부터 했다. 계획한 것은 반도 하지 못했다. 하지만 돌아와서 보니 실패는 다른 곳으로 문을 열어 주는 통로였다. 입회식에 갈 수 있었던 것, 여행에 실패하면서 얻은 시간 덕분에 받을 수 있었던 선물이다. 입회식 날 수도원에서의 하루는 언니를 위해서가 아니라 나를 위해 꼭 필요한 시간이었다. 18일간의 여행을 계획한 일정대로 완벽하게 소화했다면 언니를 향한 서운함과 미안함을 해결할 수 없었을지도 모른다. 마음을 다독일 수 있었던 이 시간 덕분에 여행을 실패한 것이 오히려 다행한 일이 되었다.

인생에는 한 가지 길만 있는 것이 아니다. 수많은 것들이 얽혀 우리는 끊임없이 선택하며 살아간다. 때론 내가 선택했다고 생각하지만, 실패라는 통로를 통해 더 좋은 선택지로 이끌려 가는 느낌도 받는다. 뒤돌아 생각해보면 실패했기 때문에 다른 성공으로 이어질 수 있었던 경우가 더 많다. 그러니 눈앞에 당장 실패로 보인다고 속상해하지 않을 생각이다. 선택하고 실패해도 분명 다른 이름의 성공이 주어질 테니까. 긴 인생을 놓고 보면 성공도 실패도 똑같은 선물이라고 믿게 된다.

6

작은 변화가 만든 건강한 나

\-

쓰꾸미

당신의 미래는 당신이 지금 하고 있는 일에 의해 만들어집니다.
내일이 아니라 오늘.

\- 로버트 기요사키

회사에서 스트레스받았다고 해서 폭식, 탄산음료, 담배를 선택한 것은 나를 위한 가치가 아니었다.

2008년도부터 건설회사에 다니고 있다. 대학교 기계과를 졸업했다. 제조회사 다니는 것을 목표로 취업 준비를 했다. 합격 통보받은 회사 중 월급을 가장 많이 주는 회사를 선택했다. 부모님의 격려와 주변 사람들로부터의 축하도 받았다. 내 인생은 꽃길인 줄 알았다. 입사 후, 한 달 동안 연수원에서 신입 사원 오리엔테이션을 받았다. 회사 적응 기간이었다. 연수 후 근무지 및 담당 업무 배정 면담에서 중동에서 근무하는 것을 선택했다. 외국에서 근무하는 것은 해외 근무 수당으로 월급을 더 받았고, 근무 가점도 있었다. 덕분에 회사에서 진급도 무난하게 할 수 있겠다는 생각이 들었다. 근무지로 배정된 후, 주변을 둘러봤다. 나를 뺀 주변 사람들의 학벌들이 모두 좋았다. 그러니 자연스럽게 주눅이 들었다. 그때는 종이 복사물로 미팅을 하루에 한 번은 했다. 미팅 준비는 내가 해야 했다. 미팅에서 사용할 문서에서 줄이 맞지 않는 것을 발견했다. 복사도 똑바로 못한 나의 실수를 원망했다. 그때 내 자존감이 낮았다. 조바심에 흘려보내지 못하고 스트레스를 받았다. 그 스트레스를 풀기 위해서 먹고, 마시고, 피웠다.

먼저, 밤늦게 많이 먹으며 스트레스를 잠시 잊었다.

20대 후반에서 30대 후반까지 야식으로 스트레스를 풀었다. 주 52시간 근무제를 시작하기 전이어서, 회사에 별을 보고 출근하고 별을 보고 퇴근하는 시기였다. 아침은 집에서 먹고, 점심과 저녁은 회사에서 먹었다. 또 회사에서 야근을 마치고 집에 오면 열두 시가 넘었다. 저녁을 여섯 시 삼십 분쯤에 먹었기 때문에 출출했다. 지친 몸을 씻고, 식탁에 앉아서 하루를 마무리하려 했다. 배가 고파서 예민해졌다. 그러니 자연스럽게 냄비에 물을 붓고, 라면 두 개를 끓여 먹었다. 좀 더 출출하면 밥을 말아서 먹는 것은 다음 필수 코스였다. 그렇게 새벽 한 시가 넘어서 잤다. 자고 일어나면 속이 더부룩했다. 아침에 일어났는데, 아내는 입냄새가 심하다고 자주 구박

했다. 이 생활방식이 자리를 잡아서 십 년이 넘는 시간 동안 계속 반복하게 되었다.

담배는 짜증이 났다는 핑계를 대신한 중독이었다.

담배를 처음 피운 것은 스무 살 때이었다. 당시에는 담배를 피우면 멍해지면서 꼭 술을 마신 듯한 기분을 느꼈다. 예전에는 한 갑에 들어가 있는 스무 개로 일주일도 넘게 피웠다. 일명 '식후땡'이라고, 식사 이후에 담배를 피우는 것이 습관으로 자리 잡았다. 지금 생각해 보면, 그때의 담배는 멋을 위해서 피웠다. 그리고 다른 이유도 있었다. 군대에서 선임병들이 흡연자를 데리고 나가 돌아가면서 담배를 피웠다. 또 근무하는 중에 담배를 피우면서 잠시 추가 쉬는 시간을 가질 수 있었다. 이렇게 잠시 요령을 위해 피우던 담배가 직장에 와서 점점 입에 물고 살기 시작했다. 반가운 사람을 만나서 한 대, 업무 이야기하면서 한 대, 커피 마시면서 한 대, 식사하고 나서 한 대, 보고 후 결과가 좋아서 한 대, 나빠서 한 대를 피웠다. 특히, 업무를 하다가 짜증이 나서 한 대, 좋아서 한 대. 당시에는 잠시 짬만 나면 바로 담배를 입에 물고 밖에 나갔다. 구석진 곳에서 쭈그려 앉아 담배를 피웠다.

그다음으로 탄산음료를 마시는 동안 청량감이 내 스트레스를 줄여 주었다.

목이 마를 때마다 청량음료를 마셨다. 내가 근무한 중동 지역은 콜라가 매우 쌌다. 주로 마신 500ml 크기의 코카콜라가 대략 350원 정도였다. 그래서 쉬는 금요일에 나가서 탄산음료를 상자로 사서 냉장고에 쟁여놓고 먹었다. 점심 먹고 한 캔, 저녁 먹고 한 캔, 쉬면서 한 캔. 물 대신 거의 콜라를 먹었다. 날씨가 더워 시원한 콜라를 들이켜면, 순간의 달콤함에 이끌려 냉장고 속 콜라 캔을 자꾸 꺼내서 마시게 되었다. 술을 마시지 않았기 때문에 탄산음료로 갈증을 해결하려고 했다.

과식과 담배 그리고 탄산음료를 선택한 결과로 내가 얻은 것은 순간의 위안이었다. 그리고 내 선택으로 건강이 나빠졌다는 것을 받아들였다. 일 년에 한 번씩 건강 검진을 받는다. 위내시경 검사도 항목에 들어 있었다. 병원 검진 결과 위궤양, 역류성 식도염, 위경련이라는 판정을 받았다. 종종 가슴이 뜨거웠다. 소화기 질환 증상이라는 것을 몰라서 가볍게 넘겼다. 또 이 증상들이 과식, 야식 등으로부터 오는 것을 애써 부정했다.

흡연자였을 때는 주변에 피해를 주고 있는지를 잘 몰랐다. 몸과 입안에서 재떨이와 같은 냄새가 나는지 인식하지 못했다. 그 담배 찌든 냄새를 맡지 못했으니까. 그런데 담배를 끊은 지금은 안다. 담배를 피우고 온 직장동료에게서 피하고 싶은 냄새가 난다는 걸 깨닫고, 주변 사람들에게 미안했다. 건강 검진 중에 폐에 종양이 있을 수도 있다는 말을 듣고, 지금도 계속 추적 검사를 받고 있다. 그 진단을 듣고 놀라서 담배를 끊었다. 그리고 담뱃값이 아깝다는 생각이 들었다.

탄산음료를 마셔서 체중이 늘었다. 해외 근무 중 휴가를 나와 아내와 바지를 사러 같이 간 적이 있었다. 그런데 40인치의 바지가 허리띠 없이 깔끔하게 맞았다. 집에 와서 몸무게를 측정하니 세 자리였다. 잠을 자고 다음 날 아침, 아내가 나에게 투덜댔다. 잠귀가 밝은 아내는 옆에서 내가 계속 코를 고니 피곤했던 것이었다. 이뿐만 아니라 자다가 가끔 내 다리가 아내 위로 올라가면 놀라서 깨기도 했다. 그래서 아내가 같이 자기가 싫다고 했다. 서운했다.

스트레스를 받고 풀기 위한 방법으로 과식, 담배, 탄산음료는 올바른 선택이 아니었다. 먹고, 피우고 마실 당시에는 좋을 수 있다. 그런데 나에게 돌아온 결과는 건강 악화뿐이었다. 그리고 일상에서 조금 여유 있으면 바로 먹고, 피우고, 마셨다. 가족들과 추억을 만들기 위해서 같이 시간을 보낼 때. 회사에서 중요한 업무 회의를 하던 중간. 집중해서 보고 자료를 만들 때. 모두 먹고, 피우고, 마시고 있는 나를 발견했다. 시간이 지난 뒤, 내가 위험한 순간이었다는 것도 알게 되었다. 그때 일상에서 가치 있는 것을 발견하지 못했다. 시간을 보다 가치 있는 곳에 사용하려고 노력하기보다, 순간의 달콤함으로 일상을 채우고 있었다. 그리고 스트레스를 받는 사항으로부터 도망치려고 했다. 음식을 먹는 순간에 만족감을 느끼며 잠깐 스트레스를 잊을 수 있었다. 담배를 피우며 뇌에 고통을 주는 것을 일종의 쾌감으로 느꼈다. 탄산음료를 마시며 느끼는 청량감처럼, 잠깐 스트레스를 잊기 위한 선택이 점차 습관이 되었다.

얼마나 다행인지. 건강 검진이라는 중요한 피드백이 없었다면, 건강 상태는 더 나빠졌을지도 모른다. 이번 경험 덕분에 나는 스트레스를 다루는 방법을 배웠다. 순간의 기분에 취해 시간을 보내기보다는, 시간을 더 가치 있게 사용하는 법도 깨달았다. 스트레스를 받는다고 해서 먹고, 피우고, 마시는 대신 이제는 밖으로 나가 뛰거나 책을 읽으며 답을 찾으려 노력한다. 스트레스를 무시하지 않고, 해결책을 찾는 시간으로 바꾸려 한다. 한때 방황도 했지만, 실패 후 무엇을 선택하느냐에 따라 결과가 달라질 수 있다는 것을 이제는 안다. 어려움을 회피하던 예전과는 다르다. 이제는 조금 더 성숙한 마음으로 힘든 상황을 직면하며 하루를 의미 있게 보내려고 한다. 앞으로 나의 일상에는 건강이라는 새로운 가치가 더해질 것이다.

7

내가 꿈꾸던 성공, 그리고 그 너머

-

윤미경

도전 속에서 기회가 찾아오며, 실패 속에서 배움이 찾아온다.

- 마리 퀴리

"이 호텔 가성비 진짜 좋다."

호텔, 음식, 서비스와 같은 것을 선택할 때 항상 가성비를 따지는 편이다. 언제나 내가 투자한 것보다 더 나은 결과를 기대한다. 하지만 원하는 결과를 얻지 못했을 때는 본전도 못 건졌다며 후회와 자책을 하곤 한다. 그렇다면 시간, 돈, 그리고 노력을 쏟아부은 선택이 눈에 보이는 성과로 이어져야만 성공이라고 할 수 있을까? 만약 성공을 그렇게 정의한다면, 나에게는 크게 실패한 선택이 하나 있다.

2000년, 제주에서 초임 발령을 받았다. 초등 영어 교육이 도입된 초창기였다. 4학년 우리 반 아이들에게 영어를 가르쳐야 했다. 외국인들과 의사소통하는 것과, 교실에서 영어를 수업하는 것은 큰 차이가 있었다. 교사로서 유창한 영어로 수업을 이끄는 것은 물론이고 다양한 영어 교수법을 활용해 즐겁고 효과적으로 영어를 가르쳐야 했다. 초임 교사인 나에게는 영어 수업이 너무 힘들었기에 누군가의 조언이 필요했다. 같은 학년에 영어에 관심이 많은 선배 교사가 있었는데, 함께 점심을 먹으며 이야기를 나누게 되었다.

"선생님, 케임브리지 대학 영어 연수를 다녀오셨다고 들었는데, 어떻게 가신 거예요?"

"교육청에서 진행하는 연수 프로그램에 운 좋게 뽑혀서 한 달 동안 다녀왔지."

"와, 정말 좋았겠어요. 그런 교사 연수도 있나요? 저도 영어에 관심이 많거든요."

"선생님은 아직 젊잖아. 미리 준비해 두면 기회가 엄청 많아. 나중에 후회하지 말고 배우고 싶은 거, 하고 싶은 거 다 하면서 살아."

처음 교사가 된다고 생각했을 때는 교실에서 수업만 하면 된다고 생각했다. 그런데 주위를 둘러보니, 한 남자 선생님은 ICT 활용 전문 교사로, 또 다른 선생님은 미술 작품을 출품하며 특기를 살리고 있었다. 그럼 나는 어떤 특기를 가진 교사가 되어야 하는지 고민이 되었다. 이제 겨우 임용고시를 통과해 초임 교사로 첫발을 내디뎠는데, 앞으로의 진로를 또 생각해야 한다니 막막했다. 선배와의 대화를 통해 나의 영어 실력을 키움과 동시에 능력 있는 영어 교사로 발돋움하고 싶다는 욕구가 차올랐다. 해외 생활까지 경험하게 된다면 더할 나위가 없을 것 같았다. 그렇게 영국 유학을 꿈꾸기 시작했다.

2003년부터 본격적으로 유학 준비를 시작했다. 석사 과정 모집 요강을 꼼꼼히 살펴보며 토플 점수, 자기소개서, 연구 계획서 등 합격에 필요한 조건들을 하나씩 준비해 나갔다. 순조로운 건 하나도 없었지만, 미래를 향한 발걸음이었기에 포기하지 않고 버틸 수 있었다.

일 년여의 준비 끝에 입학 합격통지를 받고 꿈을 좇아 영국으로 건너갔다. 먼저 어학연수 6개월을 진행한 후, 테솔(TESOL for Young Learners) 석사 과정을 시작했다. 우리나라에서 석사 과정이 2년인 것과 달리, 영국은 석사 학위를 1년 과정으로 압축적으로 운영했다. 처음엔 자신 있었다. 영어에 대한 애정과 욕심, 4년간의 영어 교육 이력 정도면 충분할 거로 생각했다. 하지만 학부에서 영어를 전공하지 않았던 탓인지 영어 교육학 석사 과정을 좇아가는 게 너무 버거웠다. 1년이라는 짧은 기간 동안 수업을 소화하고 논문까지 써내는 것은 마치 365일 내내 밤새워 가며 시험공부 하는 기분이었다. 학기 마지막쯤에는 극심한 스트레스로 생리까지 멈춰버렸다. 이렇게 어려운 길을 선택한 것이 후회스러울 때가 많았다. 결국 석사 학위는 땄지만, 돈과 시간, 건강을 모두 소진해 버린 것 같았다.

험난했던 영국 유학을 마치고 내 일터로 돌아왔다. 영국 대학원 석사 학위 덕분에 학교 현장에 복귀하자마자 영어 관련 업무를 줄곧 맡았다. 때마침 제주가 국제자유도시로 지정되면서 교육청에서는 영어에 대한 투자와 교사 영어 연수 프로그램을 확대했다. 원어민 교사와의 협력 수업, 호주 초등학교에서의 인턴 프로그램, 영어 연극 대회 수상, 외국 교육청 관계자들의 안내, 영어 인터뷰, 교육청 파견 제의와 같은 새로운 기회들이 쏟아졌다. 힘든 영국 생활이었지만 그와 별개로 영어 교육을 전공한 것이 정말 잘한 선택이라는 생각이 들었다. 내가 좋아하던 영어 공부를 했을 뿐인데, 내 역량을 펼칠 좋은 기회들을 만나 내 선택이 옳았다는 확신이 들었다.

영어 전공 덕분에 교직 생활에 날개를 달 때쯤, 남편을 만나 결혼하고 경기도로 전출을 왔다. 경기도는 제주도만큼 영어 교육에 대한 투자가 이루어지지 않았고, 영어는 초등학교의 여러 교과목 중 하나일 뿐이었다. 내 전공을 활용할 기회들이 찾아오지 않았다. 교사로서의 나의 특기가 무색해지면서 미래와 진로에 대한 불안감이 커졌다.

사십 대에 접어들면서 관리자의 길을 고민하게 되었고, 교감 선생님께 조언을 구했다.

"교감 선생님, 승진하려면 어떤 준비를 해야 하나요?"

"개인 연구대회, 돌봄 교실 점수도 필요해요. 대학원도 다녀야 하고요."

“저는 영국에서 석사 학위를 받았어요.”

“그건 안 될걸요? 한번 확인해 보세요.”

“왜요? 논문도 썼고 석사 학위라고 명시되어 있는데요.”

승진 규정에 따르면 석사 학위는 5학기 이상이어야 했고, 영국은 3학기 과정이었다. 내 학위는 관리자 승진 점수로 인정받을 수 없는 학위였다.

내 선택이 실패로 느껴졌다. 투자한 돈, 노력과 시간이 아깝다는 생각이 들었다. 만약 유학 휴직 대신 국내에서 대학원을 다녔다면 학위도 인정받고, 타지에서 힘들게 생활하지 않아도 되었을 것이라고 후회되는 순간이었다. 그러나 나의 선택으로 다녀온 영국에서 배움과 경험은 금전으로 계산할 수 없는 가치가 있다는 생각이 들었다. 20대의 청춘을 부딪치며 배운 것들이 너무 많기 때문이다. 한 번쯤 해 보고 싶었던 해외 거주 경험, 세계 각지의 친구들과의 공부와 만남, 영국 현지에서의 아르바이트 경험 등은 모두 나를 독립적인 인간으로 만들어 주었다. 비록 영국 석사 학위가 실질적인 명예나 유용함을 가져다주지 않았지만 아깝지 않다. 온전히 나 자신을 마주하고, 한 인간으로서 나를 세울 수 있는 시간이었다. 영국 유학을 통해 기대했던 결과는 얻지 못했지만, 그 과정에서 얻은 자립심, 세계적 시각, 그리고 다양한 경험들이 교사로서뿐만 아니라 개인적으로도 중요한 성장을 가져왔다. 나는 앞으로도 “자신의 길을 개척하는 용기”를 지니고 싶다. 미래에 대한 불안감과 어려움에서도 새로운 기회를 위해 끊임없이 도전하며, 나만의 특기를 살리고 발전시키는 삶을 살고 싶다.

성공과 꿈을 좇아 한 선택이었지만 성과를 보지 못했을 때 우리는 실패로 마침표를 찍는다. 그러나 개인적인 성장과 내면의 성취에 가치를 부여한다면 실패라고 영구 타이틀을 붙일 수 있는 건 없다. 선택은 성공이나 실패로 단순하게 정의되지 않으며, 결과가 원하는 방향으로 흘러가지 않더라도 과정에서 얻은 배움과 성장은 그 자체로 가치가 있다. 그리고 누가 알겠는가? 실패라고 여겼던 그 경험이 앞으로 어떻게 쓰일지 말이다. 가능성은 늘 열려 있다.

8

엄마의 우산 마중

-

이해랑

당신의 선택이 당신의 삶을 만든다.

- 에픽테토스

비가 올 것 같다. 빈 화분에 던져 놓았던 감자가 뿌리를 내리더니 푸릇푸릇하다. 투두둑 빗방울이 감자 잎에 떨어질 때쯤 핸드폰 진동음이 울린다.

"버스 탔는데 정류장까지 우산 좀 가지고 나와 줘." 취업 준비하느라 도서관에 있다는 딸 재이의 문자다.

"곧 그칠 수도 있을 것 같은데 기다렸다가 와."

"비가 오는데 딸 우산도 안 가져다주는 엄마가 어딨어."

우산 두 개를 챙기다 말고 큰 우산 하나만 들고 나갔다. 재이는 왜 우산이 하나냐고 물었지만 '같이 쓰고 싶어서.'라는 속마음은 말하지 않았다. 비

맞지 않게 가까이 붙으라고 하니 싫다면서도 팔짱을 해 주며 애교 섞인 투정을 한다.

"배고파. 종일 아무것도 못 먹었어."

"어쩌다 그랬어. 밥은 잘 챙겨 먹어야지."

"요즘엔 밥값이 장난 아냐. 사 먹을 수 있는 음식이 많지 않아."

말없이 딸의 어깨를 토닥여 줬다.

오래전에도 같은 상황이 있었다. 내가 지금의 재이 나이보다 한참이나 어린 중학생 때였다.

"비 온다."

"우산 없는데 집에 어떻게 가지?"

반 아이들이 웅성거렸다. 시골 학교 아이들은 집이 대부분 멀었다. 비를 맞고 집에 가야 하는 갑작스러운 상황에도 우산을 기대할 수 없다. 집과 학교가 멀기도 하고, 농사일에 바쁜 부모들이 우산을 가져오는 일이 쉽지 않기 때문이다. 술렁이는 것도 잠시 얼마간의 시간이 지난 후 교실 문이 똑똑! 하고 드르륵 열리더니 "여기가 우리 해랑이 교실인가요? 비가 와서 우산을 가져왔는데…."하교 시간에 맞춰서 우산 마중을 온 엄마가 어색한 미소를 지으며 서 있었다. 흰머리가 듬성듬성하고 고모가 장날에 사다 준 꽃무늬 티셔츠가 젖은 채였다. 어둑한 시골길을 40여 분이나 걸어서 온 것이다. 그날 우산을 들고 와 준 사람은 엄마가 유일했다. 우산을 쓰고 저만치 앞서서 걷는 엄마의 뒷모습을 보면서 걸었다.

아침 등교할 때의 일이 떠올랐다. 초등학생이던 동생을 서울로 전학시키겠다는 얘기를 아버지와 나누고 있었다. 오빠도 이미 서울에서 고등학교에 다니는 중이었다.

“엄마 나는? 왜 나만 서울전학을 안 시켜 줘?”

이런저런 말이 없었다. 엄마의 태도에 씩씩거리며 도시락 가방만 들었다 놨다 하는데 할머니가 옆에서 한마디 거들었다.

“해랑이 너마저 서울로 가면 어쩐다냐. 너는 여그 있어야제.”

밥 먹고 가라는 할머니 말을 들은 척도 안 하고 나왔었다. 왜 나만 서울로 전학을 못 가는지 답답했다. 평소에도 오빠나 동생에 비해 무관심하게 대하는 게 불만이다. 학교에서 진로에 관한 설문지를 나누어 준 적이 있었다. 자신이 원하는 직업과 부모님이 바라는 직업을 적는 문항에 잔뜩 기대하는 마음으로 물었었다. 아버지는 선생님이 되었으면 좋겠다고 하는데, 엄마는 말없이 채소만 다듬었다. 나에게만 관심이 없는 듯 보인다. 몸이 약한 오빠는 살뜰히 보살펴 주는 것을 당연하게 여기고, 언니는 원하는 것은 얻어 내고야 마는 성격이다. 어리광 피우는 막둥이 동생은 늘 엄마를 독차지한다. 내 자리는 없는 것 같다. 심부름도 도맡아 하고, 집안일도 하는데 관심받지 못하는 것 같아서 속상하다. 엄마와 딸 사이인데도 불만을 털어놓지 못하고 속앓이하는 것이 엄마 탓 같기만 했다. 하루에도 몇 번씩 이래라저래라 간섭하는 것이 싫었고, 걸핏하면 빗자루를 흔들며 “맞아 봐야 정신을 차릴래!" 소리치던 엄마가 미웠다.

하지만 먼 길을 마중 와 준 것에서 스르르 마음이 풀렸다. 아침에 화를 내고 나온 것에 대해 미안한 마음이 들었다. 엄마의 우산에 들어가고 싶었지만 쭈뼛거리기만 했다. 넉넉하지 못한 형편이니 엄마만의 잘못이 아니라고 생각했으나, 입이 떨어지지 않았다. 조용히 걷는 엄마에게 말을 걸 용기가 없어, 결국 하고 싶은 말을 꺼내지 못한 채 뒷모습만 보며 돌아왔다.

비가 오는 날이면 엄마의 우산 안의 쓸쓸한 모습이 떠오른다. 서울 학교로 딸을 전학시키지 못하는 엄마의 마음을 진정으로 헤아리지 못했던 것 같다. 그날은 여러 날 중 하나일 뿐이었고, 엄마에게는 특별한 의미가 없었을지도 모른다. '왜 엄마의 우산으로 들어가지 않았을까.' 그 기억은 나에게 오랫동안 미안함으로 남아 있다. 아침에 밥도 안 먹고 나온 딸이 마음에 걸렸을 것이다. 오빠에 이어 동생까지도 서울 학교로 가는데, 나만 그렇지 못해 더욱 마음이 쓰였을 것이다. 여섯 남매를 키우느라 살뜰히 챙기지 못한 엄마의 마음이 이해된다. 40여 분 걸리는 시골길을 걸어서 우산을 들고 마중 나온 것은 딸을 사랑하는 엄마의 깊은 마음이었다. 우리 두 사람은 사랑을 표현하는 것이 서툴렀을 뿐이다.

요즘 딸 재이는 제 생각을 이해해 주지 않는다며 나에게 불만을 보인다. 대학 졸업 후에도 취업은 여전히 어렵기만 하다. 지원하는 회사에 대한 엄마와 자신의 의견 차이로 마음이 답답한 것 같다. 이에 따라 스트레스가 많은 모양이다. 열심히 준비한 지원 서류가 매번 허공에 날아가는 기분이라고 한다. 그 기분을 잘 안다. 힘내라고 응원해 주고 싶지만, 나도 그저 속상할 뿐이다. 경쟁이 치열한 세상에서 재이의 답답한 마음을 이해하고 싶다.

엄마에게 이해받지 못한다고 느꼈던 나는 속마음을 털어놓지 못했었다. 어려움이 생길 때마다 자신보다 엄마 탓을 했던 나와는 달리, 재이는 그때그때 감정을 표현해 주어서 다행이다. 딸의 불만을 들어주고 같이 고민해 주는 시간이 얼마나 소중한지 깨닫는다. 사소한 결정이 때로는 인생에서 긴 여운을 남긴다는 것을 알기에 무관심하지 않으려고 노력한다.

엄마와의 작은 일화가 이렇게 오래도록 가슴에 남을 줄은 몰랐다. 끝내 말하지 못한 '엄마, 미안해.'가 아직도 가슴 한편에 남아 있다. 지나간 시간은 절대로 오지 않으며, 엄마의 우산 아래 그 순간도 다시는 오지 않을 것이다. 돌이켜보면 엄마의 따뜻한 사랑을 느꼈던 날이기도 하기에 소중한 추억으로 간직하고 싶다. 재이가 우산을 부탁했을 때, 5분이면 집에 오는 거리를 가져다주어야 한다고 불평했었다. 오래전에 겪은 나의 경험이 딸과의 작은 순간도 소중히 여겨야겠다는 마음을 갖게 한다.

9

실패는 항상 실패로만 남지 않는다

-

조지혜

우리는 모두 살면서 몇 번의 실패를 겪는다.
이것이 바로 우리를 성공할 수 있도록 준비시킨다.

- 랜디 K. 멀홀랜드

마흔. 인생을 돌아봤다. 넉넉하지 못했던 가정 형편 때문에 나는 소심하고 내향적인 학창 시절을 보냈다. 하지만 다행히 대학을 졸업하자마자 일을 시작할 수 있었고, 그 후 지금까지 사는 데 필요한 만큼 돈을 벌어 생활하고 있다. 그래서인지 대단한 실패 경험이 떠오르지는 않는다. 지금 이 시각에도 질병, 재정, 자녀 양육 등 자기 자리에서 힘들게 살아내고 있는 이웃들 앞에 이렇게 말하면 배부른 소리라고 할 수도 있겠다.

그럼에도 나의 실패 경험을 떠올려 보자면 10년 전 논문 없이 석사학위를 받았던 때가 떠오른다. 대학 졸업과 동시에 교원임용시험에 합격해 장애아동을 가르치는 특수교사가 되었지만, 마음 한편에는 교육 현장을 바탕으로 연구한 논문을 하나 갖고 싶었다. 그렇게 해서 도전했던 논문은 아쉽게도 통과되지 못했고 돌아보면 이것이 내 인생의 큰 실패다.

특수교사가 된 지 3년이 지날 즈음. 특수학교가 아닌 초등학교에 있는 특수학급에서 근무했다. 모든 게 서툴렀지만 재미있던 시절이다. 쉬는 시간에 학생들에게 그림책을 읽어 주기도 하고, 하교 후에는 함께 떡볶이도 먹었다. 특수교사는 한 명이라 해가 바뀌어도 같은 학생을 계속 만났다. 서로 익숙하고 편안했다. 그런데 어느 날부터 아침에 눈을 뜨기 싫었다. 출근해서 학생들 얼굴 볼 자신 없었다. 수업 시간 자체는 즐거웠다. 그런데 '한 사람이 온다는 건 그 일생이 오는 것'이라는 정현종 시인의 말처럼, 학생을 둘러싼 가정과 지역사회 그리고 통합학급환경까지 신경 써야 하는 게 부담스러웠다. 20대 중반의 사회 초년생이 감당하기 어려운 일들이 생겨났다.

불편하고 부담되는 상황을 한 걸음 뒤에서 바라보고 싶었던 나는 대학원에 가기로 했다. 이 일을 그만두지 않을 거라면 오래도록 지치지 않고 해야 했으니까. 나와 아이들, 그리고 양육자들을 위한 선택이었다. 퇴근하고 야간에 다니기 위해 근무지와 집에서 가까운 곳을 선택했다. 전공은 상담교육. 필기시험과 면접을 통과하고 10학번이 되었다. 공부를 시작하며 노트북을 하나 샀다. 그때 구입한 노트북에는 20대 후반의 내 열정과 노력과 성취가 들어 있었다. 배운 것을 최대한 현장에 적용했다. 무엇보다 내가 나를 조금 더 깊이 알아볼 수 있는 시간이었다. 꼬박 다섯 학기를 다니고 드디어 졸업 방법을 결정할 때가 왔다. 논문과 학위 인정 시험 중 어떤 방법으로 졸업할지 선택해야 했는데 당시 동기들 대부분은 비 논문으로 졸업하기를 택했다. 우스갯소리로 학계에 족적을 남길 요량이라면 모를까 굳이 쓰지 않겠다고 했다. 나는 한참을 고민했다. 논문이 없으면 혹시 나중에 박사 과정 들어가고 싶을 때 불리할 것 같았다. 결국 논문 쓰기를 택했다.

논문지도 교수는 한 번도 대학원 수업에 들어온 적 없는 분이었다. 상담받기 위해 교수님 방 앞에 섰다. 똑똑. "들어오세요." 본인도 시간을 내어 연구에 대해 조언해 주는 상황이 마뜩잖은 듯 눈도 잘 마주치지 않고 펜대만 책상 바닥에 툭툭 떨어뜨리셨다. 대학원 과정은 거의 모든 수업이 발표수업이었고, 이를 제대로 준비하려면 공부 내용을 완전히 숙지해야 했다. 연구의 모든 과정도 당연히 본인의 선택과 결과에 책임을 져야 한다. 나는 그림책과 정서지능에 관심이 많았다. 지금처럼 그림책을 활용한 프로그램은 있었지만, 특수학급 학생을 대상으로 한 감정 그림책 프로그램에 관한 연구는 별로 없었다. 그래서 교수님께 이와 관련된 내가 하고 싶은 연구를 말씀드렸다. 내 설명을 듣던 교수님은 펜을 내려놓고 그제야 나를 보셨다. 연구 주제와 방법 등 마음에 안 드는 부분에 대해 명확히 말씀하셨다.

교수님은 뻔한 결과가 나올 만한 연구 주제를 굳이 논문으로 작성해야 하겠냐고 물으셨다. 내겐 의미 있는 연구라고 대답했다. 하지만 돌아온 답은 통계프로그램을 활용해 정확한 결과 도출이 가능한 연구를 하라는 것이었다. 이미 자료 조사도 많이 해 놓았지만, 원치 않는 주제와 대상, 방법으로 다시 연구를 시작해야만 했다. 시간을 들여 설문지를 만들었다. 유의미한 결과가 나올 수 있도록 최소 200개 이상의 표본을 수집하기 위해 얼굴과 이름을 모르는 특수교사에게도 우편을 보냈다. 10년 동안 변동 없던 몸무게에서 3kg이 빠졌다. 결혼을 앞두고 있던 시기였다. 나는 하루가 멀다 하고 지금 내 인생에서 뭐가 중요한지 아느냐고 엄마와 남자친구에게 짜증을 냈다. 원하는 대로 통계 수치가 나오지 않자 내가 처음으로 가진, 그래서 너무나 사랑했던 노트북 화면을 보는 게 싫어졌다. 당연한 결과였을까. 지쳐버린 나는 결국 포기했다. 논문을 쓰지 않기로 선택했고 다시는 노트북을 열지 않았다. 한 학기 동안 졸업에 필요한 학점만큼 수업을 더 듣고, 동기들보다 1년 더 늦게 졸업했다. 닫아 버린 노트북처럼 그 학교 근처에는 굳이 가지 않겠다고 마음먹었다.

인생이 때로는 얄궂다. 졸업과 동시에 결혼하며 자리를 잡은 신혼집은 대학원에서 약 1.5km 떨어진, 걸어서 15분이면 갈 수 있는 거리다. 도서관이나 마트 가느라 그 앞을 지나다닐 수밖에 없었다. 그 사이 노트북은 부팅 한번 하지 않은 채 먼지만 쌓여갔다. 이 동네를 벗어나지 않고 세 번 집을 옮겼다. 이사하며 짐 정리를 이유로 손때 묻은 노트북을 버렸다. 대학원 졸업한 지 10년이 넘었다. 시간이 흐르고 생각해 봤다. 교수님은 내 인생을 책임져 주는 사람이 아니다. 나 대신 선택을 해 주는 사람도 아니다. 다만 학생이 더 깊이 연구하고 제대로 된 논문을 쓰길 바랐을 터다. 포기한 건 나였다. 도전하면 해낼 수 있으리라 믿었던 20대. 쓰라린 실패를 맛보았다. 하지만 다른 사람보다 늦어진 시간이 내게 필요한 시간이었음을 알았다. 하기 싫어도 해야 하는 일을 해 봤고, 불편한 사람과 예의를 갖추어 논의할 수 있었다. 후회도 삶의 일부분이며, 자신을 용서하는 것도 용기임을 배웠다. 이룰 수 없는 것은 과감히 포기했고, 욕심을 조절하는 힘을 길렀다. 어른이 되어 간다는 게 이런 걸까. 나는 그렇게 40대에 접어들었다.

올해 새로운 노트북이 생겼다. 아직 조악한 글이지만 꾸준히 더 잘 쓰고 싶은 마음을 눈치챈 남편이 내게 선물했다. 그리고 이 노트북으로 새로운 세상을 만났다. 바로 글쓰기, 책 쓰기다. 대학원 교수처럼 글쓰기 코치도 말했다. "주제와 목차, 그리고 내용 모두 결국은 자기가 쓰는 겁니다. 저는 그저 최선을 다해 도와드릴 뿐입니다. 배운 것을 적용하며 포기하지 않고 글을 쓴다면 분명 좋은 작가가 될 수 있습니다." 15년 동안 이 동네에 머물러 있지만 이제 내 생각과 마음을 결정하는 건 공간과 상황이 아니라 의지이다. 실패는 항상 실패로만 남지 않는다. 실패에서 무언가를 배운다는 전제가 있다면 말이다. 성공이란, 포기한 것을 다시 시도하길 선택하는 것이다. 이제 나는 하고 싶은 일을 하기로 선택했다. 이 기쁨이 매일 나에게 가득하기를 꿈꾼다.

10

한 번 더 내보는 용기

-

최지은

성공의 첫 번째 비결은 끈기이다.
끈기는 포기하지 않는 마음에서 나온다.

- 토머스 에디슨

오랜만에 전화해서 다짜고짜 미용을 배우러 가자고 하는 숙이 언니. 당황스러워서 되물었다. "네? 갑자기 미용이요?" 노인복지관에서 일하는 언니다. 직장 그만두고 미용실을 차리겠다며 같이하자고 했다.

스물두 살 때쯤, 엄마가 미용을 배우라면서 학원에 등록시켜 준 적이 있다. 노는 게 더 좋았던 시절, 두 달 배우고 그만둔 서툰 실력으로 친구에게 파마를 해 줬다. 〈프렌치 키스〉에 나왔던 여주인공 맥 라이언처럼 그럴듯한 머리모양에 서로 마주 보며 웃었던 기억이 난다.

국비 지원을 받아 자기 계발을 할 수 있는 내일 배움 카드를 발급받았다. 숙이 언니와 나란히 미용학원에 등록했다. 7월에 개강하는 저녁반이다. 강사는 키가 크고 젊은 남자였고 다섯 명이 훈련생으로 참여했다. 우리의 목표는 자격증 취득이었다. 시험 과정에는 샴푸, 커트, 드라이, 염색, 파마, 다섯 가지 항목이 있다. 평균 60점이 넘어야 합격이다. 상대평가라 잘하는 것만 연습할 수는 없다. 할 게 너무 많았다. 훈련 동기들은 커트 중에 레이어드(짧은 커트)가 쉽다고 말하지만 나는 레이어드가 어려웠다. 커트할 때마다 정수리 쪽이 짧아졌다. 드라이는 아웃 컬이 어렵다. 롤 빗으로 머리카락을 동글동글하게 밖으로 말아 열을 한껏 줘야 처지지 않는다. 드라이기 열에 빗이 녹아 일그러졌다. 미용사 취득과정이 끝나기 전에 필기시험에 합격한 다음 실기시험을 준비하기로 했다.

22년 10월 6일, 한 번에 필기시험에 합격했다. 4개월 뒤에 있을 실기시험을 위해 함께 등록한 훈련생들과 퇴근 후 학원에 모여 서로 실력을 비교해 가며 신나게 연습했다.

23년 2월 6일 첫 번째 실기시험일. 샴푸 모델을 태우고 시험장에 도착 후, 트렁크를 열고 가방을 꺼내 들었다. 심장이 쿵쾅거렸다. 떨리기도 했지만 설레기도 했다. 대기실에 들어서니 수험생들이 하얀 가운을 입고 긴장된 표정으로 앉아 있었다. 수험번호 5번을 뽑았다. 좋아하는 숫자다. 왠지 느낌이 좋았다.

"시험 치러 오신 분들 시험장으로 이동하세요." 시험관이 우리를 재촉했다.

시험장에 들어서자마자 웃음기가 사라졌다. 그동안 갈고닦은 실력을 발휘해야 한다. 나의 찐 파트너인 가발을 책상에 세웠다.

커트 종목에 이사도라가 출제되었다. 완성한 후 곁눈질로 주위를 보았다. 꽤 잘했다는 생각이 들었다. 다음 과정은 샴푸다. 모델을 샴푸 의자에 비스듬히 눕힌 다음 수건으로 눈을 가려줘야 하는데 잊어버렸다. '아차'하는 순간 샴푸 시험이 종료되었다. 실수 탓인지 긴장되었다. 마지막으로 파마를 말고 시험이 끝났다. 시험장을 나와 주차되어 있던 차 트렁크에 가방을 싣고 나니 그제야 긴장이 풀려 다리가 후들거렸다. 샴푸 할 때 눈을 가리지 않은 게 자꾸 생각났다. 2주 후 나온 결과는 56점, 불합격. 수건 외엔 실수가 없다고 생각했는데 예상보다 낮은 점수에 씁쓸했다. 훈련생 다섯 명 모두 떨어졌다.

두 번째 시험 3월 10일 금요일. 샴푸 모델로 언니가 가기로 했다. 첫 시험에서 아쉬움이 남았던 눈 가리기, 잊지 말자 곱씹으며 시험 치는 전날까지 학원과 직장을 오가며 연습했다. 시험 당일, 평소 어려워하던 레이어드 커트가 문제로 출제되었다. 58점, 불합격. 딱 2점이 모자랐다. 다섯 명의 훈련생 중 두 사람만 합격했다. 부러운 마음을 숨기고 다시 준비해서 도전하기로 했다.

세 번째 시험 4월 15일. 이번 샴푸 모델은 정분 언니다. 커트에는 이사도라가 출제되었다. 첫 번째 시험에 출제도 되었었고 늘 연습 하던 거라 자신 있게 했다. 드라이도 동글동글, 염색도 쨍한 초록, 시험장을 나오는 나의 발걸음은 가벼웠다. 결과가 나오기도 전에 합격을 확신했고 샴푸 모델을 해 주었던 정분 언니와 칠리새우를 먹으며 축하의 잔을 들었다. 그런데 결과는 59점, 불합격. 생각지도 못한 낮은 점수에 말문이 막혔다. 억울하다는 생각까지 들었다. 하지만 어쩔 수 없는 일.

다시 도전했고, 네 번째 시험 점수 58점을 확인했을 때 화도 나고 헛웃음도 나왔다. 시험장을 나와서 숙이 언니와 파마 모양을 비교해 봤었다. 누가 봐도 내 가발이 훨씬 반듯했다. 그런데 결과는 숙이 언니 혼자만 합격했다.

하나, 둘 합격한 훈련생들이 빠져나간 빈자리는 새로운 훈련생으로 채워졌다. 자격 과정을 가르치는 강사가 신입 훈련생들에게 내 얘기를 했나 보다. 나를 모르는 사람이 없다. 어떤 훈련생이 "언니, 파이팅이에요."라고 인사하는데 "언제부터 내가 자기 언니였냐?" 편치 않은 인사에 배알이 꼬였다. 자꾸 낙방하니 자신감도 떨어지고 어떤 부분이 부족했는지 알 수가 없어 답답했다. 수강생 은화와 서로 의지하며 한 번 더 용기를 내어 보기로 했다.

다섯 번째 시험이다. 시험 전날 스파니엘 커트를 연습했는데 하늘이 도왔는지 시험 문제로 나왔다. 자신만만했지만 결과는 57점, 불합격. 또 떨어졌다. 그만두자니 형편없는 점수는 아니요, 계속하자니 붙지는 않고 미칠 지경이었다. "언니, 우리 마지막으로 딱! 한 번만 더해요." 한 번 더 도전해 보자는 은화, 대답은 했으나 자신이 없었다.

벌써 여섯 번째 시험, 더는 안될 말이다. 이번에는 꼭 합격하리라 단단히 각오하며 가지고 있던 다섯 개의 가발과 덧가발 여섯 개를 더 사서 연습했다. 그리고 발표 날 아침, 호흡을 가다듬고 큐 넷에 접속했다. 58점, 불합격. 눈물이 났다. '도대체 왜? 도대체 뭐가?' 이전에 속상했던 마음은 속상함 축에도 끼지 않았다. "그동안 열심히 했어, 스트레스받지 말고 이제 그만해." 시험 가운을 다려 주며 응원했던 남편이 불합격을 말하고 훌쩍이는 나를 안쓰럽게 바라보았다.

한 달이 지나 은화에게서 전화가 했다. 자격증 없어도 되고 국비 지원도 가능하니 실용 커트 반에 등록하자고 했다. 계속된 불합격으로 창피해서 고민되었지만 등록했고, 시험 걱정 없이 배우는 실용 커트는 역시 재미있었다.

12월 9일이 23년도 마지막 시험이다. 한 해를 마무리하는 기념으로 '시험을 쳐 볼까?' 하는 생각이 들었으나 거듭된 실패로 낙심했던 마음이 남아 있어 결정하기가 쉽지 않았다. 내 파마 실력을 보고 "떨어질 수 없는 실력인데요?" 했던 원장의 말이 힘이 되었다. '한 번만 더 해 볼까? 까짓거 여섯 번이나 일곱 번이나.'

일곱 번째 시험, 샴푸 모델로 언니가 따라가 주었다. 모델만 네 번째다. "우리 그만 오자, 파이팅! 잘해." 크리스마스를 앞둔 12월 21일에 결과발표가 있다. 이번 크리스마스엔 웃으면서 보내면 좋겠다는 마음이 간절했다.

21일 발표날 아침. 오전 9시 정각에 결과가 나온다. 그러나 10시가 지나도록 초침만 바라보고 있었다. 마음을 가다듬고 11시에 큐 넷에 접속했다. 금방이라도 심장이 밖으로 튀어나올 것 같았다. 결과 창을 열었다. '69점, 합격' 잘못 보았나 눈을 비비고 다시 보았다. "합격! 합격!" 눈물과 동시에 어깨춤이 절로 나왔다. 거듭된 불합격에 자신감은 떨어지고 불안한 마음만 있었다. 오랜 기다림 끝에 쥐게 된 합격, 6전 7기의 승리다. 시험 가운을 다려 주며 응원했던 남편과 샴푸 모델전문가가 된 언니, 안쓰러운 눈으로 지켜봤던 학원강사도 자기 일인 듯 기뻐해 주었다. 나는 '장유미용학원'에서 '인싸'가 되었다. 나를 지도했던 강사는 새로운 훈련생이 올 때마다 "6전 7기 하신 지은 씨가 있습니다. 여러분도 할 수 있습니다."라고 한단다.

대부분 서너 번 실패하면 도전을 포기한다고 했다. 불합격이라는 단어를 볼 때마다 포기하고 싶었다. 하지만 '한 번 더'를 선택했고 도전했다. 포기하지 않고 계속 도전한 끈기로 합격을 이뤄냈다. 감사의 마음으로 '장유미용학원' 밴드를 만들었다. 실무반을 수료한 사람들을 초대했고 우리는 어르신들이 계신 요양병원으로 봉사활동을 간다. 살다 보면 언제 또 어려움이 닥칠지 모른다. 견디기 힘든 시련과 거듭된 실패로 포기하고 싶은 순간이 찾아오면 또다시 나에게 응원을 보내기로 했다.

"한 번 더 해 보는 거야."

제 2 장

어떤 길이든 의미가 있지

1

테니스로 하나 된 우리

-

강혜진

운명은 우연이 아닌 선택이다. 기다리는 것이 아니라, 성취하는 것이다.

- 윌리엄 제닝스 브라이언

교사가 되고 싶었다. 진로 고민하지 않고 교대로 진학했다. 덕분에 스물네 살, 어린 나이에 선생님 소리 들으며 안정적인 직장에 다니게 되었다. 힘들게 번 월급의 일부는 나를 위해 의미 있게 쓰고 싶었다. 퇴근하는 길, 신호등 옆에 걸려있던 현수막에서 테니스 수강생을 모집한다는 글귀를 보고 무턱대고 전화를 걸었다. 지금처럼 젊은이들 사이에 테니스 붐이 일기 한참 전이었다.

대학교 때 '타이 브레이크'라는 테니스 동아리 신입생 환영회에 참석한 적이 있었다. 그런데 준비해야 하는 라켓이 생각보다 비쌌고 테니스화가 너무 고가라 마련할 엄두가 나지 않았다. 결국 신입생 환영회를 마지막으로 테니스 동아리에는 더 이상 나가지 않았다.

돈 걱정에 시작하지 못한 테니스에 미련이 남아 있었다. 색 바랜 현수막에 마음이 동했던 건 그 미련 때문이었다.

새벽 타임, 처음 개인 강습을 받던 날, 코치가 라켓을 사야 한다고 말했다. 진해역 앞에 있는 스포츠용품점에 가서 코치 이름을 말하면 라켓을 조금 싸게 살 수 있을 거라 했다. 사장은 시원하게 2만 원을 깎아 주었다. 곧 생일이 다가올 남자친구 라켓도 하나 샀다. 남자친구와 내가 혼합 복식 게임에 출전하는 장면을 상상하며 집으로 돌아왔다.

추천받은 라켓은 입문용이라 200g 남짓이었다. 제일 가벼운 것이라 했다. 그러나 45kg의 마른 체형에 근육도 하나 없는 내가 휘두르기엔 무겁기 짝이 없었다. 개인 강습이 끝나고 돌아오면 종일 근육통에 시달렸다. 테니스공이 왜 그렇게 작게 느껴지던지 큰 라켓으로도 제대로 치기 쉽지 않았다. 공이 내 왼쪽 무릎 앞까지 오면 상체를 재빨리 회전시키며 체중을 왼발에 실어야 한다. 라켓의 정중앙에 볼을 맞추어야 하는데 공과의 거리가 맞지 않아 포즈가 어정쩡했다. 타이밍을 잘 못 맞춰 라켓을 허공에다 휘둘렀다. 숨이 차서 공까지 달려가기도 전에 지쳐 허우적댔다. 개인 강습에 참여할수록 자존감이 쪼그라들었다. 하나씩 볼을 던져 주는 코치의 표정도 날이 갈수록 싸늘해졌다. 공 하나 던져 줄 때마다 "그게 아니고."를 외치다가

급기야 한숨까지 내쉬는 코치 앞에서 주눅이 들어 실력이 늘지 않았다. 그렇게 새벽을 시작하면 하루 종일 기분이 나빴다. 아무리 생각해도 테니스는 나에겐 맞지 않는 운동 같았다. 어렸을 땐 운동 신경이 뛰어나다는 소리를 자주 듣던 나였다. 테니스는 그런 나의 운동 부심을 제대로 밟아 뭉개고 있었다. 성인이 되고 운동이라곤 숨쉬기 말곤 해 본 적이 없었다. 저질 체력으로 새벽마다 잠에서 덜 깬 채 강습을 받았으니 당연한 결과였는지도 모른다. 결국 어깨에서 시작한 통증이 허리까지 번지고 나서야, 시작한 지 100일도 안 돼 테니스를 그만두고 말았다.

내가 그렇게 테니스와 사투를 벌이는 동안 남자친구는 제법 멋지게 서브를 넣을 만큼 실력이 늘었다. 내가 사 준 라켓으로 테니스 강습도 받고, 클럽에도 가입해 열심히 활동했다. 그럴수록 데이트에도 시큰둥했고 전화를 해도 얼른 끊으려 할 때가 늘어났다. 하나를 하면 끝을 보는 남자친구가 테니스로 끝을 보려고 하고 있었다. 나를 뒤로하고 테니스에 빠진 남자친구를 보니 라켓을 선물한 것이 후회되었다. 테니스 때문에 좌절을 맛보고 자존감까지 나락으로 떨어진 내가 남자친구까지 테니스에 빼앗겨 버리다니. 그 후로 테니스는 완선히 내 마음에서 아웃이었다.

남자친구가 남편이 되고 나서도 마찬가지였다. 내가 임신, 출산 후 육아하며 직장 일까지 하느라 바빠서 운동할 틈이 없을 때도 남편은 꾸준히 테니스를 쳤다. 실력이 늘지 않는다며 주 5일 개인 강습을 받고 주말엔 새벽부터 동호회에 나갔다. 어린 두 아이를 픽업해 먹이고 재우고 집이 엉망인

채로 쓰러져 잠드는 와이프에겐 관심도 없는 것 같았다. 테니스만 생각하는 것 같아 남편이 미웠다. 잔소리하는 와이프와 엉망인 집, 잠투정하는 아이들 때문에 남편은 테니스 코트로 도피했는지도 모른다. 그럴수록 남편보다 더 테니스가 미워졌다.

2017년은 첫째 주원이가 일곱 살, 둘째 주하가 다섯 살 되던 해였다. 남편이 테니스장 가는 길에 주원이를 데리고 다니고 싶어 했다. 어렸을 때부터 테니스를 시작한 사람들은 자세와 파워가 다르더라며 주원이도 일찍 테니스 강습을 시키고 싶다고 했다. 그렇게 테니스를 시작한 아들이 제법 공을 치게 되었을 때쯤, 주원이 운동하는 것도 구경하고 주하와 산책도 할 겸, 온 가족이 테니스장에 같이 다니기 시작했다.

2020년, 도시로 이사하고 나서 집 가까운 곳에 테니스 클럽이 여러 군데 있다는 사실을 알게 되었다. 남편은 마음에 드는 테니스 클럽에 찾아가 가입했고 가까운 만큼 더 긴 시간 코트에서 공을 쳤다. 아마추어 복식 대회에 참가하기 위해 전국을 돌아다니던 남편은 가끔 순위권에 들어 상품권과 현금을 받았다며 나에게 의기양양하게 내밀었다. 테니스에 빼앗겼던 남편을 그렇게 보상받는 느낌이 들어 테니스에 대한 나쁜 마음이 조금씩 누그러들기 시작했다.

주하가 열 살 되던 2022년, 육아에서 해방된 기분을 만끽하던 나는 그동안 자전거도 타고 달리기도 하며 연약함이라고는 찾아볼 수 없는 근육질의 건강한 아줌마가 되었다. 건강을 위해 딸과 나도 함께 테니스 강습을 등록했다.

A 코트에선 아빠가 고수들과 게임을 즐기고 C 코트에선 아이들과 내가 차례로 강습을 받는다. 가끔 B 코트가 비면 가족이 다 같이 아이스크림 내기 게임도 하고 초보 멤버들과 짝을 맞춰 미니 게임도 한다. 클럽의 선배 회원들은 같은 취미를 즐기는 우리 가족이 부럽다고도 한다. 그럴 때면 남편 어깨에 힘이 들어가는 게 보인다.

매주 화요일과 목요일, 우리 가족은 어김없이 함께 테니스 코트로 나선다. 나가는 길엔 귀찮고 피곤한 마음이 들 때가 많지만 돌아오는 길엔 언제나 표정이 밝다. 땀에 스트레스를 담아 흘려 버리고 나면 찌푸릴 일도, 짜증나는 일도, 어느새 잊고 기분도 상쾌해진다. 돌아오는 차 안에서 기쁜 마음으로 일상을 주고받는다. 가끔은 서로의 동작에 대한 피드백도 나눈다. 실력 좋은 남편은 주말에 가족들에게 공을 던져 주는 코치를 자처한다. 지금은 건강해지는 것을 목표로 함께 운동하고 있지만 언젠가는 가족이 짝을 이뤄 아마추어 대회에 나가는 날을 꿈꿔 본다.

20년 동안 꾸준히 운동하며 성장해 온 남편, 목표를 정하면 이룰 때까지 포기하지 않고 노력하는 남편이 대단해 보인다. 그런 아빠를 보고 함께 운동하는 아이들도 기특하다. 힘들어도 날마다 코트에 나가 운동하고, 조금씩 느는 실력에 성취감을 느끼는 아이들이 건강하게 잘 자라고 있는 것 같아 고맙다.

무언가를 선택하고 선뜻 시도한다는 것이 쉽지 않다. 그 시도 끝에 어떤 결과가 펼쳐질지는 아무도 모른다. 20년 전 테니스를 시작하고 라켓을 선물했던 나의 선택. 우여곡절이 있었지만 그 덕분에 온 가족이 같은 시간에 같은 공간에서 땀 흘리며 건강해지는 경험을 공유할 수 있게 되었다. 빛바랜 현수막을 보며 테니스를 시도했던 나와 선물 받은 라켓으로 열심히 운동한 남편에게도 고맙다. 같은 취미를 공유하며 함께 추억할 시간을 살아가는 우리. 이 정도면 우리는 성공한 테니스 가족이다!

2

빈 곳을 채워 주는 사람

-

글빛혁수

인간은 자신의 선택에 의해 이루어진 존재이다.

-장 폴 사르트르

지금으로부터 9년 전인 2015년 8월, 자전거를 타고 횡단보도를 건너는데 택시가 나를 날려 버렸다. 의사는 내가 살지 못살지 모르겠다고 말했지만, 나는 살아났다. 입원해서 재활 치료하는 데 6개월이 걸렸다. 퇴원했지만 후유증으로 몸이 성치 않았다. 걸을 수는 있었지만 팔을 어깨 위로 들기가 힘들었다. 주로 생산 현장에서 일했던 나는 도대체 뭘 해서 먹고 살지 대책이 없었다. 몸을 힘들게 놀리지 않으면서 꾸준히 오래 할 수 있는 일이 필요했다. 어쩔 수 없이 편의점 등 아르바이트만 하며 살았다. 그러다가 2019년 5월, 지인 누나가 간호조무사를 추천해 주었다. 간호학원에서 1년 동안 공부해서 자격증을 따고 2020년 4월부터 간호조무사 일을 시작했다.

누나의 말을 듣고 동네 간호학원을 알아보기 시작했다. 다행히 한 곳에서 입학이 가능하다고 했다. 다른 곳은 이미 접수 시간이 지나서 안 된다고 했다. 1년 과정 중 반은 학원에서 수업하고 반은 병원에서 실습을 했다. 간호조무사. 이름만으로도 좋았다. '간호'라고 하면 일단 뭔가 있어 보이는 것 같았고, 남을 도우며 살고 싶은 내 꿈에 조금이라도 다가가는 것 같았기 때문이다. 나는 평생 생산직으로 일했다. 공업고등학교 전기과를 졸업하고 전기실에서 일한 적도 있지만, 적성에 맞지 않아 몇 달 못 하고 그만뒀다. 그 후로 이곳저곳 옮겨 다니면서 살았다. 평생 '나는 누구'라고 말할 수 있는 일을 해 본 적이 없다. 그저 하루하루 한 달 한 달 먹고 살기에 급급했다. 누나의 말을 듣고 처음으로 미래를 생각할 수 있는 일을 배워 보기로 했다.

그냥 국비 지원을 받을 수도 있었지만, 편의점 야간 아르바이트를 하면서 학원에 다니기로 했다. 먹고는 살아야 했으니까. 하지만 그건 잘못된 선택이었다. 밤새워 일하고 빨리 집에 가서 최대 3시간을 잔다. 일어나 학원으로 갔다가 집에 와서 아르바이트 가기 전까지 또 번개같이 3시간을 잔다. 나는 생각했다. 과연 할 수 있을까. 물론 처음에야 할 수 있겠지만 몇 달이고 계속 이런 생활을 하기는 힘들지 않을까. 일단 한번 해 보고 상황을 봐야겠다고 생각했다. 일 끝나고 잠깐 눈 붙인다는 게 말처럼 쉽지 않았다. 아침에 퇴근하고 집에 가면 아무리 피곤해도 잠이 금방 오지 않았다. 잠들었다 싶으면 일어나야 했다. 그 상태로 학원을 가면 거의 반은 졸았다. 그러니 공부고 뭐고 잘될 리 없었다. 5시에 학원 마치고 밤 10시 출근 시간까지 5시간 동안 씻고 먹고 드러눕는다. 초저녁이라 잠은 또 쉽게 오지 않았다. 자야 할 시간에 못 자고 자지 말아야 할 시간에 잠이 쏟아졌다. 일할 때, 공부할 때 잠은 귀신같이 나를 붙잡고 늘어졌다. 나는 몇 달은커녕, 한 달도 채우지 못하고 항복해 버렸다. 그때는 이미 국비 지원도 할 수 없었다. 학원비는 350만 원. 돈이 없는 나는 다른 방법이 필요했다. 학원에 물어보니 재직자 내일배움카드로 200만 원을 지원받고 나머지 150만 원만 내면 된다고 했다. 그것만 해도 어딘가 싶었다. 문제는 시간이었다. 5월이 가기 전에 카드가 나와야 학원에 수업 접수를 할 수 있었다. 시간이 부족했다. 급하게 근로복지공단과 고용센터를 돌아다니면서 알아봤다. 고용센터에서는 신청 대상자가 맞긴 한대 고용보험이 이중으로 가입돼 있어 안 된다고 했다. 잉? 이중보험? 무슨 이중간첩도 아니고 뭔 소린가 싶었다. 하지만 그걸 따질 때가 아니었다. 전 보험 상실 신고를 해서 처리가 된다고 해도 카드 신청까지 하면 이달 내에는 될 가능성이 없어 보였다. 그래도 다른 방법이 없으니 일단 해 보기로 했다. 당연하게 될 줄 알았던 일이 이렇게 급박해지니 마음이 더 간절해졌다.

이틀 뒤 고용센터로 가서 내일배움카드를 신청하고 근처 은행에서 바로 발급받았다. 3일 만에 카드를 손에 쥘 수 있었다. 근로복지공단 화성지사 담당자의 세심한 일 처리 덕분이었다. 그 담당자는 전 보험 상실 신고가 아니라 아예 취득 신고 자체를 하지 않는 쪽으로 해야겠다고 했다. 나는 무슨 말인지 알아들을 수 없었지만 알았다고 했다. 서류를 작성하면서 언제까지 가능할지 조심스레 물어봤다. 그랬더니 이번 주 내로 된다고 하면서 내일 내가 나오지 않으니 오늘 이걸 처리해 놓고 가겠다고 했다. 나는 부탁드린다고 허리 숙여 인사했다. 약간 건조한 목소리의 단발머리 직원은 내 인사가 부담됐는지, 고개를 숙인 채 서류를 보면서 "네~"하는 대답만 했다.

카드를 몇 번이고 꺼내서 만지작거렸다. 이미 간호조무사가 된 것만 같았다. 어서 빨리 이걸 하라고 누가 떠미는 것 같기도 했다. 겨우 안심하고 밤에 눈을 붙일 수 있었다.

누나에게 전화를 걸어 간호조무사 공부를 시작했다고, 고맙다고 말했다.

"와 이제 간호사 되는 거야?"

"아니요. 간호조무사요, 간호조무사."

"그러니까. 간호조무사. 와 축하해~ 앞으로 손혁수 간호조무사라고 불러야겠네."

"네 누님. 일 년 후에요. 누님 덕분에 이런 것도 시작했네요. 감사합니다, 누님"

"뭐가 내 덕분이야. 혁수가 딱 들을 귀가 있어서 한 거지. 어쨌든 수고하고 잘 한번 해 봐."

내게는 아는 누나가 있다. 내가 힘들 때, 빈 공간을 채워 주는 든든한 조각 같은 사람이다. 언제나 밝고 기운 있는 목소리로 자신감을 준다. "와~" 하고 감탄해 주고 용기를 주고 희망도 막 준다. 특히 내 이야기를 잘 들어 준다. 누나와 이야기할 때 나는 뭐라도 되는 사람처럼 신나서 떠든다. 2015년 8월에 있었던 교통사고로 아무것도 할 수 없을 때부터 도움을 많이 받았다. 환경운동연합에 추천해 주어서 몇 달 일하기도 했고 간호조무사를 알려 주어서 지금 먹고살고 있기도 하다. 고민이나 수다 떨고 싶을 때는 1순위로 전화하거나 만나서 이야기한다. 그러다 보면 거의 다 풀린다. 안 풀려도 마음이 편해진다. 밥도 자주 얻어먹었다. 얻어먹어도 부담스럽지 않은 유일한 사람이다. 이제는 나도 사 준다. 몇 달 만에 연락해도 어제 통화한 사람처럼 어색하지 않고 자주 만나도 반갑다.

언제는 한번 물어본 적이 있다.
"누님은 왜 저한테 이렇게 잘해 주세요?"
"너는 왜 자꾸 연락하는데?"
"누님하고 이야기하면 말이 통하니까요. 마음도 편하고 특별히 뭘 안 해도 오해할까 봐 신경 안 써도 되고… 그냥 편해서요."

"그래 나도 똑같다. 다른 사람하고 이야기하면 맞춰줘야 하니까 신경 쓰이고 그런데 너하고 이야기하면 말이 통하니까 신경 안 써도 되니까 좋지."

그러면서 덧붙인다.

"이렇게 가끔 연락해도 어제 만났던 사람처럼 편한 사람은 드물지."

3

죄수생? 아니요, 재수생입니다

-

김서현

가장 큰 위험은 위험을 감수하지 않는 것이다.

- 마크 저커버그

스무 살이었던 해 6월 무렵, 허름한 자취방에서 나와 학교로 허둥지둥 나섰다. 아홉 시에 있을 실습 시간에 맞춰 간신히 강의실에 도착했다. 전날 마신 술 때문에 멀쩡한 정신이 아니었다.

강의실 맨 뒤 구석 자리에 앉았다. 지도 교수의 설명을 들으며 인슐린 주사기를 이리저리 만졌다. 멍하니 주사기를 만지던 그 순간, 손가락이 바늘에 찔렸다. 술기운이 확 깼다. 주위를 이리저리 둘러보니 동기들은 수업 듣느라 여념이 없었다. 술이 덜 깬 모습을 들키기 싫어 찔린 손가락을 최대한 가리며 시계만 쳐다봤다. 아직 수업이 끝나려면 한참 남았다. 강의실 앞 교탁에 그려진 학교 마크가 문득 눈에 들어왔다. 아무리 생각해도 나와는 어울리지 않는 마크였다.

나 빼고 다 좋아 보였다. 다들 공부도, 과 활동도 즐겁게 참여했다. 모두 캠퍼스 생활을 맘껏 누리는 모습이었다. 하지만 나는 하나도 즐겁지 않았다. 전공과목과 용어들이 낯설었다. 고등학교 때 맨 앞자리에서 수업 듣던 열정은 다 식어 버린 지 오래였다. 강의실 맨 뒤에 앉아 멍하게 수업을 듣는 내 모습이 외딴섬에 홀로 떨어져 있는 것 같았다.

고3 시절, 선생님이 되고 싶었다. 교육대학교나 사범대에 진학하기 위해 수능 공부를 열심히 했다. 수능일 시험 일과에 컨디션을 맞추려고 실전 같은 모의고사도 수없이 쳤다.

그해 11월, 고3 수능 시험일이었다. 1교시 언어영역 시험 시간. 처음엔 순조로웠다. 그런데 듣기 영역이 끝나고 얼마 안 되어 갑자기 숨이 안 쉬어졌다. 하얀 것은 종이였고 까만 것은 글자였다. 문제가 도저히 읽히지 않았다. 귀에는 다른 수험생들이 시험지 넘기는 소리만 들렸다. 심장이 몸 밖으로 튀어나올 것 같았다. 처음 겪어보는 상황에 문제를 푸는 것이 불가능했다. 마치 다른 세상에 와 있는 것처럼 내 정신은 온전하지 않았다. 아무것도 하지 못한 채 결국 시험 시간이 그대로 종료되었다. 내가 제출한 답지는 거의 백지였다. 쉬는 시간에 서럽게 울었다. 감독 교사와 주변 수험생들이 위로해 주었다. 그렇게 언어 시험을 '망쳐' 버렸다. 그 여파로 다른 과목도 실력을 발휘할 수 없었다.

나중에 알고 보니 공황장애 증상이 온 것이었다. 이후 받아 본 수능 성적표에는 태어나 처음 보는 숫자들이 적혀 있었다. 문과임에도 언어영역 점수가 터무니없이 낮아 교대나 사범대는 쳐다볼 수도 없었다. 하는 수 없이 점수에 맞춰 생각에도 없었던 의료계열 학과에 원서를 냈고 합격했다. 꿈을 날려버린 것 같았다. 엄마는 재수를 권유했지만, 나를 절망으로 이끈 수능 시험을 두 번 다시 보기 싫었다. 어떻게든 재수는 피하고 싶었다.

점수에 맞춰 억지로 입학한 학교였어도 첫 한 달은 좋았다. 모든 억압에서 벗어나 자유를 찾은 기분이었다. 새내기로서 그냥 하루하루를 즐겼다. 친구들과 마음대로 쇼핑도 하고 술도 먹으니 어른이 된 것 같았다.

두 달, 석 달이 지나갔다. 공부와 실습을 하다 보니 어느새 슬슬 현실이 눈에 들어왔다. 취직은 가능하겠지만 그 이후의 삶은 그다지 밝게 그려지지 않았다. 내가 이 직업을 갖고 잘 살아갈 자신이 없었다.

1학년이 끝날 때까지 고민은 해결되지 않았다. 이제라도 수능을 다시 봐야 하나. 하지만 수능 공부를 손에서 놓은 지 1년이나 되어서 시험을 쳐도 점수가 만족스러우리란 보장도 없었다. 그런데 평생을 이렇게 갈등하며 살아야 한다고 생각하니 그것도 끔찍했다. 나는 무엇을 선택해야 할까. 다시 도전하느냐, 안주하느냐. 아직 어린 스무 살에게는 너무나 어려운 인생 고민이었다.

오랜만에 은주 언니를 만났다. 언니는 교육대학교 3학년에 재학 중이었다. 언니가 교육대학교 생활을 재미있게 이야기했다.

"학교에서 정말 별걸 다 배워. 단소도 불고 체육복 입고 앞구르기도 해. 그런데 공부하다 보면 내가 예전에 학교 다닐 때가 생각나서 재밌어. 실습은 근처 초등학교로 가. 아이들이 선생님이라고 불러줄 때는 진짜 뿌듯해. 저번 실습에서 어떤 아이가 편지를 써서 하트로 만들어 줬는데 어찌나 감동이던지."

듣다 보니 이야기에 점점 빠져들었다. 아이들이 선생님이라고 불러 주며 활기찬 웃음소리로 가득한 교실. 나도 그 속에 있으면 얼마나 좋을까. 언니가 자기 얘기만 한다고 느꼈는지 나에게 물었다.

"너는 어때? 학교생활 잘하고 있어?"

언니가 묻는 말에 씁쓸한 미소만 지었다. 어려운 전공 공부, 주사기에 손가락이 찔린 일, 수능을 다시 도전할지 말지에 대한 고민을 언니에게 털어놓았다.

"다시 수능 보는 게 어때? 언제까지 고민만 할 거야? 너 고등학교 때 공부 열심히 했잖아. 교대 입학해서 같이 선생님 하자."

언니와 헤어진 후, 내 고민에 답이 조금은 보였다. 어떤 선택을 하든, 결과가 어찌 되든 지금처럼 매일 고민만 하는 것보다는 나을 것 같았다. 내 머릿속 물음표가 느낌표로 바뀌었다.

부모님께 어렵게 말씀드렸다. "엄마, 아빠. 저 1년 동안 고민한 끝에 용기 내어 말씀드려요. 저 재수하고 싶어요. 다시 수능 친 후 교대 가면 안 돼요?"

"잘할 수 있겠니? 다시 수능 본다고 꼭 교대 갈 거라는 법은 없는데 그래도 괜찮겠어?"

"여보, 우리 딸 잘하겠지요. 이왕 하는 김에 열심히 해 봐."

그렇게 부모님의 지원 덕분에 재수학원에 등록했다. 다니던 학교에는 자퇴서를 냈다.

스물한 살, 재수생이 되어 부산에 있는 기숙사형 재수학원에 들어갔다. 학원에서 보내는 하루는 단순했다. 식사와 수면 시간을 제외하면 무조건 공부였다. 재수생들로 꽉 찬 교실에는 종이 넘기는 소리와 글자 쓰는 소리만 가득했다. 웃음소리 하나 들리지 않는 메마른 곳이었다. 같은 반 재수생들은 이미 한 번의 실패 아닌 실패를 겪어 보아서 그런지 표정에서 하나같이 차가운 독기가 느껴졌다. 나도 독하게 공부했다. 살이 39kg까지 빠졌다. 체력이 바닥나 가끔 수액을 맞으러 병원에 가기도 했다. 하지만 병원 가는 시간도 아까워 손에는 단어장을 지니고 다녔고, 잘 때는 영어 듣기 공부를 위해 귀에 이어폰을 꽂은 채 잠이 들었다. 고등학교 친구들과 대학 동기들이 예쁘게 차려입고 꽃놀이와 단풍놀이하러 갈 때 나는 후줄근한 트레이닝복을 입고 홀로 책상에 앉아『수학의 정석』을 소설처럼 읽었다.

한 번씩 모의고사를 치는 날이면 몸이 녹초가 되었다. 아침부터 저녁 식사 시간까지 하루 내내 자리에 앉아 시험을 치는 게 쉽지 않았다. 하지만 마음은 행복했다. 모의고사 점수가 좋든 나쁘든 내 선택에 후회라는 감정은 전혀 들지 않았다. 오히려 인생의 큰 갈림길에서 쉽게 선택하기 힘든 결정을 내린 나 자신이 대견스러웠다. 불확실한 상황에서 나를 믿어 본 것. 그것만으로도 나에게는 성공이었다.

사계절이 어떻게 지나갔는지도 모르게 어느덧 11월 수능일이 왔다. 공부하면서 마음이 단단해진 덕분인지 2년 전처럼 시험 중 공황장애 증상이 오지는 않았다. 내가 갈고닦은 실력만큼 최선을 다해 시험을 쳤고 마침내 교육대학교에 입학했다.

오늘도 나를 선생님이라고 불러 주는 사랑스러운 스무 명의 아이들을 위해 어김없이 출근한다. 학교에 가서 주사기 대신 교과서를 잡는다. 그때의 선택이 아니었더라면 지금의 일상도 없을 것이다.

나에게 있어 성공이 무엇이었는지 떠올려 본다. 교육대학교에 입학한 것, 임용고시에 합격해서 선생님이 된 것. 물론 성공이라고 할 수 있다. 그러나 '수능 도전'을 선택한 것 자체가 나에게 있어 가장 큰 성공이다. 공황장애 때문에 다시는 쳐다보기도 싫었던 수능이라는 불구덩이에 다시 한번 뛰어 들어갔다. 결과가 좋을 거라는 보장도 없었다. 수능 날 또 공황장애로 한 번 더 실패할 수도 있었다. 그럼에도 불구하고 나는 나를 믿고 다시 도전했다. 도전했으니 그것만으로도 성공이다. 결과가 어찌 됐든 이 도전을 선택하지 않았으면 평생 미련 속에 살았을 터다.

교사가 된 지금도 선택의 순간은 끊임없이 온다. 선택으로 인한 성공과 실패도 맛본다. 하지만 결과에만 눈을 돌리지 않겠다. 지금처럼 도전하는 과정 자체를 성공이라 정의하고 살아가려 한다. 나를 믿고 도전하는 것, 그것만큼 반짝반짝 빛이 나는 성공이 또 있을까.

4

인생의 파도에 올라타는 법

-

백현기

선택과 결정은 타이밍이다.

- 최훈

살면서 실패한 적 없다. 실패 기억이 없는 이유는 남들 앞에서 '괜찮은 척'하다 보니 그럭저럭 극복되었던 것 같다. 그랬던 내가 결혼생활에 실패했다. 이혼으로 인해 처음으로 불행하다고 느꼈다. 10년이 흐른 지금은 괜찮다고 말할 수 있지만, 그 당시 나는 무너졌다. 직장에 소문이라도 날까 봐 걱정됐다. 갑자기 세상에 혼자 남겨진 것 같았다. 어떻게 살아가야 할지 막막했다.

시작부터 쉽지 않았던 일이었다. 양가 부모님 반대가 심했기 때문이었다. 그런데도 둘만 괜찮으면 됐다며 우리끼리 시작했다. 처음 행복한 시간과는 달리 시간이 갈수록 "너는, 나에게 어떻게 했냐!"라며 목소리 높이는 날이 많아졌다. 서로가 느낀 아쉬움만 토해 냈다. 헐뜯기를 반복하다 타협점을 찾지 못했다. 참다못한 내가 먼저 말했다. "차라리 잠시 떨어져 지내보자." 파놓은 감정의 골이 깊어서였을까, 우리는 그해 여름 이별을 택했다. 돌덩이 하나가 머리에, 또 하나가 가슴에 가득 찬 기분이 매일 반복됐다. 답답했다. 하늘이 노랗게 보이는 날도 많아졌다. 이 핑계 저 핑계를 대며 술을 마셔댔다. 그래야만 하루를 버틸 수 있었다.

2016년 겨울, 사람이 많은 곳에 가면 숨이 꽉 막혔다. 어지러웠다. 병원에 전화를 걸어 상황을 알렸다. 내원한 후 공황장애 진단을 받았다. 직접 겪어 보니 삶이 힘들다는 사람 중에 얼마나 힘들면 자살을 선택하는지 이제야 공감됐다. 사람들과 마주치는 일이 무서웠다. 길거리에서 스쳐 가는 사람들조차도 피해 걸었다. 정신과 상담, 약 처방을 통해 증상이 조금씩 호전됐다. 병원에서는 산책을 추천했기에 시간 가는 줄 모르고 걸었다. 답답한 마음을 걷는 것으로 해결했다. 걷다가 생각하다가 반복했다. 문득 바다가 보고 싶어졌다. 마음속 답답함이 쌓일 때마다 바다를 찾았던 기억이 났다. 다음 주말을 이용해 제주 바다를 가기로 했다. 마음에 쌓인 돌을 바닷속에 잔뜩 던져 버리고 싶었다.

한창 국내 서핑이 명성이 시작했을 때였다. 그래서인지 공항 여기저기

서프보드가 눈에 많이 보였다. 복장도 여느 외국 서퍼(Suffer)처럼 보이는 사람이 많았다. 수영은 할 줄 알지만, 서핑해 본 경험이 없었다. 그렇다고 못 할 것도 없었다. '그까짓 거'하며 제주 공항에서 가장 가까운 서핑 가게에 전화를 걸었다.

'언제든 오세요. 복장도, 보드도 전부 대여해 드리니 아무 걱정하지 말고 오시면 됩니다.' 늘 처음 하는 일에 겁을 먹고, 한참을 고민만 하다가 시간을 흘려보낸 적이 많았다. 하지만 그날만큼은 곧바로 실행으로 옮겼다. 아니, 이번만큼은 흘러가는 대로 한번 해 보고 싶었다. 무작정 달려들고 싶었고 나도 저들처럼 파도 위에 서고 싶었다.

그렇게 나는 서핑을 시작했고, 넓은 바다의 흔들리는 파도 위에 올라서는 방법을 배웠다. 첫날엔 얼마나 해변 모래 위에서 엎드려 팔을 돌렸는지, 물 밖에 나와서도 한참 동안 입안이 까끌까끌했다. 그런데도 즐거웠다. 비록 실력 좋은 서퍼는 아니었지만, 이전에도 지금도 바다는 나를 기억하고 있었다.

제주 해변으로부터 바다 한가운데로 멀리 밀려왔다. 내 키보다 긴 서프보드 위에 엎드려 양팔 움직임에만 의지한 채 여기까지 왔다. 양팔에 힘을 주어 보드 위에 걸터앉았다. 바람도 파도도 잠잠했다. 몸을 기울여 바닷속을 살폈다. 바닥이 보이지 않았다. 바다 한가운데에서 판 하나에 내 몸을 맡겼다. 파도는 바다와 하늘이 서로 맞닿은 곳에서 태어난다고 했다. 나도 저 끝을 응시했다. 기대했던 파도는 내 앞에 가까이 와서는 사라졌다. 마음에 드는 파도라고 생각했건만 내 앞에 거의 다 와서는 하얗게 사라졌다. 아쉬워할 필요는 없었다. 파도는 다시 올 테니까. 나는 다음을 기다리기만 하면 될 뿐이었다. 조바심이나 억울함을 느낄 필요 없었다.

바다 한가운데 떠 있는데 생각났다. 나는 그동안 모든 기회를 잡으려고만 했다. 잘하기 위해, 성공하기 위해 최선을 다했다. 시간이 지나면서 사랑했던 사람까지도 마음속 우선순위에서 밀려 있었다는 걸 깨달았다. 늦게 깨달아서 더 마음이 찡했다. 엎질러진 물이었다. 지금부터 꾸려갈 삶은 서핑을 통해 깨달은 내용을 증명할 터다.

서퍼는 파도를 두려워하지 않는다. 만약 높은 파도가 다가온다면, 보드에 몸을 밀착시켜 물속으로 깊숙이 잠수한다. 그러고는 다시 수면 위로 나와 참았던 숨을 내쉬며 다음 파도를 기다린다. 기다리던 파도가 나타났을 땐 방향을 맞추어 보드에 엎드린 채 양팔을 빠르게 돌린다. 파도의 속도를 따라가기 위함이다. 마침내 파도와 나의 속도가 같아지는 순간 재빠르게 몸을 일으켜 보드 위에 선다. 이 과정이 서핑의 전부다.

살면서 힘든 순간이 아예 없을 수는 없다. 그렇다고 무조건 피하거나 숨을 수도 없다. 맞서 싸워 넘어뜨려야 할 때도 있고, 마치 파도를 타듯 함께 흘러가야 하는 일도 있다. 나는 아픔이나 실패, 고통스러운 순간을 그때라고 생각한다. 억지로 이겨 내려 하기보다는 적당히 울기도 하고, 괜찮지 않다며 주변 사람들에게 도움도 청하면서 말이다.

삶이 벅차고 힘들어 보이는 파도로 보였을 테지만, 파도에 올라타는 법이 익숙해지면서 삶 또한 파도처럼 익숙해졌다. 서퍼가 파도를 두려워하지 않는 것처럼 이혼, 공황장애를 경험한 나는 더는 삶을 피하지 않는다.

때로는 당장 죽을 것 같았던 지난 시간이 머릿속에서 파노라마가 되어 흘러갈 때가 있다. 그래도 늘 희망을 품으며 매일 부는 삶의 파도를 즐긴다. 다시는 일어서기 힘들 줄 알았는데, 자주 주저앉는 연습을 하다 보니 균형 잡는 힘이 더 키워진 기분이다. '오늘을 버티면, 내일 부는 파도에 더 잘 흘러가겠지.'라는 생각도 한다. 처음 파도에 휩싸여 뒹굴던 그때를 잘 이겨 낸 나에게 감사함을 전하며, 앞으로는 나만의 파도를 기다릴 수 있기를 바란다. 파도타기는 한 번에 성공할 수 없다. 선택했고 계속 도전했기에 지금의 나는 능숙한 서퍼가 되었다.

10년 후 지금의 나는 활기가 넘친다. 지금의 내 삶은 언제 그랬냐는 듯 다양한 취미를 즐기며 산다. 한 번은 성격유형 검사 MBTI를 했었는데 결과가 재미있었다. '적극적이고 활달한 성격의 소유자, E'가 나왔다. 나는 조용하고 혼자 있는 걸 좋아하는 줄 알았는데, 성격도 나이를 먹어가며 변하는 게 확실하다.

인생은 길다. 세월만큼 이혼 이상으로 해결해야 할 문제가 내게 올 수도 있다. 인생의 파도 위에 올라타는 사람이 인생 서퍼다. 나의 서핑 실력이 지금 바닷속으로 잠길 것 같은 사람들을 돕는 재료가 되리라 믿는다. 남도 살리고 나도 일어서는 자, 서퍼 백현기. 성공했다.

5

성공은 기쁨 속에 숨어 있다

-

신민진

성공은 자기가 원하는 것을 얻는 것이고,
행복은 당신이 얻은 것을 즐기는 것이다.

- 데일 카네기

다섯 시 반에 일어나 도시락을 싼다. '십 분만 더 잘까, 일어날까?' 아침에 일어나는 것부터 시작해 수많은 선택의 기로에 놓인다. 초등학생인 아이들이 방학하면서 일상 루틴을 벗어나니 선택해야 할 일이 더 많아진다. 오늘 점심 도시락 메뉴는 둘째 딸 서윤이가 주문해 둔 베이컨말이밥이다. 베이컨 안에 들어갈 밥에는 채소를 넣을지 양념만 할지 잠깐 고민하다 재빨리 채소를 다지고 볶아 밥을 준비한다. 베이컨 포장을 뜯으며 또 고민에 빠진다. '이걸 다 말면 짜지 않을까? 가공육 많이 먹어서 좋을 것도 없는데.

반으로 자를까? 안 말아지면 어쩌나.' 도마 위에 올려진 베이컨을 한참 바라보다 한꺼번에 반으로 뚝 잘랐다. 한입 크기로 모양을 만들어 둔 밥을 한 바퀴 감고 조금 남는다. 잘 굽기만 하면 베이컨끼리 착 붙을 것 같다. 프라이팬에 올려진 베이컨말이밥을 조금씩 돌려가며 굽는다. 끝이 어긋나면 안 되니 돌리는 방향을 일정하게, 젓가락도 신중하게 움직인다. 고소하고 짭조름한 냄새가 솔솔 풍길 때 즈음 베이컨이 서서히 양쪽으로 벌어지기 시작했다. '망했다!' 예상했던 그림이 아니다. 아침 여섯 시 반, 아이들이 알람 소리를 듣고 일어난다. 큰일이다. 이 시간이면 도시락을 다 싸두고 식사 준비까지 되어 있어야 했다. 풀어 헤쳐진 베이컨과 따로 있는 밥은 도시락에 담을 수 없는 모양새다. 일단 접시에 담아 아침 식사로 내어 준다. '다시 만들자.' 베이컨을 서둘러 뜯고 밥에 소금과 참기름으로 양념을 한다. 서두르니 손이 떨린다. 정신없이 긴 베이컨에 밥을 돌돌 말아 프라이팬에 올리는데, 첫째 아들 시현이가 평소보다 한 옥타브 높아진 목소리로 말한다.

"엄마! 베이컨이 날개 같아요. 멋지게 쫙 펼치고 있어요. 진짜 멋져요! 어떻게 이렇게 했어요?"

손을 멈추고 시현이를 바라보니 작품 감상이라도 하듯 신기해하는 표정이다. 온몸을 가득 채우던 긴장감이 사르르 녹는다. 천진한 눈빛에 웃음까지 터져버렸다.

"그래? 엉망이 되어서 속상했는데 그렇게 봐줘서 고마워."

시현이의 말을 듣고 보니 밥 위에 얹어진 베이컨들이 꼭 독수리의 양 날

개처럼 힘 있게 펼쳐져 있다. 베이컨말이밥은 실패지만 베이컨날개밥이 성공을 거둔 셈이다. 또 나에게는 실패였지만 시현이에겐 성공이다. 우리가 망설이는 선택 속에서 성공과 실패는 관점의 차이일 수 있겠구나. 아이 덕분에 배운다. 선택해서 얻은 결과 중 어떤 면을 바라보느냐에 따라 성공이고 실패일 수 있다는 것이다. 그러니 이걸 선택해도 저걸 선택해도 괜찮을 것 같다.

하지만 인생이 다 그렇지는 않다. 다시 떠올려도 결코 바꿀 수 없는 선택이 있다. 나에게는 무조건 옳은 선택. 수천 번을 되돌려도 같은 결정을 내렸을 그 선택이 지금을 만들어 주었기 때문이다. 마흔 살에 낳은 둘째 딸 서윤이. 이 아이를 갖기 위해 일 년을 기다리고 준비했다. 생명이 계획한다고 오는 것은 아니지만 아이를 잘 키우기 위한 과정에서는 고민과 선택해야 할 일들이 따랐다. 임신 11주, 태아 목둘레 5.5mm. 태아 목둘레를 재는 것은 기형아검사 중에 하나다. 염색체 이상을 진단할 수 있는 지표인데 나는 확률이 높았다. 나이 마흔인 고위험군 산모인 데다가 고위험군에 속하는 수치였다. 병원에서는 가장 안 좋은 경우의 상황을 설명해 주었다. 장황하게 이어지는 의사의 말과 심각한 분위기가 무서웠다. '내 배 속에 아기가 기형아라고?' 억장이 무너진다는 심정이 이런 걸까. 무거운 분위기에 휩쓸려 확률이 아니라 이미 일어난 사실처럼 느껴졌다. 백만 원이 넘는 검사를 추가로 받아 볼 것을 권유받고 병원을 나서는데 팔다리에 힘이 다 풀렸다.

지금 이 상황을 받아들이는 것도, '만약에'라는 말로 상상해 보는 미래도 감당이 되질 않았다.

"여보, 어떻게 하지?" 돌아오는 차 안에서 백번도 더 했던 말이다. "그래서 기형아라면 어떻게 할 건데?" 도리어 남편이 나에게 물었다. 말문이 막혔다. "어쩌긴. 어떻게 할 수 있는 일이 아니잖아. 아이가 우리에게 왔는데, 우리가 선택할 수 있는 일이 있나." 깊은 한숨에 말소리가 섞여 나왔다. 혼잣말 같은 대답을 용케 알아듣고 남편이 하는 말. "그럼 뭘 고민해."

답이 없는 고민인 것은 맞다. 선택할 수 있는 일이 아니었으니까. 알면서도 고민은 떠나지 않았다. 며칠이 지난 뒤 병원에서 연락이 왔다. 양수검사를 포함한 기형아검사를 예약해 준다는 전화였다. 갑작스러운 전화에 당황했지만 이미 정해져 있다는 듯 대답했다.

"괜찮아요. 저 기형아검사 안 하려고요."

"산모님은 확률이 높아서 검사를 해 보시는 게 좋을 거예요."

"아니에요. 검사 안 받을게요."

단호하게 말하는 내 표정이 주차된 자동차 창문에 비추어 보였다. 흔들림 없는 눈빛과 입가에는 미소가 번져있다. 어떤 마음으로 아기를 기다리고 맞이할지, 내가 선택할 수 있는 것은 이것뿐이다. 고민이 사라지고 나니 상쾌한 공기가 몸속으로 들어왔다.

올해 서윤이가 여덟 살이 되었다. 감사하게도 건강하다. 무엇보다 마음이 단단한 아이로 자랐다. 아이가 어떤 모습으로 세상에 오든 온전한 존재로 받아들이고 존중하겠다는 선택. 태아 때부터 가졌던 그 마음 때문인지 서윤이를 향한 신뢰는 흔들리지 않는다. 간혹 엄마와 떨어져 있거나 무언가를 잘하지 못하더라도 괜찮다. 심지어 열이 40도 가까이 나고 아플 때도 이 아이를 바라보는 내 마음도 단단하다. 기형아라는 몇 퍼센트의 확률에 마음을 쏟았다면, 아이가 건강하게 태어났어도 불안을 떨치지 못하거나 어려운 순간이 오면 자책하고 힘들어했을지도 모른다.

서윤이가 글자를 쓰기 시작한 다섯 살 때의 일이다. 유치원에서 돌아올 때면 종종 가족들에게 쓴 편지를 손에 들고 왔다. 선생님이 작은 편지지를 만들어 두고 마음껏 가져다 쓸 수 있게 하셨다. 똑같은 종이에 내용도 늘 비슷했지만 서툰 글씨의 러브레터는 매일 특별했다. "엄마 사랑해요. 엄마 예뻐요. 엄마 공주예요. 엄마 아름다워요. 엄마 최고." 등 예쁜 말들이 넘쳤다. 어느 날 청소를 하는데 서윤이 책상 위에 내가 받은 것과 똑같은 편지지가 보였다. '이게 왜 여기 있지?' 하고 펼쳐보니 "나에게. 나 좋아. 나 보석. 나야 사랑해."라고 적혀 있다. 누구에게 보여 줄 필요도 없이 서윤이가 자신에게 보내는 순수한 사랑의 편지였다. 청소기를 끄고 천천히 들여다보았다. 동글동글 귀여운 글씨가 딱 우리 서윤이 모습 같다. 웃음이 나는데 목이 멘다. 무슨 말이 더 필요할까? 자신을 사랑하며 행복하게 지내는 아이의 모습 하나면 충분하다. 내 선택이 의심의 여지 없이 성공임을 증명해 준다.

백 명의 사람이 있다면 백 개의 삶이 있다. 사람들은 저마다 다른 삶을 살아간다는 뜻이다. 성공에도 정답은 없다. 뛰어난 성취만이 성공을 의미하는 것도 아니다. 나에게 절대적인 성공이 누군가에게는 다른 면을 비추고 있을지도 모른다. 내가 실패라고 생각했던 베이컨말이밥이 아이에겐 성공이었던 것처럼 말이다. 성공을 얻는 비법은 생각보다 단순할 수 있다. 선택해서 얻은 결과 중에 내가 기뻐할 수 있는 것을 찾는다면 성공을 향한 문은 언제나 열려 있지 않을까?

세상의 기준을 떠나 아이 존재에 대한 확신은 기형아검사를 하지 않겠다고 결심한 순간부터 시작되었다. 그 선택을 통해 세상에 온 서윤이는 무엇과도 비교할 수 없는 큰 기쁨이다. 나에게 성공의 문을 활짝 열어 준 아이는 오늘도 얼굴에 웃음이 가득하다. 덩달아 나도 웃게 된다.

"서윤이는 무슨 요일이 제일 좋아?"

"음, 월화수목금토일 이렇게 다 좋아. 행복한 날들이야."

6

내려놓음이 가져다준 성공

-

쓰꾸미

당신의 인생은 10%는 당신에게 일어나는 일이고,
90%는 그에 대한 당신의 반응이다.
- 찰스 스윈돌

잘하고 싶어서 힘을 주면 결과가 생각보다 좋지 않았다.

2020년 코로나가 터졌다. 당시 해외 근무 중이던 나는 전염병 때문에 일요일 외출을 못했다. 유일하게 밖으로 나가서 즐길 수 있는 운동이 골프였다. 한국에서도 골프는 예외여서 선풍적인 인기였다. 인도네시아에서 근무하는 관계로, 골프를 한국보다 저렴하게 배울 수 있다고 생각했다. 그래서 골프에 입문했다.

골프는 바닥에 가만히 있는 공을 골프채로 쳐서 정해진 횟수 안에 공을 홀에 넣는 게임이다. 경기장 밖으로 공이 나가면 벌점을 받는다. 보통 4명이 함께 예의를 지키며 진행된다. 골프에서는 자신이 친 횟수를 직접 세고, 그 점수를 기록해야 한다. 경기장에는 18개의 코스가 있고, 구멍에 공을 72타 이내로 넣는 것이 목표이다. 여기서 '타'는 공을 골프채로 한 번 칠 때마다 그 횟수를 뜻한다. 골프할 때는 자신이 직접 공을 놓고, 14개의 골프채 중에서 상황에 맞는 채를 골라 사용한다. 처음 시작하는 곳에서 공을 쳐서, 정해진 횟수 안에 목표인 구멍에 공을 넣으면 되는 게임이 바로 골프이다.

골프는 쉬우면서도 어렵다. 일 년을 넘게 골프를 쳤지만 100타 아래로 점수를 얻기가 힘들다. 같이 골프를 시작한 친구들 대부분은 100타 밑으로 친다. 또 어떤 홀에서는 기준 타수보다 일 타 적게 치는 '버디'를 기록하기도 한다. 꾸준히 못 하면 포기를 하겠지만 점수가 좋았다, 나빴다 한다. 그러니 친구들과 골프를 치기 시작하면 조바심으로 게임이 통제가 안 되었다. 그래도 인도네시아에서 익숙해지기를 바라면서 거의 매주 골프를 쳤다. 매번 시작하기 전에는 100타 밑으로 치기 위해서 '깨백(백을 깬다)'을 외치면서 의욕을 불태웠다. 의욕도 욕심인가 보다. 잘 치고 싶어 하는 욕심이 들어가니 몸에 힘이 들어갔다. 또 긴장도 했다. 긴장감을 못 이기고 스윙했다. 그리고 공이 홀 밖으로 나가서 OB(Out of Bounds)의 벌칙을 받았다. 그렇게 첫 홀부터 평정심이 무너졌다. 조바심을 느끼니 더 안 좋은 방향으로 골프가 진행되었다.

이때 골프를 잘 치는 사람들은 나에게 조언해 주었다. 몸에 힘을 빼고 치면 된다고. 방법은 유튜브 영상에서 지겹도록 들었던 사항이다. 그러나 몸에 힘을 빼지를 못했다. 그렇게 자책으로 첫 홀을 시작했다. 골프는 저렴하게 즐길 수 있는 운동이 아니다. 그런데 돈을 쓰면서 왜 스트레스를 받으러 왔는지 생각했다. 아깝게 말이다. '왜 새벽부터 골프장에 왔지?'라는 생각도 머릿속을 채웠다. 부정적인 생각을 곱씹느라 경기에 집중 못 했다. 2번째 홀도 어떻게 지나갔는지 몰랐다. 집중을 안 하니 공이 오른쪽도 갔다가 왼쪽으로 갔다가 우왕좌왕했다. 3번째 홀에서부터 예민했다. 내 골프 실력은 이게 아니라고 스스로 위안하며, 주변에서 핑계를 찾기 시작했다. 왜 하필 내 장비가 좋지 않아서. 왜 하필 땅이 고르지 않아서. 왜 하필 내 공이 떨어지는 위치에 호수가 있어서. 홀 주변에 평평하게 잔디를 고르게 깎아 만든 그린 주변, 모래를 쌓아 만든 벙커에 빠진 운을 탓했다. 18개의 홀 중에 첫 홀부터 3번째 홀까지 더블파(정해진 타수의 두 배에 타수를 기록한 경우, 즉 최대 점수)를 기록했다. 기분이 언짢았다. 같이 골프를 치는 사람들이 내 눈치를 봤다. 그래서 내 기분이 나쁘다는 것을 인식했다. 골프를 배울 때에 예의를 지키라는 말이 생각이 났다. 그래서 같이 골프를 치는 사람들에게 "내가 너무 툴툴거렸지? 미안해."라고 사과를 했다. 그리고 즐겁게 즐긴다는 생각으로 나머지 15개의 홀을 쳤다. 그런데 그 경기에서 처음으로 100타 밑으로 쳤다.

원하던 100타 밑으로 골프 점수가 나온 사항에 대해 고민해 봤다.

첫째, 꾸준함이 더 좋은 결과를 얻었다.

처음 세 개 홀에서 안 좋은 결과가 나옴에 따라 잘해야 한다는 부담감이 생겼다. 잘 쳐야 한다는 생각이 긴장으로 반영되어서 몸이 굳은 것 같았다. 굳어진 몸은 연습하던 몸의 상태와 달랐다. 그래서 내가 연습한 결과가 나오지 않은 것이었다. 부담감을 줄이고 즐긴다는 생각으로, 평소에 내가 연습한 스윙의 결과를 본다는 생각으로 치기 시작했다. 그러니 결과가 연습하던 것과 비슷하게 나오기 시작했다. 신기했다. 그렇게 첫 홀부터 내가 연습한 결과가 나오기를 바랐는데, 왜 4번째 홀부터 나오는 것인지. 그것이 잘해 보겠다는 욕심을 버리니 점수가 꾸준하게 나오는 게 야속했다. 노력한 연습이 긴장한 상황에선 아직 결과로 나오지 않는 것 같았다. 그래도 4번째 홀부터 연습한 결과가 나와서 다행이었다.

둘째, 모든 사항을 내 책임이라고 생각했다.

골프를 치면서 점수가 좋지 않은 것을 설명하기 위해서 제일 쉬운 방법은 '탓하기'였다. 나는 잘하고 있는데, 내 주변의 모든 사항이 나를 도와주지 않는다고 생각한 것이었다. 이렇게 생각하니, 골프를 치는 시간이 즐겁지 않았다. 탓해야 하는 것을 찾아야 하므로 정작 골프공에 집중하지 못하고 다른 핑계에 집중했다. 그러니 결과가 좋지 않았다.

기분과 상황을 받아들이고 태도를 바꾸니 결과가 달라졌다. 골프는 장비도 중요하지만, 내가 프로도 아니므로 장비에 그렇게 민감하지 않아도 된다고 응원했다. 장비 문제가 아니라 내가 평소와 다르게 치는 부분을 찾아내는 데 집중했다. 공을 두는 곳도 연습할 때와 비슷한 장소를 찾아 티를 꽂고 게임을 시작했다. 그리고 치기 전에 캐디에게 목표물을 어디로 하고 치면 좋은지를 문의했다. 그러면 캐디가 주의 사항을 설명했다. 그렇게 공이 가야 할 곳과 내 실력을 반영해서 스윙했다. 모든 사항을 내가 선택하고 결과를 받아들인다고 생각하니 결과가 좋아졌다.

셋째, 본인의 상태를 살펴보고 대응했다.

부정적인 기분을 인정하고 그 이유에 대해 생각해 봤다. 기분이 좋지 않은 이유 하나씩 없애기를 실험해 봤다. 물론 쉽지 않았다. 주변에서 집중을 훔쳐 가는 자극이 왔을 때 반응하니 결과가 좋지 않았다. 전 홀에서 일등한 사람을 아너(Honor)라고 한다. 아너는 다음 홀에서 먼저 친다. '존경'이라는 단어 뜻과 달리 시기하는 마음으로 그 사람을 바라봤다. 그러니 모든 사항이 예민해졌다. 지기 싫어하는 마음 때문이었다. 그런데, 이 마음을 발견한 후 생각을 바꾸어 봤다. 골프를 잘 치는 사람도 나와 같이 골프 초보자 시기가 있었다고 나를 다독였다. 그리고 즉각적인 반응보다는 대응한다는 생각으로 골프를 즐겨보려고 하였다. 골프를 즐기기 위해 돈을 냈다. 그 비용만큼 더 신나게 즐겨 보는 것이 맞는 선택이었다.

골프에서 일상을 살아가는 방법에 대해 배우는 요즘이다. 골프를 잘 치고 싶다. 잘 쳐서 주변 친구들에게도 좋은 점수를 자랑하고 싶다. 그리고 인정도 받고 싶다. 보통은 이러한 인정욕구 때문에 첫 홀부터 무리하게 된다. 온몸에 힘이 잔뜩 들어간다. 내가 원하던 모습과 달리 이상하게 스윙한다. 그리고 공도 이상하게 간다. 기분이 상한다. 재능에 대해 부정적인 생각으로 이어진다. 바로 그럴 때 좋지 못한 결과보다는 이루고자 하는 목표에 대해서 중얼거린다. 중얼거리며 연습하는 루틴이 몸에 들어갔던 긴장을 누그러뜨린다. 그러면 예상할 수 있는 결과를 얻게 된다.

골프 코치의 조언이 떠올랐다. 멀리 치고, 잘 치고 싶을수록 몸에 힘을 빼라는 팁이다. 오늘도 힘을 빼고, 부담감도 내려놓고, 연습으로 쌓았던 누적의 힘을 믿는다. 그리고 가장 나답게 골프를 즐겨 본다. 내 일상도 골프와 같이 힘을 조금 빼고, 즐긴다는 마음으로 꾸준하고 충실하게 보내 본다.

7

매일 집밥을 차리기로 결심합니다

-

윤미경

내일의 성공은 오늘의 선택에 달려 있다.

- 존 맥스웰

"여기 계신 육아 선배님께 질문을 드릴게요. 선생님은 아이들을 키우면서 가장 중요하게 생각했던 것은 무엇인가요?"

교사 모임에서 선생님들과 줌(Zoom)으로 미니 특강을 듣고 있을 때, 강사님이 나를 지목하여 질문하셨다.

"글쎄요. 많은 부모처럼 저도 아이들이 책을 좋아했으면 해서 도서관을 들락거리며 매일 그림책을 읽어 주기도 했었어요. 그 밖에도 중요한 것들이 더 많겠지만, 무엇보다 저는 집밥을 가장 중요하게 여깁니다. 그래서 매일 빠지지 않고 집밥을 차리고 있습니다."

'집밥', '한국인은 밥심', '한국 사람은 밥에 진심', '밥 먹었냐?' 등 밥에 관한 표현이 많은 이유는, 밥이 단순히 허기를 채우는 수단을 넘어서 일상의 힘을 얻는 중요한 원천으로 여겨지기 때문이다. 맛있게 차려진 밥상과 건강을 위한 균형 잡힌 영양 공급도 중요하지만, 그보다 더 중요한 것은 부모가 도마에서 칼질하는 소리와 식사를 준비하는 냄새, 가족이 따뜻한 밥상에 둘러앉아 나누는 대화와 같은 정서적 안정이다. 이러한 이유로 나는 집밥을 가장 중요하게 생각한다. 25년 가까이 초등 교사로 근무하면서 자신감이 부족하거나 일탈을 일삼는 아이들 속에는 항상 정서적 안정의 결여가 있다는 것을 느끼곤 했다. 저녁 시간에 보호자가 함께하지 않거나, 늦은 시간까지 학원에 다녀야 하는 아이라면 가족과 함께하는 식사가 거의 불가능하다. 가정이 평화롭지 않은 아이들은 불편한 집밥 한술보다 편의점 삼각김밥이나 사발면을 선택할 수밖에 없을 것이다. 함께 밥을 차리고 먹는 행위만으로도 아이들을 건강하게 키울 수 있다고 여겼다. 그래서 나는 우리 가족을 위해 매일 집밥을 차리기로 결심했다.

어린 시절, 자영업을 하시던 아빠의 일터는 우리 집과 붙어 있었고, 엄마는 가정주부셨다. 우리 가족은 24시간 내내 함께 있는 구조였다. 엄마는 결혼 후 우리 다섯 가족은 물론 할머니, 할아버지, 결혼 전 삼촌들, 그리고 아빠 일터의 종업원들 식사까지도 불평 없이 준비해 주셨다. 우리는 언제나 시끌벅적한 분위기 속에서 밥상에 둘러앉아 식사를 함께했다. 엄마는 돼지고기를 사 와 망치로 두드려 빵가루를 직접 입힌 돈가스를 튀기고, 한 솥 가득 김치찌개를 끓이곤 하셨다. 제삿날이나 가족 모임이 있을 때면 며칠 전부터 시장을 오가며 새벽부터 음식을 준비하셨다. 제주도에는 김장 문화가 없었지만, 엄마는 한 해에 한두 번씩 김치를 담그셨고, 간장과 된장을 만들기 위해 메주를 띄워 천장에 매달아 두기도 하셨다. 엄마가 만들어 주셨던 음식들은 내 마음 깊이 자리 잡았고, 지금도 친정에 가면 그 시절을 떠올리게 하는 익숙한 냄새가 여전히 남아 있다.

스물여섯 살, 영국으로 유학을 가면서 처음으로 가족과 떨어져 살게 되었다. 더 이상 엄마가 해 주는 밥을 먹지 못하는 신세가 된 것이다. 유학 초반 6개월 동안은 홈스테이에서 지내며 젊은 영국인 엄마, 메리가 해 주는 음식을 먹었다. 아침마다 모양, 색깔, 맛, 곡물, 영양소가 모두 다른 다양한 시리얼을 먹었는데, 그때까지 건강에 좋지 않은 음식이라 여겼던 시리얼을 정말 많이도 먹었다. 메리에게는 유치원에 다니는 다섯 살짜리 아들 제이크가 있었다. 제이크는 우리와 저녁 식사를 함께하지 않았다. 유치원에서 저녁을 먹고 오는 제이크는 우리가 저녁을 먹는 일곱 시쯤이면 2층 자기 방에 가서 잠을 자야 했다. 아이와 함께하지 않는 저녁 식사가 낯설게 느껴졌다.

어느 토요일, 두 커플의 손님을 초대해 저녁을 함께하기로 한 날이었다. 저녁 시간이 다가오는데도 음식 준비하는 냄새가 나지 않았다.

"메리, 왜 음식 준비 안 해요? 오늘 손님 오는 날 아닌가요?"

"워릭이 나보다 요리를 잘하니까 스테이크는 워릭이 맡았어. 애피타이저는 친구가 가져오기로 했고, 디저트로는 머랭과 아이스크림을 사 뒀지. 와인도 샀고, 할 일이 없는데?"

메리의 대답을 듣고 순간 망치로 머리를 맞은 듯했다. 나는 너무 한국식으로 생각했다. 모임 식사 준비가 우리 엄마의 스케일과는 확연히 달랐다. 영국에서는 음식 문화가 발달하지 않아서 그런지 음식에 큰 정성을 들이지 않는 것 같았다. 남의 문화를 비판하는 것 같아 직접 물어보진 못했지만, 영국 사람들은 집밥에 대해 어떤 정서를 가졌는지 궁금했다.

이제는 매일 엄마의 밥을 먹을 수도 없고, 메리의 음식을 탓할 수도 없다. 내가 직접 밥을 해야 하는 두 아이의 엄마가 되었기 때문이다. 육아휴직도 하지 않았기에 방학을 제외하고는 아이들만을 위해 온전히 시간을 보낸 적이 없다. 직장 생활로 바쁘고, 퇴근 후에도 늘 일이 있어 전업주부처럼 아이들 간식이나 공부를 챙겨주지 못했다. 그래도 불가피한 회식이나 손에 꼽을 정도로 적은 저녁 약속 외에는 늘 서둘러 퇴근했다. 저녁을 차려주기 위해서다. 요즘은 식재료가 문 앞까지 배송되니 발품을 팔지 않고도 냉장고를 채울 수 있지만, 몇 년 전만 해도 퇴근길에 장을 보고 서둘러 집으로 돌아와야 했다.

올해 5월의 어느 날, 동네 과일가게 앱에 딸기 공동구매 알림이 떴다. 문득 엄마가 떨이 딸기를 광주리째 사 와 만들어 주시던 딸기잼이 생각났다. 나도 아이들에게 딸기잼도 직접 만들어 주는 엄마로 기억되고 싶었다. 그렇게 뜨거운 불 앞에서 딸기가 졸아들 때까지 열심히 저어가며 딸기잼을 만들고 있었다.

"엄마, 뭐해요?"

"딸기잼 만들고 있어. 한번 먹어볼래?"

숟가락으로 딸기잼을 떠서 행여 뜨거울까 후후 불고, 새끼손가락에 묻혀 큰아들 입에 넣어 주었다.

"좀 시큼하긴 한데, 먹을 만하네요."

"야~ 맛있다고 해 줘야지! 먹을 만하다니? 엄마가 처음 만들어 본 건데 이 정도면 괜찮지 않아?"

"헤헤, 맛있어요."

레몬을 조금 많이 넣었는지 약간 시큼했지만, 딸기잼의 맛보다는 가스불 앞에서 땀 흘리며 잼을 젓던 내 모습과 딸기잼을 입에 넣어 주던 그 순간이 아이의 마음속 깊이 오래 남길 바란다.

몇 년 전, 김미경 강사가 '어쩌다 어른'이라는 TV 프로그램에서 고등학교를 자퇴하고 방황하던 아들 이야기를 한 적이 있다. 아들이 피시방에 갔다가 새벽 세 시에 들어와도, 마치 저녁 일곱 시처럼 언제나 따뜻한 저녁밥을 차려주었다고 했다. 그 따뜻한 저녁 밥상이 아들의 마음을 열었고, 결국 아들이 집에 들어오는 시간도 점차 빨라졌다고 한다.

나도 그런 엄마가 되기로 매일 다짐한다. 아이들보다 일찍 일어나 미역

국을 끓여 아침을 먹이고 학교에 보내는 엄마. 도마에서 칼질하는 소리와 찌개가 보글보글 끓는 소리, 맛있는 냄새로 가득한 저녁 식탁을 준비하는 엄마. 식탁에 둘러앉아 하루 동안 있었던 일을 나누며 함께 식사하는 그런 엄마 말이다.

한창 자라야 할 아이들에게 밥으로 건강을 채우고, 정서적인 안정감을 주는 것이 엄마로서의 나의 사명감이다. 중학교 1, 2학년인 두 아들은 학교에서나 집에서 다른 사람들과 갈등 없이 잘 지내고, 정서적으로 안정되며 정신적으로 밝고 건강하게 자라 주고 있다. 그래서 나는 집밥이 아이들을 건강하게 키우는 원동력이라고 확신한다. 오늘도 사랑 한 스푼 더해 우리 가족을 위한 식사를 준비한다.

8

삶의 길은 내가 찾아가는 거야

-

이해랑

성공은 최종 목표가 아니라, 매일의 선택과 행동에서 비롯된다.

-랄프 마르스턴

부모가 되어서야 알았다. 진정한 부모 마음은 겉으로 나오는 말과 행동으로만 판단할 수 없다는 것을. 자식을 사랑으로 키우는 것은 가치 있는 일이다. 때로는 현실에 맞지 않는 사고방식일지라도, 그것이 사랑이라 여겨 자식의 인생을 대신 선택해 주기도 한다. 엄마를 위한 외할아버지의 선택이 그랬고, 유년 시절 나를 위한 아버지의 선택도 그랬다.

"해랑아! 신발 장사가 좋으냐, 그릇 장사가 좋으냐?

"무슨 말이야, 엄마?"

"내가 열아홉 살 때 너희 외할아버지가 물어보더구나. 온순아 누구한테 시집가고 싶으냐? 신발 장사가 좋으냐, 그릇 장사가 좋으냐?"

"아버지는 신발 장사도 아니고 그릇 장사도 아닌데?"

"돈보다는 사람이라며 농사짓는 네 아버지한테 시집을 보내더구나."

농사꾼 아버지와 결혼한 것이 싫냐고 물었더니 엄마는 이렇게 대답했다.

"아니다. 너희 아버지는 법이 없어도 살만큼 좋은 사람이다. 술만 마시면 다른 사람이 돼서 그렇지, 술 안 마실 때는 아버지보다 좋은 사람은 없을 거다."

"술이 웬수지.", "웬수 같은 인간."이라고 입버릇처럼 말하는 엄마의 진심을 그때 알게 되었다. 아버지는 술을 좋아했고 주사가 심했다. 술을 마시면 온 동네가 떠나가게 노래를 부르곤 했고, 그때마다 엄마는 말로 술을 깨는 사람이라며 몸서리를 쳤다. 그런 아버지에게 시집을 보낸 외할아버지를 원망하는 줄로만 알았다. 술 때문에 자주 미워하긴 했지만, 속마음은 아니었나 보다. 어린 마음엔 엄마가 후회라도 할까 봐 아버지가 술을 마시지 않았으면 좋겠다고 생각했다.

"아버지는 술이 맛있어?"

"허허허, 술이 맛있냐고? 아니다."

"그런데 왜 술을 먹어?"

"기분이 좋아서 먹고, 또 기분이 안 좋아서 먹고, 잊어버리려고 먹지. 간

밤엔 내가 엄마한테 실수를 많이 한 모양이다. 이젠 술 끊어야지, 허허허. 해랑아! 아버지 군대 이야기해 주랴? 아버지가 말이야! 하루는….”

이제 내 귀에는 엄마의 “웬수 같은”이라는 한탄이 ‘다정하고 따뜻한’이라는 표현으로 들린다.

초등학교 입학식을 엄마가 아닌 아버지와 갔다. 눈이 펑펑 오는 3월의 추운 입학식을 잊을 수가 없다. 그날을 잘 기억하는 이유는 아버지의 따뜻한 손 때문이다. 학교의 첫 담임을 만난 날이기도 하다. 입학식 날 아침, 집을 나설 때 엄마는 아끼던 새하얀 목도리를 둘러 주며 “아버지랑 잘 다녀와.”라고 말했다. 눈이 오고 바람까지 매서워 체구가 작았던 나는 허리를 꼿꼿이 펴기가 힘들었다. 아버지가 손을 잡아 주었고, 그 따뜻한 온기가 내게 전해졌다. 작은 내 손이 아버지의 손바닥 안에서 보호받는 느낌이 좋았다.

학교 운동장에는 아이들이 모여 있었다. 아버지는 나를 교실로 데려갔고, 다시 나와 운동장에 줄을 섰다. 부모들은 운동장 끝에서 우리를 지켜보았다. 내 앞에는 아버지 친목회 날이면 집에 왔던 낯익은 분이 서 있었고, 그분이 학교 선생님이었다는 것을 처음 알았다. 그 선생님은 내 인생의 첫 담임이었다. 학교생활을 시작하면서 알게 된 사실은 그분이 엄하기로 소문이 자자하다는 것이었다. 반 아이들은 ‘사랑의 매’라고 불리던 대나무 회초리로 손바닥을 맞기도 했다. 나는 매를 맞지 않기 위해 숙제를 열심히 했고, 지각하지 않기 위해 서둘러서 학교에 갔다. 밤에는 아버지와 받아쓰기를 연습했다. 초등학교 1학년이었지만, 즐겁게 놀았던 기억보다 매를 맞지 않기 위해 애썼던 기억이 더 많다. 선생님의 발소리만 들어도 긴장이 되었다. 그 시절에는 교실에서의 체벌이 당연시되었고, 아버지도 선생님 말씀은 무조건 잘 들어야 한다고 했다. 형제가 많았던 덕분에 눈치를 일찍 배워서인지 선생님의 매를 피할 수 있었다.

하지만 매번 사랑의 매를 피할 수는 없었다. 하루는 수업이 끝난 청소 시간, 유리창 닦기가 내 담당이었다. 투명한 유리창 넘어 수돗가에 고양이 한 마리가 있어 청소를 멈춘 채 멍하니 바라보았다. 그 순간 등짝에 불이 나는가 싶더니 무서운 선생님의 얼굴이 코앞에 있었다. 놀란 마음을 애써 진정시키면서 아무도 모르게 울먹였다. 맞은 등짝이 아픈 것보다 작은 일로 혼난 것에 대해 창피함이 더 컸던 것 같다. 다음날, 전날 맞은 기억 때문에 또다시 야단맞고 싶지 않았다. 숙제를 여러 번 확인하고, 평소보다 받아쓰기 연습을 더 많이 한 채 학교에 갔다. 보통 서너 문제는 틀렸던 받아쓰기에서 처음으로 백 점을 맞았다. 선생님은 내 이름을 부르며 일으켜 세우고 환하게 웃으며 손뼉을 쳐주었다. 칭찬과 함께 박하사탕도 선물로 받았다.

6학년 졸업 무렵에야 알았다. 아버지가 친구인 선생님에게 자식을 맡아 달라고 부탁했었다는 것을. 그 사실을 알았을 때 아버지가 원망스러웠다. 아버지 마음대로 결정했다는 사실에 화가 났다. 고작해야 '그런 줄 알았으면 친목회 날 집에 왔을 때 아버지에게 이르기라도 해 볼걸.' 후회했을 뿐이다. 요즘에는 있을 수 없는 일이지만 70년대 농촌에서는 그런 일이 가능했다. 바쁜 농사철에는 선생님이 우리 집뿐만 아니라 다른 집의 추수를 돕기도 했다.

아버지는 나를 위해 1학년 첫 담임을 선택해 주었다. 아무리 가능했던 시절이라 해도 그 선택이 올바른 것이었는지 고민할 때가 있다. 긴 인생의 여정에서 어떤 식으로든 영향을 받기 때문이다. 하지만 어른이 되고, 부모가 되어서야 아버지의 사랑을 이해하게 되었다. 내가 탄탄한 삶을 살아갈 수 있도록 밑거름이 되어 주고 싶었던 것 같다. 어려운 순간을 잘 이겨 낼 수 있는 강인한 마음을 자식에게 심어 주고 싶었던 것 아닐까.

아버지의 마음을 알게 되니 선생님의 마음도 따뜻한 사랑으로 느껴졌다. 당시에는 선생님이 싫고 무서웠지만, 시간이 지나면서 학생을 대하는 선생님의 태도를 이해하게 되었다.

외할아버지는 딸이 행복한 인생을 살길 바라며 농사꾼 아버지를 선택하셨다. "술이 웬수지."라는 엄마의 말 속에는 "네 아버지는 다정하고 따뜻한 사람이란다."라는 의미가 담겨 있었던 것 같다. 자식의 인생을 결정하는 것은 쉽지 않았을 것이며, 부모는 모든 순간에 최선을 다했을 거라는 생각이 든다. 시간이 지나면서 그 사실이 점점 더 느껴진다. 아버지를 사랑했던 엄마 덕분에 다정함을 배웠고, 엄격했던 선생님에게서 바르고 부지런함을 배웠다. 이런 선택들이 내 삶의 방향성을 만들어 주었고, 내가 부여하는 가치에 따라 내 삶이 달라진다는 것을 깨닫게 된다. 나를 믿고 올바른 길을 찾는 것이 중요하다는 생각이 든다. 과정에서 배우고 성장하는 기회는 나에게 주어진 소중한 몫이다.

9

성공은 함께 이룰 때 더욱 의미 있다

-

조지혜

함께 모이는 것은 시작이고,
함께 머무는 것은 발전이며, 함께 노력하는 것은 성공이다.

- 헨리 포드

어릴 적 친구와 마주 앉아 빈 종이와 펜만 가지고 놀았던 날이 생각난다. 산발적으로 점을 찍은 뒤 한 번씩 번갈아 선으로 잇고 면을 만들어 차지했던 놀이. 내 땅 네 땅 나누지만 잘 살펴보면 같은 점을 공유하고 있기도 하다. 지금까지 살면서 성공했던 경험을 떠올려 본다. 과연 모두 혼자 이룬 것일까? 수많은 점이 이어져 선이 되고 여러 선이 모여 면을 만든다. 그 점은 나만 찍은 게 아니라 주위 사람들이 찍은 점과 연결되기도 한다. 결국 우리는 서로 영향을 주고받으며 타인의 성공 경험에 일조하며 살아간다.

2024년, 내 인생에 처음 나타난 '마라톤'. 가장 짧은 거리인 5km를 두 번 완주했다. 그리고 이 성공은 온전히 내 선택과 의지라고 생각했다. 그런데 돌아보니 여러 점이 이어지고 모여 만든 결과였다. 달리기에 관한 인생 점을 짚어 본다.

첫 번째. 학창 시절 100m 달리기는 18초대로 빠른 편이었다. 그런데 근력과 지구력이 낮아 중학생 때 오래달리기를 마친 뒤 쓰러진 적 있었다. 체력장에선 늘 꼴찌였다. 극복하려는 생각보다 그저 피하고 싶었다. 난 원래 달리기를 못하는 사람이라고 여겼다. 내게 빈혈이 있는 건 좋은 핑계였다. 그 이후로도 체력을 키우는 것이 삶의 우선순위에서 한참 밀려 있었다.

두 번째. 아이 둘을 낳고 체력이 급격히 떨어졌다. 같은 학교 교사들과 일주일에 한 번씩, 2년 정도 필라테스를 배웠다. 그런데 그룹으로 수업받다 보니 요령을 피웠다. 솔직히 말해 땀을 흠뻑 흘린 적 없었다. 2020년에 함께 필라테스를 했던 선배 교사 H는 풀코스 마라토너였다. 복도에서 마주칠 때마다 내게 "조 선생님, 배에 힘주고 등을 펴고 걸어야지."라고 말했다. 나는 몰랐는데 등과 배에 근육이 없으니 구부정하게 걸었던 모양이다. 그녀는 달리기를 해 보는 게 어떻겠냐고 권유했다. 5km 마라톤은 아이들과 함께해도 좋다고 말했다. 어느 날은 우리 아들 둘과 근처 운동장에서 함께 뛰고 본인의 메달 하나를 선물로 주고 갔다. 그 이후로 달리기는 잊고 4년이 흘렀다.

세 번째. 빈혈이 심해 철분 수치가 정상에 한참 못 미치는 바람에 일 년 넘게 철분제를 복용했다. 저혈압으로 자주 어지럽다. 2023년에 담낭 절제술을 받고 담즙 배출이 없으니 지방분해가 되지 않아 음식을 먹으면 얼마 지나지 않아 화장실로 달려갔다. 면역력이 낮아져 생전 없던 질환도 생겼는데 일 년이 넘어가며 만성이 됐다. 퇴근하면 육아와 살림은 뒷전이고 침대에 누워 지낸 지 몇 개월이 지났다. 더 이상 이렇게는 못 살겠다 싶었을 때 휴직의 기회가 찾아왔다. 2024년, 둘째 아이가 초등학교 입학하는 시기다. 우리 가정에 필요한 건 1년 치 월급이 아니었다. 남편 퇴근할 때 웃으며 반겨주는 아내, 아이들의 하루를 다정하게 물어 주는 몸과 마음이 건강한 엄마가 필요했다. 휴직 후 곧바로 아파트 헬스장에 등록했다. 러닝과 근력 운동은 같은 아파트에 사는 혜원 씨에게 배웠다. 그녀는 베테랑이다. 러닝머신 위에서 뛰는 모습뿐만 아니라 콧잔등에 맺힌 땀마저도 매력적이다. 나도 따라 달리기 시작했다. 처음엔 10분, 2주 뒤엔 15분, 한 달 뒤엔 20분. 짧다면 짧은 시간이지만 격렬한 운동을 해 보지 않은 터라 숨이 턱까지 차올랐다. 머리가 핑 돌았다. 얼굴은 땀으로 범벅이 되고, 등줄기와 가슴에는 땀방울이 비처럼 흘러내렸다. 처음 느껴보는 뜨거움이었다. 헬스장에서 나와 아파트 단지를 달렸다. 스스로 땅을 박차면서 달리고 있다는 사실에 놀랐다. 혼자 운동하다가 금방 시들해지지 않기 위한 방법을 찾았다. 블로그 이웃의 운동 인증 모집 포스팅을 보고 '엄마의 운동장' 프로젝트에 신청했다. 현재까지 6개월째 월 20회 이상 인증하고 있다.

네 번째. 헬스장에 다니며 체력에 관한 에세이를 찾아봤다. 『마녀체력』을 읽던 중, 마라톤에 나갔다는 저자의 에피소드가 눈에 띄었다. 가슴 속에 작은 파도가 일렁였다. 이대로라면 가장 짧은 거리인 5km 마라톤은 나갈 수 있을 것 같았다. 컴퓨터를 켜고 검색을 시작했다. 검색어는 '마라톤 일정'. 올해 마라톤이 날짜 순서대로 정렬되었다. 그중에 나에게 맞는 일정을 찾기 시작했다. 교회 예배에 참석해야 해서 대회가 토요일이어야 했다. 주로 오전 7시 집합이니 장소는 집에서 가까운 수도권이어야 하고, 첫 참가인만큼 참가 부문에 5km 코스가 있길 바랐다. 그리고 이런 내 각오와 달라진 모습을 가족에게 보여 주고 함께 참가하고 싶었다. 마지막으로 이 뜨거운 마음이 식기 전에 달릴 수 있는 두 달 안의 일정을 찾았다. 온라인 신청 페이지에서 접수를 클릭하기까지 걸린 시간은 약 10분. 고민은 짧았다.

다섯 번째. 마라톤 일주일 전 푸른색의 기념 티셔츠, 스포츠 양말, 팔토시, 그리고 배번호가 택배로 배송되었다. 배번호 가운데에는 '조이패밀리'라고 인쇄되어 있었다. 온라인 접수할 때 '가족런' 부문은 가족 명을 신청받았는데, 우리 가족의 성씨와 기쁨을 뜻하는 영어단어인 조이(joy)를 합쳐서 지었다. 마라톤 하루 전까지 아이들과 아파트 단지를 몇 차례 달렸다. 이제 20분을 넘어 30분까지 달릴 수 있었다. 드디어 마라톤 당일이 되었다. 가장 오래 뛰는 하프부터 10km, 5km 순으로 출발했다. 진행자의 안내에 맞춰 함성을 질렀다. 오천 명이 넘는 참가자가 차례로 발을 내디뎠다. 해안도로를 따라 달리는 코스. 어린아이부터 노인들까지 자기 페이스대로 뛴다. 우리 가족의 도착 목표 시간은 50분. 뛰다가 걸어도 되니 포기하지만 말자고 약속했다. 사람이 많아 처음엔 빠르게 걸었고, 5분쯤 지나 뛸 수 있었다. 15분쯤 뛰니 호흡이 안정됐다. 2.5km 깃발이 앞에 보였다. 반환점이다. 지금까지 달린 만큼 한 번 더 달리면 된다. 10km 참가자들은 벌써 우리를 지나쳐 달렸다. 무리해서 따라가지 않았다. 숨이 찼다. 포기하지 말자고 수없이 되뇌었다. 목표는 빠른 기록이 아니라 무사히 끝까지 달리는 것이다.

"완주했다! 성공했어!" 가쁜 숨을 내뱉었다. 마라톤 간식으로 받은 단팥빵을 한입 베어 물었다. 불어오는 봄바람에 땀으로 젖은 티셔츠가 말랐다. 완주 메달을 만지작거리며 말했다. "우리 또 달리자!"

오래달리기에서 꼴찌하고 쓰러졌던 여학생은 이제 없다. 목표를 달성한 멋진 여성이 미소 지으며 숨을 고르고 있을 뿐. 우리 가족은 40분을 조금 넘겨 도착했다. 벌건 얼굴, 다리까지 흐르는 땀, 헝클어진 머리. 그래도 기념사진을 남겼다. 빛나는 완주 메달과 함께. 혼자 달리다가 오천 명의 사람들과 함께 달렸던 그 순간을 오래도록 기억할 것이다.

다섯 개의 점이 모여 달리기라는 선과 마라톤이라는 면이 만들어졌다. 마라톤 완주라는 그림은 여러 사람과 상황이 함께 그려 주었다. 헬스장에서든, 책이나 온라인에서든, 마라톤 대회장에서든 나는 혼자가 아닌 누군가와 함께였다. 내 선택을 지지해 주는 누군가가 존재한다는 것이 바로 성공이다. 이 글을 쓰며 또 한 번의 마라톤에 나가 완주했다. SNS에 사진과 소감을 올렸는데 몇 시간 되지 않아 댓글이 하나 달렸다. 놀랍게도 내게 마라톤을 권유했던 선배 H도 그곳에 있었다는 사실이다. 그녀는 누구보다 내 행보를 기뻐했다. 누가 알겠는가. 나도 몇 년 안에 10km를 뛰고 있을지, 10년 뒤엔 하프마라톤에 도전할 수 있을지. 그리고 나라는 점으로 인해 다른 누군가가 마라톤을 검색하고 있을지 말이다.

개인의 노력으로 이룬 성공은 무엇보다 값지다. 그리고 그 성공은 함께 이룰 때 더욱 의미 있다. 예기치 않게 찾아오는 우연과 기회를 놓치지 않는다면, 우리는 혼자가 아닌 함께 즐거울 수 있다.

10

단절과 이음의 연결고리

-

최지은

미래는 당신이 오늘 무엇을 하는가에 달려 있다.

- 마하트마 간디

아이를 키우면서 경력이 단절되었다. 다섯 살 된 아들을 어린이집에 보내고 집에 있기 따분해서 오전에 할 수 있는 일을 찾아보았다. 웬만한 일자리는 시간이 맞지 않았다. 당장 일자리를 구하는 것보다 봉사활동을 하면서 천천히 알아보기로 했다. 거제에 있는 보육원과 애광원에 찾아갔다. 거기서 1년 가까이 봉사하다 장유로 이사 오게 되었다.

아이가 초등학교 입학한 후 다시 일자리를 알아보았다. 40대 초반에 경력 단절 10년. 교사를 구하는 어린이집에 이력서도 넣고 면접도 봤으나 오라는 데가 없었다. 다시 봉사활동을 시작했다. 청소년 상담복지센터에서 상담사의 업무를 돕는 역할과 아들이 다니는 학교에서 책 읽어 주는 엄마(북맘), 녹색 어머니, 상담위원 봉사활동을 하기로 마음먹고 지원했다.

어느 날 봉사활동 하면서 알게 된 부영이라는 동생에게서 전화가 왔다. 도서관에서 책 읽기 봉사를 해 줄 수 있는지 물었다. 아는 사람도 없는데 멋쩍어 어떡하나? 고민했지만 부탁을 거절하기가 어려웠다. 가고 싶을 때 한 번씩 가면 된다는 말에 약속한 날 도서관으로 갔다.

"안녕하세요, 부영 선생님 소개로 왔습니다. 책 읽어 주기 봉사는 어떻게 하면 되나요?"

쭈뼛거리며 서 있는 내게 한 봉사자가 안으로 들어오라고 손짓했다. 월요일은 책 읽기, 수요일은 전래놀이, 목요일은 북스타트 프로그램을 진행하면 된다고 했다. 책 읽기만 하러 왔다고 말했지만 시간 되면 모든 프로그램은 봐야 한다며 세 번은 나오라고 했다. 그때부터 '보름달'이라는 이름의 도서관 봉사팀 일원이 되었다. 아이들에게 책을 읽어 주고 놀이 활동도 진행했다.

월요일은 어린이집에서 4, 5세 아이들이 온다. 책 속에 나오는 그림은 스캔해서 큰 화면으로 보여 주고 글은 직접 읽어 준다. 동그란 눈을 깜빡이며 화면을 보고 있는 모습이 귀엽다. 하루는 『여우 누이』를 읽어줬는데 무섭다며 우는 아이가 있었다. 간혹 무서운 책을 읽어 주면 선생님 품에 안기기도 하고 친구 등짝에 숨는 아이도 있었다. 수요일엔 6, 7세 아이들이 온다. 전래동화책을 읽고 놀이를 하는데 에너지가 장난이 아니다. 도서관을 돌아다니다가 선생님께 붙들려 와서 놀이에 참여하는 아이도 있었다. 목요일에 하는 북스타트는 엄마와 함께하는 영유아 프로그램이다. 6개월에서 18개월까지 A, B 두 팀으로 나누어서 했다. 프로그램 내용이 다양하다. 전통 육아 놀이 단동십훈, 그림책 읽어 주기, 아기들과 놀이 활동하고 노래도 했다.

여러 활동 중에 북스타트가 나름 보람됐다. 젊은 엄마와 아기들 앞에서 노래와 율동을 했다. 처음 하는 일이라 어색했지만 두 눈을 똘망똘망 뜨고 웃는 아기들을 보면 절로 기분이 좋아졌다.

"싱글싱글 싱글싱글 벙글벙글 벙글벙글 우리 모두 고개 돌려 샤~" 엄마와 아기들 앞에서 불렀던 노래는 북스타트를 마치고 돌아올 때도 중얼거렸다. 설거지하다가도 불렀다. 노래와 동작을 외우기 위해 짬이 나는 대로 그때그때 연습했다.

두 달 정도 지나니 율동도 프로그램도 익숙해졌다. 육아에 관련된 단동십훈[1]을 초보 엄마들에게 들려주었다. 아이를 키우느라 고생하는 젊은 엄마들에게 좋은 정보를 주고 싶어 아이의 성장을 돕는 마사지에 관한 책을 사서 봤다. 전통 육아법이 적혀 있는 단동십훈에 대해 검색해 보고 책도 봤다. 내 아이를 키우던 이야기도 들려주었다.

월요일에서 금요일까지 직장인도 아니면서 쉴 새 없이 학교로 상담실로

1 단동십훈(檀童十訓): "단군왕검의 혈통을 이어받은 아이들이 익혀야 할 열 가지 교훈"이라는 뜻으로, 아기의 운동 기능과 뇌신경 발달을 돕고 소근육의 발달을 촉진하는 과학적인 놀이

도서관으로 여기저기 다녔다.

특히, 도서관에는 할 일이 많았다. 활동 준비를 위해 시간을 내서 모이기도 했다. 상담센터 봉사활동과 겹치는 날이면 도서관 활동 준비를 위한 회의에 참석할 수가 없었다. 나이 많은 나에게 이래라저래라 하기가 불편했는지 나만 빼고 다른 봉사자들끼리 모일 때도 있었다. 그렇다 보니 봉사자들과 쉽게 친해지기 어려웠다. '불편한데 가지 말까?' 하는 생각이 들어 고민 끝에 도서관 활동을 그만두기로 했다.

마침, 북스타트 프로그램이 있던 날. 회의가 끝나면 봉사활동을 그만두겠다고 말할 생각으로 눈치만 보고 있는데 그날따라 급한 사정이 생겼다며 다들 서둘러 가 버렸다. 한마디도 못 하고 집으로 돌아왔다.

마음과는 달리 그만두지 못하고 갈수록 도서관에서 봉사하며 보내는 시간이 많아졌다. 도서관 활동에 밀려 상담실에 가는 날이 뜸해졌다. 도서관 봉사가 재미있기도 했지만, 봉사자들과의 성향이 달라 때론 부담스럽기도 했다. 그러나 꾹 참고 할수록 조금씩 서로를 이해하며 관계가 가까워졌다.

도서관 봉사자들이 모두 모인 어느 날, 전래놀이 자격증을 따 보는 건 어떻겠냐고 제안했다. 봉사자들과 함께 자격증 취득을 위해 서울로 2박 3일씩 연수를 다니며 사이가 더 돈독해졌다.

자격증 취득 후 '놀라잡이'라는 새로운 모임을 만들었다. 더욱 바빠지기 시작했다. 상담실과 도서관 봉사활동을 이어 가면서 활동 반경을 넓혔다. 이름이 알려지자 창원교육지원청에서 학부모 놀이활동가 양성 교육을 의뢰해 왔다. 경남권 교육지원청을 다니며 학부모들을 대상으로 놀이를 강의했다. 김해교육지원청 미래교육지구 마을 강사로 활동도 하고 각종 행사장에서 전래놀이 부스를 맡아 운영도 했다. 사서 선생님의 권유로 지역아동센터와 연계해서 찾아가는 도서관(책과 함께하는 놀이 공감) 프로그램도 하게 되었다. 너나없이 바쁜 일정으로 각자의 일에 집중하는 시간이 늘어났다.

어느새 보름달에서 진행하던 프로그램도 다른 사람들과 나누어서 하게 되었다. 우여곡절을 겪으며 지나온 시간 속에 우리는 많은 것을 함께하며 웃기도 했다. 서로 맞춰 가며 보낸 세월이 10년이 다 되어 간다. 인연은 누군가의 고리로 시작되기도 하지만 그것을 이어갈지 말지 선택하는 것은 자기 몫이다.

'보름달' 멤버들과 오랫동안 같이 활동했으나 고심 끝에 다른 길을 선택했다. 활동하던 단체에서도 나왔다. 바빴던 도서관 일정이 줄어들자 여유시간이 생겨 미용 자격증을 취득했다.

요즘은 격주로 수요일마다 도서관이 아닌 요양원으로 봉사활동을 간다.

놀이 수업을 마치고 요양원으로 갔던 날이 뜻밖에도 5월 8일 어버이날이었다. 커트를 마친 어르신이 고개를 떨구며 "고맙소…."라며 말을 건넨다. 어버이날에도 자녀와 함께 시간을 보내지 못하고 요양원에 계시는 어르신을 뵈니 마음이 울컥해 평소보다 더 정성 들여 머리 손질을 해드렸다.

지나온 시간을 돌아보았다. 활동 영역이 다양해졌다. 경력 단절로 간간이 봉사활동하고 집에서 아이를 키우던 나였다. 도서관에서 봉사하다가 취득한 자격증으로 초등학교, 중학교, 놀이터에서 아이들을 만난다. 바쁘게 나를 움직일 수 있었던 것은 봉사활동 할 때마다 만나는 아이들의 웃음 덕분이었다. 경력 단절에서 경력 이음이 되는 원동력이기도 했다.

사람 일이란 게 참 희한하다. 생각지도 않았던 곳에서 사람들을 만나고 헤어지기도 한다. 그들과 새로운 일을 시도하다가 그 일이 인생을 바꾸기도 한다. 이렇듯 인생은 예상치 못한 일들이 매 순간 다가온다. 외면할 수 없는 일들 앞에서 삶이 더 나아지길 간절히 바라는 마음으로 또 다른 선택을 하고 결정을 내린다. 그 선택으로 생긴 결과는 결코 우연이 아니다. 과거의 내가 선택한 결과이다.

선택의 결과로 삶이 바뀔 수 있으니 나의 삶을 성공적으로 이끌기 위해서는 소소한 일조차 성실히 해야겠다는 다짐을 해 본다.

제 3 장

미워도 고와도 내 인생

1

열심히 노력하는 앤처럼

-

강혜진

승리하면 조금 배울 수 있고, 패배하면 모든 것을 배울 수 있다.

- 크리스티 매튜슨

합격자 명단에 내 이름이 없다. 입꼬리가 어색하게 덜덜 떨렸다. 웃어야 할지, 울어야 할지 갈피를 못 잡겠다. 괜찮은 척하는 것보단 안 괜찮다 대놓고 말하는 게 낫겠다 싶었다. 나 같은 인재를 떨어뜨린 심사위원은 안목이 없다고 큰소리를 쳤다. 그래도 마음이 쓰린 건 어쩔 수 없었다. 살면서 단 한 번도 시험에서 떨어진 적이 없었던 나, 나이 마흔에 처음 겪어 보는 실패. 2023년 1월의 일이었다.

무슨 일이든 시작하면 잘하고 싶은 성격이다. 새로운 시작 앞에서 한참 머뭇거리긴 하지만 일단 시작하기만 하면 중간은 없다. 무조건 잘해야 한다. 몸 사리지 않는다. 목표만 보고 달린다. 교직 생활 19년을 그렇게 살았더니 나도 모르게 승진에 필요한 점수가 쌓여 있었다.

먼저 승진길에 발을 담근 남편이 내 이력을 검토해 보더니 말했다. 본격적으로 승진 준비를 해 보는 건 어떠냐고. 다시 한참을 머뭇거리다 도전해 봐야겠다는 결론을 내렸다. 개인적인 성취에 의미를 둘 수도 있지만 관리자로서 학생, 학부모, 교사를 돕는 데 의미를 둔다면 승진은 도전할 가치가 충분한 일이라는 생각이 들었다. 승진하겠다 마음먹으면 지금까지와는 비교도 할 수 없을 정도로 더 열심히 달려야 할 것은 분명했다. 고민만 하던 어느 날, 살다 보니 승진 점수가 쌓였듯 험난한 승진의 길도 욕심내지 말고 지금처럼 하던 대로 해 보자는 결심이 섰다.

교통이 불편하고 외딴곳에 떨어져 있는 학교를 도서 벽지 학교라고 부른다. 승진하기로 마음먹은 이상 나에게 도서 벽지 학교 근무는 피할 수 없는 필수 관문이었다. 그런데 도서벽지 학교 입성은 낙타가 바늘구멍 통과하는 것만큼 쉽지 않다. 무사히 도서 벽지 학교까지 가려면 경쟁도 피할 수 없었다. 이동에 필요한 점수를 4년 동안 모아야 한다. 업무량이 많은 일을 하면 높은 점수를 얻을 수 있는데 승진하려는 사람들 틈에서는 누구나 회피하는 일조차 경쟁해서 얻어 와야 하는 몸값 높은 업무가 된다. 매해 표창장도 챙겨야 하고 수업과 관련된 보고서를 작성해 수상 실적도 챙겨야 한다. 학생을 지도해서 각종 대회에 출전시키고 수상시킨 결과도 나에겐 도움이 된다. 점수를 빈틈없이 모아서 높은 순위를 차지해야 도서 벽지 학교에 갈 수 있다. 몇 안 되는 자리를 쟁취하기 위해 나의 점수를 빠짐없이 챙겨야 했다.

그동안 승진 점수를 쌓을 수 있었던 건 남들이 하기 싫어하는 업무를 조용히 떠맡았던 결과였다. 그런 내가 본격적으로 승진하려다 보니 동료와 순위를 따지려는 마음이 편치 않았다. 아이들을 가르치며 승진 점수까지 챙기려고 하니 신경이 쓰였다. 야심 많은 동료로 찍히는 게 싫었고 점수 되는 것만 챙기는 깍쟁이 노릇도 탐탁지 않았다.

승진 레이스에는 노력으로 성취하는 것 이외의 변수가 많다. 아무리 최선을 다해 봤자 순위 안에 들지 못하면 패배자가 되어 버리고 만다. 최선을 다해도 실패할지 모른다는 압박감에 경쟁을 선택한 그 순간을 후회하는 나날들이 이어졌다. 2016년부터 2019년까지 매일 후회하다 다시 다짐하며 4년을 꼬박 버텼다.

2020년. 나는 무사히 도서 벽지 학교로 가는 데 성공했다. 도서벽지 학교에 공석이 예상보다 많이 나면서 경쟁하던 사람이 모두 도서벽지 학교에 입성하는 행운을 누렸다. 누군가를 꺾고 가야 했다면 마음이 무거웠을 터. 준비하던 선생님들과 나란히 발령이 나 마음껏 서로를 축하해 줄 수 있었다.

그러나 승진을 위해서는 또 다른 관문들이 남아 있었다. 그중 하나가 교육청 영재 교육원 강사 활동을 하는 것이었다. 나도 원서를 내 보기로 했다. 우리 학교에서만 3명의 선생님이 함께 지원했다. 다시 경쟁의 시작이다. 나와 같은 분야에 원서를 낸 선생님들은 모두 나보다 점수가 높다. 서류전형을 운 좋게 통과하더라도 서술형 평가와 심층 면접에서 서류전형 점수를 보완할 만큼 충분한 점수를 받아야만 최종 합격할 수 있다.

1차 합격자 명단에서 내 이름을 확인한 날부터 지인들에게 자료를 얻어서 핵심 정리 노트를 만들었다. 예상 문제를 뽑아 시간 안에 답지를 작성하는 모의 평가를 매일 한 번씩 했다. 종일 도서관 열람실에서 자료를 달달 외웠다. 누구보다 열심히 준비했으니 당연히 합격할 거라고 예상했다. 자신 있었다.

그러나 내가 토씨 하나 틀리지 않고 달달 외우던 문제는 한 문제도 나오지 않았다. 영재교육 전반에 대한 이해를 바탕으로 내 생각을 표현해야 하는 문제가 나왔다.

일주일 내내 도서관에서 수험생 모드로 공부하던 나는 결국 탈락했다. 표정 관리가 안 됐다. 같은 학교 선생님 중 나머지는 다 합격하고 나만 합격자 명단에 없었다. 이렇게 쓰라린 좌절은 처음이었다. 위로해 주는 동료의 말이 들리지 않았다. 합격해 놓고 내 눈치 살피느라 제대로 축하를 주고받지 못하는 동료들에게 미안했다. 2023년 1월이었다.

생애 첫 실패는 쓰라리고 아팠지만, 두 번째 실패는 조금 덜 아플지도 모를 거란 용기가 살포시 생겨날 때쯤, 나는 한 번 더 영재 강사 채용 시험에 원서를 제출했다. 실패하면 또 한 번 더 도전하면 된다는 생각으로 마음 편하게 준비했다. 가벼운 마음으로 영재교육과 관련한 책을 몇 권 빌려 읽었다. 모의고사와 암기는 잠시 미뤄두고 심층 면접에 도움이 될 만한 책을 찾아 느긋하게 읽었다.

결과는 합격이었다. 실패해도 된다는 마음으로 편안히 공부했더니 결과가 좋았다. 작년에 했던 공부가 도움이 되었던 것은 두말하면 입 아프다. 실패하던 그때의 노력이 결코 헛된 것이 아니었다는 것을 이듬해 깨달았다. 그때는 승진 점수를 바라며 응시했지만 지금은 영재 교육원에서 수업하며 느끼는 보람도 크다. 실패를 무릅쓰고 도전한 결과 나는 새로운 재미를 맛보며 성장 중이다.

『빨강 머리 앤』을 좋아한다. 대책 없이 긍정적이고 솔직하며 자기만의 세상에 빠져 사는 자유로운 앤이 좋다. 현실적이기 짝이 없는 나랑은 너무나도 달라 더 맘에 든다. 두 번째 도전에도 실패할까 봐 두려워 머뭇거리던 나에게 용기를 준 앤의 한 마디는 바로 이것이었다.

"열심히 노력해서 이기는 것 다음으로 좋은 것은 열심히 노력했으나 졌다는 것이야."

살다 보면 결과를 예측할 수 없어 불안해하다가 운 좋게 성공하는 날도 있고, 이 정도면 충분히 노력했다고 자신하다가 아무 소득이 없는 날도 있다. 성공이 딱 떨어지는 좌푯값을 가지고 있어서 어디쯤 있는지 명확하게 알 수 있다면 얼마나 좋을까? 성공을 만나는 곳이 100m 전인지, 100km 전인지 모를 안개 속을 사는 우리. 그럼에도, 닿을지 말지 모를 성공을 향해 열심히 노력하는 순간까지 즐길 수만 있다면, 그것이야말로 이기는 인생, 멋진 인생이 아닐까?

이기고 지는 것보다 열심히 노력하는 것에 가치를 두는 앤처럼, 인생은 결과보다, 결과로 다가가는 과정이 더 묘미 있고 시도하는 자체로도 큰 가치가 있다는 걸 오늘 다시 한번 느낀다.

어느 날 내가 승진에 성공할지, 승진이 아닌 다른 목적지에 닿아 있을지는 아무것도 모르지만, 노력하는 모든 날을 즐겨보려 한다. 그럼 적어도 오늘보다는 더 나은 내가 되어 있을 거라 확신한다.

2

오래 나를 마주 본다

-

글빛혁수

차라리 고난 속에 인생의 기쁨이 있다.
풍파 없는 항해, 얼마나 단조로운가! 고난이 심할수록 내 가슴은 뛴다.

- 니체

꽃잎이 나무에서 떨어져 흩날렸다. 걸으면서 손을 뻗어 잡아 보려 했지만 하나도 잡을 수 없었다. 살랑살랑 부는 바람에 춤추는 꽃잎을 잡기란 우리 동네 들고양이와 악수하는 것만큼이나 힘들게 느껴졌다. 걸으면서 떨어지는 꽃잎에 집중해 보려고 했다. 하지만 소용없었다. 10분, 아니 1분도 못가 질질 끌리는 발에 온 신경이 쏠렸다. 걷기대회 때문에 새로 산 신발이지만, 대회가 끝나면 바로 버려야 할지도 모르겠다고 생각했다.

2019년 4월 20일, '대한걷기연맹'에서 주최하는 한국 100km 걷기대회에 참가했다. 강원도 춘천 공지천에서 오후 2시에 출발했다. 24시간 이내에 100km를 걸어, 내일 낮 2시까지 이 자리에 돌아와야 하는 대회였다. 우루루 걷는 사람들 옆으로 춘천의 호숫가 아름다운 풍경이 펼쳐졌다. 나는 약간은 따가운, 따스한 햇살을 맞으며 마음도 가볍게 걷기 시작했다. 작년과 재작년에도 도전했었지만, 각각 50km, 80km 지점에서 포기했었다. 처음에는 다리가 아파서, 두 번째는 시간 초과로 실패했다. 이번은 다르다. 걷기 연습도 많이 했고, 지난 대회 경험도 있기 때문이다. 두 번째 체크 포인트인 50km 지점까지는 몸이 가벼워서 나 자신도 놀랐다.

문제는 70km 지점을 막 지나칠 때부터였다. 50km를 넘으면서 골반과 무릎에 통증이 오기 시작했다. 평균속도 4.5에서 5km를 유지해야만 시간 내에 들어갈 수 있다. 힘들 땐 당연히 쉬어야겠지만, 10분 이상 쉬면 몸이 풀려 더 힘들어진다. 내 다리가 내 의지로 더 이상 움직이지 않을 때까지 한 걸음 한 걸음 걷는 수밖에 없었다. '마의 70km'라는 말이 실감 났다. 떨어지는 꽃잎도 더 이상 눈에 들어오지 않고 무엇을 먹고 싶지도 않았다. 어서 빨리 이 짓을 마무리하고 집으로 돌아가서, 씻고 자고 싶은 마음뿐이었다.

다행히 지칠 대로 지쳐 천천히 걷는 내게 힘내라며 응원해 주는 사람들이 있었다. 그럴 땐 희한하게 속도가 났다. 마침내 공지천 공원에 있는 결승점이 보였다. 시계를 보니 출발한 지 23시간 30분이 훌쩍 지났다. 겨우 완보 인증서에 도장을 찍고 기념사진을 찍었다. 중간에 한 번이라도 퍼졌으면 시간 내 들어오지 못했을 것이다. 중간에 포기하고 싶은 마음도 많았다. '대체 내가 왜 이 짓을?'이라는 생각을 수도 없이 했다. 이러다 다리가 어디 고장 나는 건 아닌지, 불안한 마음도 들었다. 근데 이걸 이겨 내고 하는 사람들이 있다. 참가자들을 보면 4, 50대가 가장 많고 70대, 80대 어르신도 계신다. 나라고 못 할 건 없다는 소리다. 그래서 미친 척하고 끝까지 걸었다. 참가자 322명 중의 223명만이 다시 돌아와 완보 인증서를 받았다. 인간이 하려고 하면 결국은 되는구나, 깨달았다.

그 후로 걷기대회가 있으면 무조건 달려갔다. 코로나 때문에 언택트(비대면) 대회로 열렸다. 혼자 완보하고 걷기 어플로 거리 인증 사진을 전송하는 방법으로 대회를 치렀다. 몸은 기억한다. 2019년에 100km를 완보하고 나니, 다음 대회부터는 한결 수월했다. 물론 힘은 들었지만, 대회를 하나씩 완보하고 메달을 받는 맛에 몸이 부서져라 걸어 댔다. 2021년에만 세 번의 걷기대회에 참가했다. '한국 100km 걷기대회', '밀양아리랑길 77km 걷기대회', '제주 250km 마스터스 대회' 등 427km를 걸었다. 중간중간 걷기 연습으로 걸은 300km까지 합하면 2021년 2월부터 8월까지 7개월 동안 모두 700km를 넘게 걸었다. 직장인이 주말에, 중간중간 쉬는 날에 딴 거 안 하고 걷기만 했다. 일 끝나고 집에 가면 쉬고 싶은 생각밖에 안 들었지만, 막상 걷기 시작하면 힘든 줄 몰랐다. 되려 몸이 풀리고 힘이 났다. 내가 할 수 있는 일이고 남보다 특별하다는 게 좋았다. 그래, 그거다. 처음엔 나를 위하고 걷는 게 좋아서 걸었지만, 언제부턴가 남의 시선을 생각하면서 걸었다. 완보 메달과 그걸 보고 대단하다고 말하는 사람들의 목소리를 더 생각하게 되었다.

내 몸, 내 삶을 위해서 즐겁게 걷다가 어느새 걷기 그 자체가 목적이 됐다.

2021년 걷기대회를 마치고 그해 가을에 결국 문제가 생겼다. 오른쪽 다리가 이상했다. 언제부턴가 걸음걸이가 어색하고 불편해졌다. 점점 내 다리가 아닌 것처럼 느껴졌다. 처음에 걷기대회 하기 전, 걷는 자세를 배울 때 11자로 걷는 걸 많이 연습했다. 심한 8자 걸음이었던 나는 발끝을 안쪽으로 향하게 하려고 항상 신경을 쓰면서 걸었다. 2016년에서 2021년까지 5년 동안 참가했던 모든 걷기대회에서 11자 걷기를 가장 신경 쓰면서 걸었다. 그래선가, 250km 걷기대회를 마쳤을 때, 오른발이 자꾸 안쪽으로 휘어져 들어갔다. 저절로 힘이 들어가 편하게 걸을 수가 없었다. 5분 10분만 걸어도 힘들어서 멈추고 쉬어야만 했다. 하지만 습관이 무섭다고, 그날도 한 시간 거리를 걸어서 출근했다. 어색한 걸음걸이 때문에 골반과 무릎이 아팠지만 무시하고 걸었다. 걷던 힘이 있어서 그 정도는 걸을 수 있었다. 그때 나는 요양병원에서 일하고 있었다. 환자와 같이 엑스레이를 찍으러 걸어가는데, 마침 지나가던 동료 직원이 나를 불렀다.

"혁수 샘, 왜 절어요? 어디 다쳤어요?"

"아니요, 아니요. 다치긴 뭘 다쳐요. 안 다쳤어요. 걸어오다가 살짝 넘어졌어요."

나는 당황해서 얼버무리면서 지나갔다. 그날 일하는 내내 마음이 심란했다. 다 보이는구나. 내 딴에는 최대한 자연스럽게 걷는다고 걸은 건데도 그런 말을 들으니 기분이 씁쓸했다. 마구 걸어 다니던 때가 먼 옛일처럼 느껴졌다. 그때부터 재활치료 센터, 다리 교정병원 등 갈 수 있는 데는 다 갔다. 30만 원짜리 비싼 주사도 맞고 교정기라는 것을 착용해 보기도 했지만 소용없었다. 오히려 통증만 심해졌다.

걸을 때마다 통증은 조금씩 심해지고 있었다. 자연스럽게 그냥 걸어 다니는 사람들이 그렇게 부러울 수가 없었다. 오래 걷기는커녕 한 걸음 한 걸음이 신경 쓰이는 판이니, 걷기대회는 이제 엄두도 못 낸다.

물론 할 수 있을 거라고 생각도 하지 못했던 걷기대회를 성공하고 삶에 자신감, 희망을 가지게 된 건 좋았다. 사고 후, 걷기가 나를 살렸다고 해도 과언이 아니다. 걷지 않았다면 나는 아직도 재활치료에 힘들어하고 있었을지도 모른다. 하지만 뭐든 지나치면 좋지 않다는 걸 깨달았다. 걷기대회 메달 받고 완보 인증서에 도장 찍는 것에만 집착했다. 처음 걷기에 재미를 붙였던 때가 생각난다. 걷고 있으면 머릿속에서 문득문득 떠오르는 생각이 내 정신의 피를 돌게 했었다. 신기하고 즐거웠다. 하지만 걷기대회는 어느새 걷기 자체에만 집중하게 했다.

그렇다고 걷지 않을 수는 없기에 다른 방법을 생각했다. 천천히 걷는다. 보폭은 넓게, 때로는 잘게 천천히 걷는다. 가끔은 뛰듯이 걷기도 하고, 뒤로 걷기나 옆으로 걷기도 한다. 예전에 걷는 자세를 공부할 때, 책에서 본 적이 있다. 그때 기억을 살려 걷다가 힘들면 뒤로 걷거나 옆으로 걷는다. 옆으로 온몸을 비틀면서 걸으면 소화도 잘된다. 옆의 풍경도 자연스럽게 본다. 옆의 풍경은 천천히 나를 따라온다. 뒤로 걷기도 좋다. 관절에 힘을 덜 주어서 무릎이나 관절이 안 좋은 사람에게 좋다. 안 쓰던 다리 근육을 쓸 수 있고 몸의 균형 감각을 발달시켜 노화로 떨어진 운동 능력을 키워 주기도 한다. 앞으로 걸으면 금세 스쳐 지나가 버리던 풍경을, 뒤로 걸으면 천천히 볼 수 있다.

내 뒤의 풍경은 그 자리에서 오래 나를 마주 본다.

3

유산과 순산 사이

-

김서현

성공은 과거의 실패 위에 세워진다.

- 존 듀이

결혼 4년 차. 아직 우리 부부 사이에는 아기가 없었다. 몇 년을 노력해도 아기가 안 생겨 난임병원을 찾은 적이 있다. 할 수 있는 검사는 모두 해 보았다. 결과는 나와 남편 모두 정상이었다. 두 번 정도 자연임신을 더 시도해 보고, 임신이 되지 않으면 시험관 시술을 하기로 했다.

2021년 8월 더웠던 어느 날 아침, 마지막 자연임신 시도 결과를 확인해 보았다. 결과는 한 줄. '역시나' 하며 쓰레기통에 버리려고 돌아서다가, 혹시 몰라 다시 한번 눈을 가늘게 뜨고 보았다. 아주 희미하게 두 줄이 보였다.

태어나서 처음 보는 두 줄이었다. 임신이 되지 않아 느꼈던 서러움과, 시험관은 하지 않아도 된다는 안도감에 눈물이 왈칵 나왔다. 저녁에 퇴근 후 집에 돌아온 남편에게 서프라이즈 선물로 테스트기를 보여 주었다. 눈이 동그래지며 나를 안아 주는 남편. 이후 병원에서도 임신 확인을 했고, 우리는 아기가 뱃속에서 쑥쑥 크라는 의미로 태명을 '쑥쑥이'라고 지었다. 첫 임신이었던 우리에게는 그저 뱃속에 새 생명이 들어섰다는 기쁨뿐이었다.

며칠이 지난 어느 날 오후, 뱃속의 쑥쑥이와 태담을 나누다가 잠깐 잠이 들었다. 꿈속에서 새파랗고 큰 수박 두 개가 내 치마 품으로 떨어졌고 잠에서 깼다. 선명한 수박 꿈이라니, 태몽이 틀림없었다. 수박이 두 개인 것으로 보아 쌍둥이 꿈인가 보다며 남편에게 호들갑을 떨었다. 그렇게 우리는 쑥쑥이와의 예쁜 미래를 꿈꾸며 하루하루를 보내고 있었다.

며칠 뒤, 낮잠을 자며 또 다른 꿈을 꾸었다. 꿈에서 큰 나무 상자가 내 앞에 있었다. 옆에 있는 사람에게 이 상자가 무엇인지 물으니 선명한 목소리의 대답이 들려왔다.

"상자 안에 수박이 들어 있어. 그런데 1년 지난 수박이라 썩어 문드러졌어."

그 말을 듣고 상자를 열었더니 진짜 새까맣게 썩어 있는 무언가가 있었다. 깜짝 놀라 꿈에서 깼다. 분명히 며칠 전 꿈에서는 예쁘고 새파란 수박이 내 품에 들어왔는데 오늘은 새까맣게 썩어 버렸다니. 너무도 불길한 예감에 당장 병원으로 달려갔다. 검사 결과 주수에 비해 태아 크기가 작다는 소견이 나왔다. 청천벽력 같았다. 집에 돌아와 내 증상을 검색하고 또 검색했다. 계류유산 증상이라는 글이 눈에 띄었다. 울음이 터져 나왔지만 혹시나 쑥쑥이가 내 감정을 느낄까 두려워 마음껏 울지도 못했다.

며칠 뒤 예약된 날짜에 다시 병원을 찾았다. 반은 마음의 준비를 한 상태였다. 담당 의사는 심각한 표정으로 초음파를 보았다. 몇 시간 같은 정적이 흘렀다.

"아기가 저번에 비해 자라지 않았네요. 계류유산입니다. 최대한 빨리 수술받아야 해요."

마음의 준비를 했는데도 슬픔이 터져 나왔다. 바로 다음 날 수술을 했다. 수술이 끝나고 회복실에 누워 한없이 눈물을 흘렸다. 누군가를 미친 듯이 원망하고 싶었다. 다음 생에 다시 만나면 그때는 잘 품어 주겠다는 약속과 함께 쑥쑥이를 하늘로 보냈다. 그 뒤로 한 달 동안 남편이 매일 미역국을 끓여줬다. 나보다 더 내 몸을 챙겨주는 남편이 고마웠다. 나는 몸도 마음도 괜찮지 않았지만 애써 괜찮은 척하며 지냈다. 힘들다고 말하면 아기를 잃은 슬픔에서 영영 빠져나오지 못할 것 같았기 때문이다. 그렇게 꾸역꾸역 시간은 흘러갔다.

다시 아기를 갖기 위한 시도를 해 볼까? 또 실패하면 어쩌지? 지금껏 살아오며 원하는 것은 노력해서 이루었지만, 임신은 노력으로 되는 것이 아님을 뼈저리게 느낀 나였다. 그래도 하나 확실한 것은, 지금 나는 아이를 간절하게 원하고 있다는 것이었다.

쑥쑥이를 보낸 지 석 달 정도 흘렀다. 그동안 마음속이 시끄러웠던 탓에 조용하고 고즈넉한 곳에서 잠깐 쉬고 싶었다. 친구의 추천으로 절에 가서 '템플스테이'를 하기로 했다. 스님을 만나 따뜻한 차를 마시며 이야기를 나누었다. 대화 내내 속상하고 서러운 감정이 북받쳐 올라 스님 앞에서 눈물을 흘렸다. 스님은 그런 나를 달래 주시며, 힘들겠지만 마음 수련을 위해 108배를 한번 해 보라고 하셨다. 스님의 조언대로 이틀 동안 밤에 법당에 가서 108배를 했다. 고요한 법당 안에는 스님이 염불을 외우는 소리와 절을 하며 내 바지 깃이 사락사락 스치는 소리뿐이었다. 다리가 아파도 이 악물고 한 배 한배 정성 들여 절을 올렸다. 신이 있다면 제발 다시 나에게 새로운 생명을 달라고. 집에 돌아와서도 매일 108배를 했다. 내가 할 수 있는 최선을 다해 정성을 들이면 신이 내 이야기를 들어주지 않을까 싶었다.

그 뒤로 한 달이 지났을까. 잠을 자다가 꿈을 꾸었다. 저 멀리 산에서 하얀 말 떼가 우르르 달려 내려왔다. 그 중 한 마리가 나에게 다가오며 고개를 내밀고 애교를 부렸다. 꿈이 아주 생생했지만, 당시에는 아무 생각 없이 넘겼다.

며칠 뒤에 습관처럼 임신 테스트기를 꺼냈다. 역시나 한 줄이 뜰 것이라 예상했다. 하지만 테스트를 하자마자 진한 두 줄이 보였다. 내 눈이 잘못되었나 싶어 눈을 비비고 다시 보았다. 누가 봐도 두 줄이었다. 마치 자신의 존재를 알아달라는 듯 빨갛고 진하게 떠 있는 두 줄. 당장 남편에게 가 테스트기를 보여 주었다.

"여보, 이거 뭐야?"

"그러게! 이게 뭐지?"

둘 다 이 상황을 도저히 믿을 수가 없었다. 너무나 기뻤지만 전에 겪었던 아픔 때문인지 마음껏 기뻐하면 안 될 것 같았다. 혹시나 저번처럼 잘못되면 그 이후의 감정을 감당할 수 없을 것 같았기 때문이다. 일단 마음을 차분히 가라앉히고 병원으로 향했다. 검사 끝에 임신이 맞다는 결과가 나왔다. 우리 둘은 그제야 기뻐했다. 그렇게 나는 두 번째 아이를 가지게 되었다. 며칠 전 꾸었던 새하얀 말 꿈이 태몽이었겠구나 생각하니 퍼즐이 맞춰지는 것 같았다.

아기는 내 뱃속에서 잘 자라 주었다. 저번과 달리 주수에 맞게 잘 커 주었고 나도 임신 기간 내내 직장 생활을 할 수 있었을 정도로 컨디션이 좋았다. 별다른 문제 없이 열 달이 흘러갔다.

그 해 순탄하게 출산을 했다. 아기에게 '유빈이'라는 예쁜 이름도 생겼다. 유빈이는 사람들에게 듬뿍 사랑받으며 건강하고 예쁘게 자라고 있다. 유빈이와 만난 지 벌써 1년 10개월째다. 육아하면서 너무 힘들어 견디기 힘든 순간도 많지만, 떠나간 쑥쑥이를 생각하면 이 고통스러운 순간마저도 소중하고 행복하다. 곧바로 마음을 다잡게 된다.

내 새끼를 잃은 것과 얻은 것. 인생에서 겪을 수 있는 슬픔과 기쁨의 끝을 느꼈다. 성공과 실패라는 키워드에서 바라본다면 나의 유산은 실패다. 하지만 세상에는 실패처럼 보여도 실패가 아닌 일이 존재한다. 쑥쑥이를 처음 알게 된 날, 초음파 사진, 내가 건넸던 태담. 이 소중함이 내 가슴속에 남아 있는 한 도무지 '실패'로 연결되지 않는다. 쑥쑥이를 잃었기에 지금의 유빈이에게 더욱 애틋하다. 그때의 경험이 독처럼 느껴졌지만 지금은 오히려 유빈이를 더 사랑할 수 있게 하는 약이 되었다. 그리고 나는 첫아이를 잃었던 내 경험을 감히 '실패'라고 단정 짓고 싶지 않다. 한 생명을 가지고 성공과 실패라 의미를 부여하는 것은 얼마나 잔인한 일인가.

나는 실패하지 않았다. 그렇다고 성공하지도 않았다. 실패나 성공으로 단정 지을지 말지는 내 선택이다. 실패라고 생각하지 않기를 '선택'했다. 누구도 내 선택에 손가락질할 수 없다. 내 마음대로 성공과 실패 다시 정해 버리기. 내 선택이 옳았다.

4

제대로 된 프로 되는 법

-

백현기

인생은 어떻게든 끝마쳐야 하는 과제와 같다.
그러므로 견뎌내는 것은 그 자체로 멋지다.

- 강용수, 『마흔에 읽는 쇼펜하우어』 중에서

이혼을 경험한 서른둘의 나이에 어두운 방에 갇혔다. 우울증으로 시작된 정신병 때문이었다. 처음엔 특별한 증상이 없었다. 시간이 지나면서 하루에도 몇 번씩 감정이 오르락내리락했다. 직장에서뿐 아니라 퇴근 후에도 신경질은 습관처럼 반복됐다. 결국, 대인기피 증상까지 생겼다. 공황장애 약을 먹으며 버티는 날이 늘었다.

약 먹기 싫었다. 부작용 때문에 밥도 몇 숟가락 먹지 못했다. 머리가 아팠고 속도 메스꺼웠다. 화내는 일은 이전보다 줄었는지는 몰라도 약기운 때문에 멍하게 있는 시간이 늘었다. 직장에서는 나를 대기 발령 냈다. 빈 사무실로 자리가 옮겨졌다. 출근 후 화장실 이용하는 것 외에는 문밖을 나가지 못했다. 사실 문 열 용기도 없었다. 급기야 '제대로 하는 일이 뭐냐, 남에게 피해 주지 말고 그만둬라, 너 생각해서 하는 말이다.'라는 환청까지 들렸다.

창피했다. 힘을 내라는 사람도 있었지만 그들의 말만으로는 내가 회복되지 않았다. '차라리 확 죽어 버릴까?' 약에 의지하며 버티던 삶. 불과 몇 년 전의 내 모습이었다.

처음 약을 먹은 지 3개월이 지난날이었다. 정신과 상담 치료를 병행하자 내 삶도 조금씩 바뀌어 가는 걸 느낄 수 있었다. 약이나 손쉬운 위로를 핑계로 마시는 술이 아니라, 이제는 무언가 나의 마음을 달랠 수 있을 만한 일을 찾고 싶었다. 지금까지 해 보지 않은 전혀 다른 새로운 경험을 해 보라는 조언을 받았다. 그중 하나가 독서였다. 단순한 독서가 아니었다. 비슷한 경험을 겪은 사람의 이야기를 읽어 보고, 그들은 어떻게 자신의 어려움을 이겨 내었는지 들어보라는 의미였다.

그때 이은대 작가를 만났다. 사업 실패로 인한 파산, 신용불량자의 시기를 겪었던 그는 감옥까지 갇힌 적 있었다. 나중엔 혈액과 관련된 희소병까지 걸렸다. 말 그대로 최악의 삶이었다. 감옥에 갇혀 철장 너머 하늘을 볼 때도, 병상에 누워 천장만 바라보고 있을 때도 처음엔 죽고 싶은 심정뿐이었다고 했다. 하지만 그조차도 마음대로 할 수 없는 현실이 더 괴로웠다. 이대로 죽음을 기다리기에는 억울한 마음이 들어 자신의 모든 과정을 글로 옮기기 시작했다. 신기한 건 그가 평생토록 글과 관련된 직업이나 취미를 경험해 보지 않았다는 점이다. 그런데도 글과 책을 썼다. 이제는 자신의 이야기를 세상 사람들 앞에서 자랑스럽게 하고 있었다.

겨우 책 한 권이었지만 가슴이 먹먹했다. 나로서는 상상할 수 없는 일이었다. 하루하루를 간신히 버티는 내 삶과 달리, 모든 일을 이겨 낸 이야기 속 주인공은 마치 인간이 아닌 것 같았다. 책의 마지막 장까지 읽자 용기가 생겼다. 저자 프로필에 기재된 E-mail에 책을 읽은 소감을 적어 보냈다.

"안녕하세요. 작가님의 글을 읽고, 지금까지 어떻게 살아왔는지 되돌아보게 됐습니다. 누구보다 멋진 삶을 살아 보고 싶었습니다. 노력하기만 하면 멋진 삶을 사는 줄 알았습니다. 그 생각이 틀렸다는 걸 작가님을 통해 깨달았습니다. 과정에서 넘어져도 다시 일어날 줄 알고, 묵묵하게 걸어가는 사람만이 멋진 삶을 산다는 걸 이제야 알았습니다. 저도 제 삶을 다시 쓰고 싶어 메일을 보내 봅니다."

며칠 후, 회신 메일이 왔다.

"어려움을 이겨 내는 사람의 삶이 멋진 삶이라는 말에 공감합니다. 저와 함께 글 쓰는 삶을 시작해 보겠습니까?"

수많은 독자 중 한 사람이었을 뿐이었다. 한 번도 만난 적 없다. 그런데도 나의 말에 귀 기울여 주고 답장해 준 작가의 응원에 우울했던 마음이 한 방에 해결됐다. 곧바로 이은대 작가의 글쓰기 모임에 가입했다. 수업료를 내야 했었지만 상관없었다. 그동안에 들어간 상담비며, 약값에 비하면 훨씬 적은 액수였다. '내가 잘할 수 있을까? 창피만 당하는 건 아닐까? 지금이라도 그만둘까?' 서울에서 열리는 첫 수업에 참여하기 전날, 늦게까지 잠을 뒤척였다.

수업 당일 미리 작성한 자기소개서를 건네자 이은대 작가는 표지에 적힌 '성형 독서'라는 제목의 의미를 물었다. 성형 독서는 책을 읽고 변화된 삶을 살기 시작한 한 남자의 이야기를 담은 글이었다.

"술자리를 전전하던 사람이 이제는 도서관과 서점에서 살다시피 하고, 술잔을 들던 손으로 이제는 책을 들었습니다. 제 삶이 변화된 비결은 책입니다. 독서는 내 삶의 성형입니다."

1분쯤 지났을까, 어색한 침묵이 깨졌다.

"내용은 좋습니다. 동기도 좋습니다. 하지만 어순이 많이 틀렸고, 곳곳에 맞춤법이나 오탈자가 많이 보입니다. 글쓰기는 따로 배운 적 없나요?"

"아닙니다. 처음입니다. 읽기만 해 봤고, 재미 삼아 습작을 몇 편 써 보기만 해 봤습니다."

"왜 작가가 되고 싶죠?"

단 두 번의 질문에 나는 완전히 발가벗겨진 기분이었다.

"돈을 벌고 싶은 것도, 유명해지려는 것도 아닙니다. 단지 작가님처럼 삶의 프로가 되고 싶었습니다. 작가님께서 쓰신 글은 마치 실패조차도 징검다리 삼아 개울을 건너는 듯했습니다. 저 또한 그런 실력을 갖추고 싶습니다. 도망치지 않고 과거의 쓰라림을 던져 놓아 밟으며 나아가고 싶습니다."

"그럼, 포기해야 하는 일이 많을 겁니다. 때로는 다시는 생각하기 싫은 기억도 마주해야 할 때도 있을 겁니다. 잘할 수 있을까요?"

"프로란 하기 싫은 일, 해내기 어려운 일을 이겨 내 줄 알아야 합니다. 과정을 즐길 줄 아는 사람이 프로의 자격을 갖출 수 있다 봅니다. 저는 내 삶의 제대로 된 프로가 되고 싶습니다."

제대로 된 프로라니…. 건방져 보이는 건 아닐까 했다. 쥐구멍에라도 들어가고 싶은 심정이었다.

"좋습니다. 제대로 된 프로, 멋진 말입니다. 작가란 그런 존재입니다. 앞으로도 그 마음 변치 마시길 바랍니다."

옆 사람도 뒷사람도 손뼉을 쳐줬다. 가슴이 먹먹해졌다. 과분한 응원과 격려에 고개가 숙어졌다. '제대로 된 내 삶, 이제 다시 시작이다!' 가능성이란 말은 백지에서 시작하더라도 점 하나만 찍혀 있기만 하면 된다. 모양과 크기에 상관없이 점을 선으로 확장해 나가는 과정은 내 몫이다. 선이 끊어질 수도 있고 원치 않는 모양이 그려질 수도 있다. 그런데도 포기하지 않고 묵묵히 이어 가기를 노력하는 사람, 그 사람이 삶의 프로다.

이은대 작가 밑에서 끊임없이 배우는 태도로 프로정신을 발휘하는 중이다. 실패와 성공을 종이에 쓴다. 글로 나와 다른 사람을 돕는다. 모든 경험을 과정과 성공이라 결론 내렸다. 이제는 쓰는 삶을 시작했기에 내 삶을 묵묵히 쓰는 프로가 됐다.

5

과정을 누리는 것이 인생이다

-

신민진

인생은 목표를 향해 가는 여정이 아니라, 그 과정에서 얻는 경험이다.

- 마하트마 간디

일어나자마자 체중계에 올라간다. 화장실도 다녀오고, 물 한 잔 들이켜고 싶은 것도 참았다. 체중계에 나타난 숫자가 마음에 들지 않는다. 어제저녁 모임에서 술을 참았어야 했다. 하루 만에 2kg이 늘었다. 삼 년 동안 한결같다가도 한 번씩 습관이 무너진다. 며칠간 식단조절을 해야 한다. 술자리에서 아무것도 먹지 않고 앉아 있기가 쉽진 않지만 체중을 되돌리는 건 더 어렵다. 묵언 수행하는 마음으로 안 먹고 버틸 걸 그랬다. 매일 아침 체중계에서 시작되는 하루, 이렇게 몸 상태를 확인하고 관리하기를 3년째 반복한다.

첫째 아이를 임신했을 때부터다. 출산했는데 몸무게가 줄지 않았다. 수유하면서 점점 살이 빠진다던데 내 몸은 점점 더 커졌다. 산후 부종이라고 생각하며 팥물과 호박즙을 열심히 먹었다. 평소 가깝게 지내던 연희 언니는 형부가 직접 잡은 가물치를 정성껏 달여서 가져다주었다. 지난번 아기를 보러 놀러 왔을 때 내 몸을 보고 적잖이 놀란 눈치였다. 2L 페트병 세 개에 가물치 즙을 가득 담아 군산에서 인천까지 달려와 주었다.

"괜찮아. 나도 가물치 먹고 붓기 다 빠졌어."

연희 언니의 따뜻한 위로는 희망이 되어 주었다. 가물치 냄새가 힘들었지만, 몸이 출산 전으로 되돌아갈 수 있을 거라는 믿음으로 꼬박꼬박 챙겨 먹었다. 밥공기에 하루 한 사발씩 두 달 가까이 먹었다. 하지만 내 몸은 연희 언니와 형부의 정성에 보답하지 못했다.

가물치 즙을 다 먹은 다음 날부터 아기에게 분유를 먹이기 시작했다. 그리고 스트레스를 푼다며 저녁마다 맥주를 마시기 시작했다. 몸이 자연히 줄어들 거라는 희망도 맥주 거품처럼 사라졌다. 라면까지 끓여 먹는 날도 있었다. 기분에 따라 와인도 즐겨 마셨고, 고칼로리 안주도 서슴지 않았다. 몸이 팝콘처럼 순식간에 더 커졌다. 옷이 모조리 작아졌다. 바지는 반도 올라가지 않았고 원피스의 지퍼가 꼼짝도 하지 않았다. 겨우 허리를 채우면 숨통이 조였고, 팔을 올리지도 내리지도 못하는 셔츠의 압박감에 거인이 된 것 같았다.

살을 빼기로 마음먹었다. 내일부터 다이어트를 할 거라며 외치는 날들이 반복되었다. 낮에는 결연한 마음으로 굶다가 밤이 되면 폭식을 하는 행동을 멈추기 힘들었다. 안 해 본 다이어트가 없다. 다양한 방법과 제품을 경험해 보며 돈만 날렸다. 심지어 제대로 된 식사를 하지 않으니 몸이 상했다. 건강이 나빠지니 살은 더 쉽게 쪘다. 어느 순간 체중계가 무서워졌다.

복직할 때가 되었다. 달라진 몸으로 아이 둘을 낳고 오 년을 살다 보니 몸에 맞는 멀쩡한 옷이 필요했다. 다행히 긴 원피스가 유행이라 넉넉한 치수 몇 개를 사서 돌려 입었다. 새 옷이었지만 예쁘지는 않았다. 출근할 때마다 신발장 전신거울에서 만나는 내가 낯설었다. 함께 일했던 동료들은 나를 알아보지도 못했다. 내 모습이 마음에 들지 않아서 다이어트는 꼭 해야만 하는 숙제처럼 따라다녔다. 하지만 일을 시작하니 앉아 있을 틈도 없이 하루하루가 숨 가쁘게 바빴다. 퇴근길엔 지치고 허기져서 집 근처 빵집 앞을 그냥 지나치기 힘들었다. 초콜릿이 듬뿍 묻은 크루아상, 두툼한 버터가 들어간 앙버터 프레첼, 노릇하게 구워진 에그타르트는 매일 먹어도 질리지 않았다. 부지런히 퇴근해 저녁을 먹고 식탁에 빵 봉지를 펼치는 순간이 행복했다. 그렇게 일 년이 지나자 몸 상태는 최악이 되어 있었다. 허리도 아프고 무릎이 아파 왔다. 주말이면 소파에 누워 손가락 하나 움직이기도 힘들었다. 숨쉬기도 힘들었다. 다이어트를 하겠다는 의욕도 잃었다.

"그런 옷 좀 입지 마."

이른 출근 때문에 친정어머니가 아침마다 아이들을 돌봐 주러 오셨다.

딸이 자루 같은 옷을 입고, 곰처럼 움직이는 모습을 지켜보며 어머니도 힘들어했다. 허리가 아파 걷기 힘들다고 하니 뭐라도 해 보라며 나를 데려간 곳은 활원운동을 배우는 곳이었다. 뚜렷하게 활원이 무엇인지는 잘 모르겠지만 허리가 낫질 않아 지푸라기라도 잡는 심정으로 따라갔다. 운동을 따라 하고 지도를 받다 보니 허리가 조금씩 움직여졌다. 신기해서 일주일에 한 번씩 빠지지 않고 다녔다. 족욕을 권해 주셔서 매일 저녁마다 시간을 냈다. 뜨거운 여름에 시작했는데 계절과 날씨에 상관없이 땀을 흘리며 꼬박 삼십 분을 버텨 냈다. 조금씩 몸이 나아졌다. 무엇보다 움직일 의욕이 생기는 것이 희망적이었다. 그제야 살을 빼야겠다는 생각이 다시 들었다. 아이들은 어렸고 내가 해야 할 일은 많았다. 마침 그곳에서 만난 분이 몸을 해독하면 건강한 체질로 바꿀 수 있다며 디톡스 프로그램을 소개해 주었다. 묻고 따지지도 않고 시작했다. 절박하니 음식을 끊는 일이 힘들지도 않았다. 오히려 점점 기운이 났다. 활력이 생기면서 마법처럼 신바람이 났다. 한 달이 지났는데 7kg이 줄어 있었다. 몸이 가볍고 바지가 헐렁해져서 활동하기 편했다. 뭐든 하고 싶어졌다. 매일 장을 봐서 요리했고, 아이들이 "우와 잔치다 잔치!"를 외치며 맛있게 먹어 주는 게 기분 좋았다. 다시 살아난 게 기적 같았다. 운동도 시작했다. 아이들을 유치원과 학교에 보내고 뒷산에 올랐다. 왕복 한 시간. 오후에는 헬스장에 갔다. 러닝머신에서 걷는 것으로는 성에 안 차 한 시간씩 뛰었다. 그렇게 6개월이 지나니 총 15kg이 줄었다. 그리고 지치지 않는 체력을 얻었다. 누군가 수억이라는 돈을 주면서 15kg 감량하기 전의 체중으로 돌아가라고 한다면 돈을 선택할래, 돈을 포기하고 지금의 몸을 선택할래? 누구도 묻지 않는 터무니없는 질문이지만 혼자 상상한다. 선택은 지금 나의 건강한 몸이다. 십억을 준대도 바꾸고 싶지 않다.

여름휴가를 다녀오니 체중이 3kg이 늘었다. 맛집과 군것질, 시원한 맥주와 함께한 여행이었으니 그럴 수밖에. 체중과 체형이 만족스러운 적은 없다. 하지만 실패라 하기엔 몸 상태가 극적으로 좋아졌고, 성공이라 하기에는 목표하는 바에 턱없이 부족하다. 다이어트에서 성공은 상당히 까다롭다. 한번 목표를 이루어서 얻어지는 결과가 아니라 평생 유지해야 한다는 게 관건이다. 안타깝게도 사람의 욕구는 실패로 이끌어 줄 때가 많으니 긴장을 늦추면 안 된다.

이제는 내 몸이 어떤 체질인지, 무엇에 약하고 무엇이 필요한지 알게 되었다. 목표는 체중 관리를 통해 건강하게 사는 삶이다. 매일 근육을 단련하기 위해 운동을 멈추지 않는다. 저녁을 줄이고 술은 입에 대지 않으려고 노력한다. 달콤한 유혹과 절실한 목표 사이에서 끊임없이 몸을 관리한다. 지금은 실패도 성공도 아니다. 체중계에 올라가 웃을 수 있는 매일을 이어 가며 건강을 다짐한다. 성공과 실패라는 말보다 중요한 것은 과정이라는 것을 잊지 않아야 한다.

6

변화 속에서 길을 찾다

-

쓰꾸미

변화에 적응하지 못하는 종은 살아남지 못한다.
다윈이 말했듯이 가장 강한 종이 살아남는 것이 아니라
가장 잘 적응하는 종이 살아남는다.

- 찰스 다윈

40세가 넘고 일상을 돌아보니, 예전에 당연히 맞다고 믿었던 것들이 조금씩 흔들리기 시작했다. 일상은 성공과 실패처럼 간단히 구분되는 게 아니라는 걸, 또 맞고 틀림을 판단하는 일이 쉬운 게 아니란 걸 새삼 느낀다.

주말에 장인어른, 장모님, 처제 가족, 그리고 우리 가족이 모여 함께 점심을 먹었다. 식사 후 고모리 카페에 가서 다 같이 커피를 마셨다. 아이들은 처제네 차를 타고 조카들과 함께 갔고, 나는 장인어른과 장모님을 빨리 모셔다드리고 싶은 마음에 내비게이션을 켜고 출발했다. 익숙한 길이 있었지만 내비게이션은 다른 경로를 알려 줬다. 나는 안내를 따랐고, 동서는 알고 있는 길로 갔다. 집에 도착해 보니 아이들은 아직 도착하지 않았다. 시간을 절약하려면 익숙한 길만 고집하는 게 과연 맞는 걸까, 문득 생각해 보게 되었다.

현재 건설업에 종사한다. 해외 플랜트 설비를 건설하고, 프로젝트 마지막 공정으로 플랜트를 처음 운전해 보는 '시운전' 업무를 하고 있다.

취업을 생각하면서 대학교 진로를 정했다. 그래서 기계과를 선택했다. 앞으로도 끝없이 발전할 것 같은 학과를 선택한 것이다. 그리고 당시 인기 학과이기도 했다. 대학교에서 사 대 역학인 정역학, 동역학, 유체역학 그리고 열역학을 배웠다. 화력 발전소에서 적용되는 열역학 사이클도 습득했다. 그 지식으로 회사에 들어와서 업무에 적응할 수 있는 기반이 되었다. 그리고 실무에서도 성과를 이루었다. 지금도 업무에서 전공 지식의 덕을 보고 있다.

얼마 전, 신입 사원 선발 면접관으로 참여했다. 지원자들의 대학 전공 커리큘럼이 내가 배운 과목과 달랐다. 내 밥줄이던 4대 역학이 없고, IT 관련 전공들이 대신했다. 지원서의 전공과목에서 코딩, 인공지능과 같은 낯선 단어들을 발견했다. 내가 대학생이었을 때는, 예비군복을 입고 선반과 밀링머신과 같은 공작기계를 가지고 철을 깎고 가공하는 수업이 필수 과목이었다. 그런데 면접 중 살펴본 지원서에는 3D 프린터와 인공지능 관련 강의

및 프로젝트 경험이 전공과목으로 적혀 있었다. 내가 졸업할 때 경쟁력이 라고 생각하였던 과목들이 변화하는 시대 흐름에 따라 사라지고 있던 것이었다.

신문에서 언급되는 회사들도 변화가 있었다. 내가 직장 생활을 시작했을 때, 중공업과 석유화학 공업에 관한 기사가 많았다. 당시 두산 중공업에서는 바닷물을 먹을 수 있는 물로 바꿀 수 있는 담수화 설비를 세계 최대 규모로 개발했다는 기사도 있었다. 파급 효과로 중동 사우디에서 농업에 사용되는 물을 공급한다는 홍보도 하는 때였다. 조선 사업도 분위기가 좋았다. 우리나라의 세 조선 회사가 세계 1위, 2위, 3위를 차지하던 시기였다. 이제 시기와 시장의 변화로 인해 조선업과 제조업 분야에서도 중국 기업들의 매출이 더 커지고 있었다. 게다가 지구 온난화로 인한 이산화탄소 배출 문제로 중공업 분야에 많은 제약이 생기고 있다는 소식을 신문 기사에서 자주 접했다. BMW, 벤츠 같은 가솔린차 시대가 테슬라와 BYD의 전기차 중심 시대로 바뀌고 있는 것도 느꼈다. 전기차로의 전환이 이렇게 빠르게 일어날 줄은 예상하지 못했다.

업무수행 방식도 변했다. 예전에는 도면을 이해하는 능력이 중요했다. 3D 실물을 2D 도면에 옮기는 작업이기에, 도면을 제대로 이해하는 능력이 필수적이었다. 현재도 제작과 관련해서는 기본적으로 2D 도면을 사용하지만, 컴퓨터의 가상공간에서 3D 모델을 구현해 간섭 사항 같은 설계 오류를 사전에 확인하고 있다. 이는 불필요한 비용 투입을 예방하기 위해서다. 현재는 컴퓨터 가상공간에서 목적물을 구현하고 설계 검증을 하는 단계지만, 고객들은 가상 모형에 건설 정보까지 반영해 플랜트 건설 과정과 현황을 구현하는 수준을 요구하고 있다. 고객 만족을 위해 기존 방법만 고수할 수 없는 상황이다. 앞으로는 제품 제조 기술 차이가 줄어드는 대신, 가상공간에서 프로젝트를 수행하고 경험을 공유하는 기업이 더욱 성장할 가능성이 높다.

생성형 AI도 사회 변화를 가속한다. 챗GPT는 사람이 말하고 생각하는 것처럼 답변을 제공하고, 연결하기 어려운 것들을 창의적으로 엮어 내기도 한다. 한때 AI의 한계로 여겨졌던 글쓰기나 음악 같은 창작 분야에서도 이제는 생성형 AI를 활용하고 있다. 17년 전 사회 초년생이었을 때 상상했던 미래와 지금의 현실은 확연히 다르다.

변화가 너무 빠르게 일어나서 이제 무엇이 성공이고 실패인지조차 혼란스럽다. 흔히 산업의 주기가 30년이라 하지만, 현실은 다르게 움직인다. 대학교 때 배운 대로 기술 하나만 잘 익히면 정년퇴직까지 안정될 거로 생각했지만, 이제는 그런 공식도 무너져버렸다. 지식과 상식을 많이 쌓으면 성공할 줄 알았는데 생성형 AI가 정보와 논문을 빠르게 찾아내는 걸 보면 그게 답이 아닐지도 모른다는 불안감을 느낀다. 한 분야를 깊이 파는 것이 이제는 경쟁력이 없어 보인다. 무엇을 준비해야 할지 막막하고, 그게 가장 두렵다.

내 경험과 현시대 상황을 보니 예전에는 맞는 선택이 이제는 틀린 선택이 될 수 있다. 따라서 맞는 선택이 성공, 틀린 선택이 실패라고 단정 지어 말할 수 없다. 모든 일을 성공과 실패로만 구분할 수 없다. 그래서 불안하다. 불안하다고 포기할 수는 없다. 포기하기에는 내 삶이 아깝다. 한 번뿐인 인생을 더 멋지게 살고 싶다. 그래서 미래의 불안감을 희석해 보려 한다. 나는 현실과 목표 사이를 성장으로 채우려 한다. 지금은 성공이지만, 더 이상 성장하지 않는 경우 실패로 바뀔 수 있다. 반대로 지금은 실패이지만, 성장을 통해서 성공으로 바꿀 수 있다. 시간이나 환경 조건에 따라서 성공과 실패가 바뀌기 때문이다. 그렇다면 시대의 흐름과 조건에 맞춰 내가 성장하면 된다. 성장할 가능성만 느껴도 그 가능성을 키우는 데 집중하게 된다. 그래서 불안하거나 초라하다는 생각에 빠질 여유가 없었다. 그래서 무엇보다 필요한 것은 가능성에 대해 꾸준하게 실천하며 기록하는 태도이다. 꾸준히 실천하고 노력한 내용을 기록해 두면 내가 어떤 방향으로 나아가고 있는지 알 수 있다. 방향이 잘못됐다면 쉽게 수정하고 대처할 수 있게 된다. 이 방법으로 삶을 내 의지대로 대처할 수 있다는 의미로 바뀐다.

지식을 얼마나 습득했는지가 성공의 여부를 결정하는 것은 아니다. 그런데도 책을 읽고, 지식을 쌓고, 생각하는 것은 여전히 중요하다. 얼마나 다양한 지식을 쌓았는지가 아니라, 자신의 상태를 파악하고 어떤 방향으로 나아가야 할지를 자신에게 질문하는 것이 중요하다. 그리고 그 답을 찾고 방향을 결정하는 데 있어 여전히 읽고 이해하는 능력을 사용하고 있다. 생성형 AI가 아무리 발전하더라도, 그 의견을 받아들일지는 결국 본인이 결정하기 때문이다. 이를 위해 개인의 성장과 안목이 뒷받침되면 더욱 올바른 결정을 내릴 수 있다는 믿음이 필요하다. 그래서 가치 있는 인생을 위해 날마다 성장으로 채우려고 노력한다.

7

쓰디쓴 실패 후, 성공의 달콤함

-

윤미경

위대한 성공은 종종 위대한 실패 뒤에 온다.

- 헨리 포드

"나 육지에 올라가서 사업해 볼래. 여기 회사 도저히 못 다니겠어."

제주에서 신혼집을 차린 지 6개월쯤 지났을 때였다. 남편은 멀쩡히 다니던 직장을 그만두고 경기도에서 사업을 하겠다며 홀연히 떠나 버렸다. 첫 아이를 밴 상태인 나는 마음에 쏙 들었던 우리의 첫 보금자리에 덩그러니 남겨졌다. 남편은 격주에 한 번씩 비행기를 타고 제주로 내려오곤 했다. 계속 하늘에 돈을 뿌리고 다닐 순 없으니 내가 남편을 따라 경기도로 직장을 옮겨야 했다. 그러나 당시 교사의 시도 간 교류는 일대일 맞교환으로만 가능했다. 노부모 봉양이나 장기 별거와 같은 우선순위가 있어야 했는데, 나는 그 어느 것에도 해당하지 않았다. 그런 생활을 반년쯤 이어 가던 중, 경기도에서 교사 부족 문제로 다른 지역 교사들의 전출을 2010년 3월 자로 모두 수용한다는 공문이 내려왔다. 나에게 희소식이었다.

경기도 교육청에서는 전출 희망 도시 다섯 곳을 적어 내라고 했다. 경기도의 지명, 지리가 너무 낯설었던 나는 네이버 지도를 의지해 거리를 가늠했다. 남편의 회사인 연천과 가장 가까우면서도 큰 도시인 고양시를 1지망으로 신청했다. 출산을 앞두고 있었기에, 우리의 보금자리만큼은 좋은 지역에 아늑한 환경으로 마련하고 싶었다. 제주에 있는 친인척이나 친구들이 듣기에도 그럴싸하고 안심할 만한 지역인 일산에 터전을 잡기로 했다. 경기도로 발령을 받기도 전, 겨울 방학이 되자마자 만삭의 몸을 이끌고 비행기를 타고 일산으로 향했다. 우리의 예산안에서 전셋집을 알아봤지만, 아파트들은 너무 낡아 신생아를 키우기엔 적합하지 않아 보였다. 결국 무리해서라도 대출을 받아 집을 사고서 인테리어를 새로 싹 해버리는 것이 더 나을 거라고 판단했다. 내 이름으로 된 첫 집을 마련하고 깨끗하게 인테리어 할 생각에 설레기만 했다. 경제관념이 부족했던 우리 부부는 현재는 저평가됐지만 곧 큰 주상복합이 들어설 예정이라 머지않아 곧 가격이 오를 것이라는 부동산의 말을 그대로 믿었다. 여러 은행의 대출 금리도 비교해 보지 않고 부동산이 추천한 대출로 덜컥 결정해 버렸다. 부모의 도움 없이 몇억 원짜리 집을 내 손으로 계약하며 어른이 된 기분에 취해 있었다. 그렇게 '좋은 도시'라는 일산의 이름값에 기대어 낡은 집을 비싸게 샀다. 남편의 사업이 잘될 것이라는 막연한 기대를 품고, 은행의 도움을 받아 집을 산 것이었다. 얼마 지나지 않아 발령 공문이 내려왔다. 아뿔싸, 일산 우리 집에서 한참이나 멀리 떨어진 동두천 · 양주로 발령을 받았다.

처음 마련한 일산의 집에서 첫째가 태어났고, 다음 해에는 둘째가 태어났다. 그러나 둘째의 돌을 앞두고 남편의 사업이 흔들리기 시작했다. 결국 2년여 만에 사업을 접게 되었다. 이는 집을 사면서 대출받은 돈을 제때 갚기 어려운 상황을 의미했다. 부동산에서 장담하던 집값 상승은 이루어지지 않았고, 집을 내놓았을 때는 오히려 1억 원이나 떨어져 있었다. 어쩔 수 없이 손해를 감수하고 집을 팔았다. 남편의 빚까지 떠안아야 했던 상황에서, 내 월급만으로 네 식구를 부양해야 했기에 집을 팔고 남은 돈과 전세 대출로 새집을 구해야 했다. 어디로 옮길까 고민하던 끝에 집값이 비교적 저렴한 경기 북부 지역을 알아보기로 했다. 결국 체스판에서 한 칸 북쪽으로 이동하듯 내 근무지와 가까운 양주로 이사하게 되었다. 2012년은 집값이 바닥을 치던 시기였다. 일산에서는 손해를 보며 집을 팔았지만, 양주에는 가격이 저렴하면서도 좋은 신축 아파트들이 많았다. 비록 전세긴 했지만 새로 이사한 집은 만족스러웠다. 일산의 낡은 우리 집에서는 겨울마다 베란다의 세탁기 배관이 얼어 빨래할 수 없었지만, 양주의 신축 아파트는 단열이 잘 되어 내 집에서 쫓겨난 설움을 달래 주었다.

3년 후, 집값이 다시 상승세를 보이며 전셋값도 급등했다. 남편에게는 좋은 소식이 없었고, 양주보다 더 집값이 저렴한 지역을 찾기로 했다. 그래서 한 칸 더 북쪽, 동두천으로 이사하기로 했다. 이렇게 저렴한 집을 찾아 한 칸씩 북쪽으로 이동하다 보면 북한까지 가겠다는 농담이 나올 정도였다. 동두천 전셋집 계약일이 내 생일과 겹쳤고, 시부모님께서 저녁을 사 주신다고 오셨다.

"당신은 아이들과 어머니, 아버지와 먼저 식당에 가 있어. 나는 계약서에 서명하고 금방 따라갈게."

남편에게 아이들을 맡기고 혼자 동두천 부동산으로 향했다. 형편없이 낡은 아파트와 불친절한 집주인이 내 눈에 들어온 전부였다. 체스판 사방이 모두 막혀 있어 오도 가도 못하는 상황이었다. 선택의 여지가 없어 계약서에 서명했다. 부동산을 나와 지하철역까지 걸어오는 길에 눈물이 왈칵 쏟아져 내렸다. 그동안 외벌이로도 누군가에게 아쉬운 소리 안 하고 아이들 잘 키우며 알뜰하게 살아왔다. 그러니 무엇이 그렇게 서럽고 슬펐는지 알 수 없었다.

동두천을 마지막으로 더 이상의 북진은 없었다. 아껴 쓰며 꼬박꼬박 모은 돈이 어느덧 작은 자산이 되었다. 남편도 재기에 성공해 의정부로 남하하여 터를 잡았다. 친구와의 관계가 중요한 사춘기에 접어드는 아이들을 데리고 더 이상 여러 지역을 떠돌기가 미안했다. 정착하고 싶었다. 집을 사고 파는 데에도 경기의 흐름, 시장의 변화를 읽어 내야 함을 깨닫게 되었다. 유튜브가 발달하여 검색만으로 부동산 정보를 알 수 있는 시대에 있어서 다행이었다. 2010년에는 집을 사야 할 시기가 아닌데도 집을 사서 낭패를 보았던 우리의 무지를 뒤늦게 탓했다. 생애 첫 주택 구매이니 보금자리론과 같은 여러 특혜도 많았는데 참으로 세상 물정 모르고 순진하게만 살아왔었다. 신중하지 못하고 덜컥 집을 샀다가 곤경에 처한 것을 경험 삼아 이번에는 주변의 조언을 구했다. 부동산에도 들락거리며 좋은 분양 정보가 있는지 묻고 다녔다. 덕분에 재정 상태의 초록 불 시기에 부담되지 않는 가격으로 청약에 당첨되어 집을 분양받을 수 있었다. 2024년 말, 이제 입주를 기다리고 있다.

우리 부부는 재정 상태나 부동산 정보를 충분히 확인하지 않고, 허세와 감정에 휘둘려 성급한 결정을 내렸다가 큰 위기를 맞았다. 잘못된 선택을 탓할 만한 이유는 많았기에 서로의 실수를 비난하며 힘든 시간을 겪기도 했다. 그러나 우리는 아이 둘을 키우는 부모로서 그 어려움을 딛고 일어서야 했다. 서로의 상황이 얼마나 힘든지 공감해 주었다. 당시 아이들이 어리고 우리는 젊었으니, 한 사람의 월급만으로도 충분히 살아갈 수 있음을 되뇌며 감사했다. 실패를 반복하지 않기 위해 차근차근 준비했다. 새로운 기회가 오기를 기다리며 긴축 재정을 통해 빚을 갚고 자금을 모았다. 그러다 보니 남편도 안정된 자리를 잡아 성실히 일할 수 있게 되었다. 그렇게 12년이라는 시간이 흐른 후, 경제적 어려움을 극복하고 새 보금자리 마련에 성공했다. 실패의 쓴맛을 본 후, 간절히 기다리며 얻은 성공이 너무 달콤하게 느껴진다.

8

꿈을 가진 사람은 무너지지 않는다

-

이해랑

어둠이 짙을수록 별은 더 빛나는 법이다.

- 윌리엄 셰익스피어

"이게 무슨 냄새지? 네 방에서 이상한 냄새가 나는데?"

"그럴 리가 없는데?"

며칠 전부터 큰딸 유이의 방에 들어가면 알 수 없는 냄새가 났다. 오늘은 기필코 냄새의 정체를 찾아내겠다고 마음먹고 구석구석 찾아보았지만, 아무것도 발견하지 못했다. 방을 나오려는데 옷장에서 빠져나온 유이의 운동복 바지가 눈에 띈다. "에구, 딸아. 제발 옷 좀 정리해. 아무렇게나 던져놓지 말고." 바지를 접어 안쪽 서랍에 넣으려는데 바스락거리는 소리와 함께 비닐봉지가 눈에 들어온다. '이게 뭐지?' 잡아 꺼내보니 묵직하다. 그 옆에 또 다른 봉지가 있다. 물컹한 고구마가 손에 잡혔고, 다른 봉지에는 구운 달걀 두 개가 들어 있다. 짧은 순간에 머릿속에서 많은 생각이 스쳐 지나갔다. 듣게 될 대답이 두려워 선뜻 물어볼 수가 없었다. 두 개의 비닐봉지를 조용히 버리고 방을 나왔다.

기억을 더듬어 10여 년 전으로 거슬러 올라가 본다.

2013년 8월 마지막 날, 딸 유이는 인천공항에서 너무나 해맑은 얼굴로 오렌지 음료를 마시고 있었다. 해외여행이라곤 아홉 살 때 중국 여행이 전부였던 딸에게 공항은 신기한 곳이었다. 여기저기 구경하는 재미에 푹 빠져 있는 모습은 마치 가족 여행을 떠나는 것처럼 보였다. 그런데 그날 유이는 혈혈단신으로 미국 유학을 앞두고 있었다. 그때 유이의 나이 열일곱 살이었고, 영어가 능숙한 것도 아니었다. 13시간의 비행기를 타고, 중간에 다른 비행기를 갈아타야 했다. 우리나라와 시차가 다르니 다음날이 되어서야 딸의 안부를 확인할 수 있는 상황이었다. 홈스테이 주소 하나가 전부였다.

나와 남편은 걱정과 불안으로 속이 타들어 갔는데, 딸은 공항 한쪽 카페에서 팔던 음료를 세상 맛있게 마시고 있었다. 자신의 인생에 어떤 어려움이 기다리고 있을지 알기나 했을까? 즐겁고 신나 보이는 유이를 보며 부모로서 느끼는 걱정과 두려움이 교차했다.

원하는 것은 언제든지 먹고 살았던 딸이 매일 배가 고팠다고 한다. 너무나 다른 식생활의 차이로 인해 먹을 수 있는 음식이 많지 않았다. 집을 나서면 쉽게 사 먹을 수 있는 우리나라와는 달리, 걸어서 갈 수 있는 가게도 주변에 없었다. 자신의 처지에서 무엇인가 요구하기 어려운 상황이라고 느꼈던 것 같다. 필요한 것은 알아서 사다 주거나 주어진 것만 먹어야 하는 환경은 큰 스트레스를 주었다. 입도 대지 않던 냉동 피자와 감자튀김을 어쩔 수 없이 선택해야 했고, 그만큼 질려 버려서 지금은 아예 쳐다보지도 않는다.

하루는 호스트 가족과 맥도날드에 갔었단다. 그날도 호스트 집 냉장고에는 먹을 만한 게 없어서 굶었던 탓에 햄버거 여러 개도 부족할 것처럼 배가 고팠지만, 자신을 위해 돈을 쓰는 것이 미안했다고 한다. 결국 작은 햄버거 한 개로 만족하고 종일 배고픔을 견디는 것이 서러웠다고 했다. 엄마인 나였다면 '먹은 것이 없었으니 배고프지 않을까?'라고 생각했겠지만, 표현에만 의존하는 문화의 차이가 있었던 것 같다. 호스트에게 생활비를 보내고 있었음에도 당당하게 누리지 못했다. 오죽했으면 신선한 과일과 채소를 먹고 싶어서 벽에 사진을 붙여 놓고 그걸 먹는 상상을 했을까. 웹사이트에서 가져온 음식사진으로 배를 채운 것이다. 그래도 견딜 수 있었던 이유는 원하는 대학에 가서 공부를 마음껏 할 수 있을 것이라는 희망 때문이었다고 한다.

다행히 대학에 가고 난 후 공부가 재미있어지면서 '내가 이걸 위해 그 고생을 했구나!'라는 생각이 들었다고 한다. 그뿐만 아니라 같은 처지에 있는 주변의 외국 유학생들이 향수병으로 힘들어할 때도 유이는 고등학생 때의 고생에 비하면 천국이라고 생각하며 오히려 행복하기까지 했다고 한다. 대학 기숙사에서 24시간 운영하는 다이닝 키친 덕분에 배고픔에서 자유를 찾은 것은 말할 것도 없었다.

"어떻게 먹고 살았는지 엄마는 눈으로 보지 못했잖아. 다음날에도 또 다음 날에도 내가 먹을 수 있는 음식이 감자튀김뿐이라는 사실이 어떤 기분인지 엄마는 모를걸?"

유이 말대로, 당사자가 아니고서는 전부를 안다고 할 수 없다. 딸이'나중에 먹어야지.'하고 고구마와 달걀을 옷장 근처에 올려두었다는 상황을 들으면서, 유학 시절의 배고픔이 딸에게 상처가 되지는 않았을까 걱정이 앞섰다. 배고픈 기억이 있지만 좋은 추억도 많아서 괜찮다고 말해 주니 그저 고마울 따름이다. 원하는 대학에 가서 공부를 즐겁게 할 수 있어서 좋았다는 말에 가슴이 뭉클해진다.

"네가 힘들 때 도움이 되어 주지 못해서 정말 미안해." 진심 어린 말을 건넸다. 경제적으로 형편이 나았다면 딸 유이가 덜 고생했을 것 같아 눈시울이 붉어졌다.

"엄마! 공부는 평생 하는 거야. 그동안 충분히 지원해 줬고, 앞으로는 내 힘으로 할 수 있으니 내 걱정은 말고 엄마 아빠의 노후에 더 관심을 가졌으면 좋겠어." 오히려 엄마를 위로하는 딸을 보며 '다 컸구나!'라는 생각이 들었다.

10년 전 공항에서 어찌 그리 평온할 수 있었는지 물어보니, 유이는 이렇게 말했다.

"엄마! 사실은 손발이 덜덜 떨리고 심장 소리가 들릴 만큼 무섭고 두려웠어. 그런데 내가 선택한 거였잖아. 솔직한 마음을 말하면 가지 말라고 할 것 같아서 손에 땀이 나도록 참았어. 그때는 너무 어렸잖아." 딸은 자신의 선택에 책임을 느낀 것이다.

때때로 우리 부부의 선택에 대해 생각해 본다. 딸이 원해서 선택한 유학이었지만, 부모로서 최선이었을까? 꼭 보내야만 했을까? 또래 친구들처럼 부모 곁에서 공부하고 직장 생활하며 남자친구도 사귀고, 결혼하면 엄마와 반찬도 나누어 먹는 사이가 되면 좋을 텐데. 하지만 유이는 엄마와 생각이 다르다. 자신이 좋아하는 분야의 연구자가 되고 싶어 한다. 유이의 인생이니 선택을 존중해 주는 것이 우리 부부의 남은 선택이라고 생각한다. 긴 인생을 바라봤을 때 딸의 행복은 나의 행복과 무관하지 않다. 유이의 꿈도 우리 부부의 꿈도 여전히 진행형이다. 꿈을 가진 사람은 절대 무너지지 않으며, 그 꿈을 위해 달리는 사람은 숨이 턱까지 차오르더라도 행복하다고 말한다.

9

내 손으로 선택의 문을 열어

-

조지혜

주체적으로 선택하고, 고결하게 판단하라.

- 김헌, 『무엇이 좋은 삶인가』 중에서

"그래, 결심했어!" 90년대 널리 알려졌던 예능 프로그램 〈TV 인생극장〉의 가장 중요한 대사다. 주인공은 어떤 갈등 상황에서 선택의 갈림길에 서 있다. 그리고 두 가지 선택지를 통해 달라진 상황이 펼쳐진다. 시청자 또한 어떤 선택을 통해 어떤 결과를 맞이하게 될지 떨리는 가슴을 안고 생각해 보게 한다.

나는 남들 앞에 서는 게 자신 없어 반장 한번 해 본 적 없었다. 그래도 누군가 알아주면 내심 기분 좋아 인정이나 칭찬받은 말을 기억하고 때때로 떠올리곤 했다. 혼자가 아닌 여럿이 노래 부르는 시간을 좋아했다. 내 목소리를 완전히 드러내지도 않으며 적당히 묻혀서 부르는 게 마음 편했다. 고등학교에 입학하고 중창단 신입을 모집하는 선배들을 봤다. 교내 동아리였지만 원한다고 무조건 가입할 수 있는 건 아니었다. 평소 교회에서 부르던 가락이 있어 용기를 냈다. 선배들의 참관하에 오디션을 봤다. 염소 울음소리가 따로 없었다. 간절한 마음이 닿았는지 결과는 합격이었다. 1, 2학년 동안 중창단 생활을 하며 방학 동안에도 거의 매일 연습했다. 노래가 인생의 전부인 것처럼 열정을 다 바쳤다. 고교 중창대회에서 두 번이나 대상을 받았다. 3학년이 될 무렵 갑자기 노래를 제대로 배우고 싶었다. 부모님 앞에 앉아 떨리는 마음을 애써 누르고 말을 꺼냈다. "저, 성악 레슨 받아 보고 싶어요." 잠깐의 침묵이 흐르고 엄마는 말씀하셨다. "이제 와 준비하기에는 좀 늦지 않았을까? 정말 큰 재능이 있거나 형편이 넉넉하면 모르겠는데 둘 다 아니라는 생각이 드는구나. 미안하지만 그냥 열심히 공부해서 교사가 되는 건 어떻겠니?" 무척 아쉬웠다. 듣고 싶은 대답은 아니었지만, 틀린 말은 아니었기에 빠르게 수긍했다. "그럴게요."

"대한민국! 짝짝짝 짝짝!" 2002년, 한일 월드컵으로 온 나라가 떠들썩했다. 고3이었다. 경기를 거듭할수록 승리하는 대표팀을 보며 공부고 뭐고 끓어오르는 마음을 주체할 수 없었다. 거의 매일 아침, 교복 안에 빨간 티셔츠를 입고 등교했다. 경기가 있을 때마다 교복 상의를 벗고 목소리를 높였다. 대표팀 선수들의 인기 또한 여느 아이돌 못지않았다. 연예인 사진 한

장 사본 적 없던 내가 처음으로 한 선수의 사진을 출력하여 책상에 붙였다. 그렇게 나는 국민의 한 사람으로, 보편적인 여고생의 모습으로 뜨거운 한 해를 보냈다. 책상 위 사진이 빛바래지고 붙여놓은 테이프 끝이 떨어져 갈 무렵, 대학 입학을 결정해야 하는 시기가 찾아왔다. 구체적으로 전공을 고민해 보지 않았다. 친척 중 교사가 많았고, 교사가 되는 게 가장 무난한 선택이자 결과라고 입을 모아 얘기했다. 교육대학 또는 사범대학, 어떤 전공을 선택할까. 마침 같이 중창단을 했던 친구가 '특수교육과'에 지망할 거라고 얘기했다. "나도 특수교육과 쓸래." 무슨 생각으로 정보도 없이 친구를 따라 대학 원서를 썼는지 모르겠다. 감사하게도 가, 나, 다 군의 지원했던 세 학교에 모두 합격했다.

합격한 학교 중 한 곳의 등록금 고지서를 받아 들고 몇 번이고 확인했다. 0원이었다. 지방 국립대 사범대학에 장학금을 받고 갈 수 있다는 뜻이었다. 그때 우리 집은 300만 원 넘는 등록금을 한 번에 낼 수 없는 형편이었다. 당연히 장학금을 받을 수 있는 곳에 가는 게 맞는 선택이다. 나는 덜컥 겁이 났다. 빨래 한 번 제대로 해 보지 않았고, 무슨 일만 있으면 '엄마'를 입에 달고 살던 나였다. 정서적으로 독립되지 않은 상태. 부모님 역시 수도권에만 살던 딸이 먼 곳의 기숙사에 살게 하는 게 걱정되긴 마찬가지였다. 입학금은 어떻게든 마련해 볼 테니 집에서 지하철을 타고 다녀보라고 하셨다. 나도 끝까지 고민했다. '재수할까?' 집에서 가깝고 학비가 저렴한 학교에 갈 수 있다는 보장이 없었다. '그래, 결심했어! 한 학기 다니다가 도저히 안 맞으면 다시 수능을 보자. 계속 다니게 되면 아르바이트하면서 졸업과 동시에 임용시험 합격하면 돼.' 부모님은 어렵사리 입학금을 마련해 주셨다. 합격한 세 학교 중 등록금이 가장 비싼 학교에 입학하는 모순적인 선택을 했다. 재밌는 사실 하나는 고등학교 중창단에서 만난 친구 두 명과 같은 학교 같은 과에 입학했다는 것이다. 덕분에 학교에 금방 적응했다. 내 인생에 더 이상의 수능은 없었다. 그리고 졸업과 동시에 임용시험에 합격해 지금까지 교사의 길을 걷고 있다.

여기까지 생각하면 극적인 실패는 없는 것처럼 보인다. 하지만 선택에 따른 대가는 분명히 있었다. 첫째, 20년 전 성악 입시 준비를 포기했다. 그 선택은 음악에 대한 미련을 갖게 했다. 전공한 사람을 보면 발성법이나 곡목 등 궁금한 게 많았다. 그렇다고 취미로 노래를 부르거나 악기 연주를 꾸준히 하지도 않으면서 마음 한편으론 늘 부러웠다. 둘째, 친구 따라 쓴 특수교육 전공은 내게 직업을 가져다줬다. 하지만 십 년 넘게 특수교사로 일하고 있는 지금까지도 참 공부할 게 많고 어렵다. 셋째, 장학금을 받을 수 없는 데다 우리나라에서 가장 땅값 비싼 한남동에 있는 학교에 다니는 바람에 무조건 돈을 벌어야만 했다. 두 학년 아래 동생도 사립대학에 입학했다. 등록금 문제로 매 학기 말 휴학을 고민해야 했다. 어떤 방법으로든 용돈을 벌고 장학금을 받아야 해서 대학 생활의 낭만 따위 즐길 수 없었다. 친구들과 함께 간 식당에서 어쩌다 한 끼에 5,000원을 사용하면 다음 날은 무조건 컵라면을 먹어야 했고, 후배에게 밥을 사 준다는 약속을 선불리 할 수 없을 정도로 주머니 속 남은 돈을 세어야 했으니까.

그 당시 가끔 혼자 생각했다. 노래를 정말 좋아하면서 부모님을 설득해 보지 않았던 나의 선택. 후회가 남는다. 친구 따라 원서 써서 진로를 결정해 놓고 이제 와 어려운 공부였다고 말하는 건 무책임한 말이다. 장학금 받을 수 있는 학교 갔어야지 학비 비싼 곳을 다닌 건 주체적이지 못한 선택이었다. 하지만 무언가를 포기한 아쉬움, 핑계 댈 수 없다는 두려움, 선택하지 않은 길에 대한 후회와 미련이 나를 힘들게 했던 것일 뿐이었다.

프레임을 바꿔보면 오히려 성공이라 말할 수 있을 정도로 얻은 게 많다. 첫째, 20년 전 성악을 포기한 덕분에 나는 교실에서 학생들과 함께 자주 노래 부른다. 자발적 발화가 거의 없던 발달장애 학생 한 명은 나와 부른 노랫말로 집에서 엄마와 소통을 시작했다. 혹여 내가 음악과 관련 없는 회사에 다녔다면 직장에서 자주 노래 부를 수 없었을 것이다. 둘째, 여전히 공부할 내용이 많고 나는 부족함을 느끼지만, 특수교육 현장을 떠나지 않았다. 헬렌 켈러를 가르친 설리번 선생을 꿈꾸고 교사가 되진 않았지만 나름 적성에 잘 맞는다. 이 일을 통해 좁은 내 시야가 조금씩 넓어지고 있다. 셋째, 대학생 때부터 재정적으로 독립하니 정서적으로도 자연스레 독립했다. 대학교 4학년 5월에 나간 교육실습 이후로는 공부에 전념하느라 아르바이트를 그만뒀지만, 그전까지 모은 돈으로 임용시험 볼 때까지 생활비로 사용했다. 그 경험은 직장을 다니면서 돈을 모으고 규모 있게 사용할 수 있는 밑거름이 되었다. 일하며 모은 돈으로 대학원 공부를 했고, 유럽 배낭여행도 다녀왔고, 부모님의 경제적 도움 없이 결혼도 했으니 말이다. 결과적으로 말하자면, 나는 주체적으로 선택하며 결과에 책임지는 태도를 배웠다.

20년이 지났다. 이젠 또 다른 선택지를 손에 쥐었다. 성악 레슨을 받을 수도 있고, 교회 특송으로 봉사하거나 아마추어 합창단에 들어갈 수도 있다. 어떤 경로로든 특수교육과 관련된 공부를 더 할 수도 있다. 노후를 위한 재정적인 준비를 시작한다. 이로써 배웠다. 나이와 상관없이 도전은 언제든 할 수 있다. 어떤 선택이든 상황과 마음가짐에 따라 성공과 실패가 될 수 있다. '이것 아니면 저것, 성공 아니면 실패'라는 이분법적 사고가 아니라 선택은 또 다른 선택의 문을 여는 기회다. 이제는 내가 놓친 선택이 실패라고 생각하지 않는다. 그저 다른 경험을 위해 놓아 준 거다. 이렇게 생각하기로 선택한 것이 바로 성공이 아닐까. 인생의 선택 길에서 나는 객체가 아니라 주체다.

10

너의 선택을 응원한다

-

최지은

목표를 세우고 그것을 이룰 계획을 세우세요.
그것이 성공의 첫걸음입니다.

- 알렉산더 그레이엄 벨

미래의 꿈을 위해 고민하는 고3. 종종 부모와 갈등을 겪기도 한다.

올해 고3 가족들의 이야기다. 지인 가족의 막내가 정시를 포기하고 수시에 지원했다. 의사를 꿈꾸던 아이였는데 갑자기 의사의 꿈을 포기했다고 한다. 아는 동생의 아들 윤이는 공학과 지원을 위해 대회에서 수상 경력도 쌓으며 철저하게 준비했는데 결국 철학과에 지원했다. 어떤 아이는 수시 지원서 6개 중 본인이 원하는 곳 5개, 부모가 권하는 곳 1개를 썼다고 한다. 목표를 정하고 달리다가 입시 시즌을 코앞에 두고 계획을 바꾸어 버리는 아이들과 당황하는 부모들 이야기에 귀가 솔깃하다. 고2 아들을 둔 나도 내년에는 같은 고민거리로 씨름하게 될지도 모르기 때문이다. 예전에는 부모가 진로 결정에 큰 영향을 주곤 했지만, 요즘엔 아이들의 적성검사나 의견을 물어서 선택하는 경우가 많다. 말로만 듣던 입시 전쟁을 가까운 곳에서 보고 듣고 있다.

나에게는 고등학교 2학년, 공부엔 큰 관심이 없고 운동만 좋아하는 아들이 있다. 몇 달만 지나면 고3이다. 진로를 정해야 한다. 그래서 더욱 고3 엄마들 한숨 소리가 남의 일 같지 않다.

책을 빌리러 도서관에 있을 때 아들에게서 전화가 왔다. 친구와 아르바이트 가도 되냐고 물었다. 짧은 통화로 전하는 아르바이트 가겠다는 말을 반신반의 했다. 주변 친구들이 하니까 저도 흉내나 한번 내보는 거겠지 생각했다. 그런 아들이 금요일 저녁, 늦은 시간까지 전화도 받지 않고 집에도 오지 않았다. 흉흉한 뉴스가 자주 보도되던 터라 신경이 쓰였다. 밤 11시가 다 되어 갈 무렵 전화가 왔다.

"저, 아르바이트 끝나고 지금 걸어가고 있어요."

도서관에 있을 때 통화한 날, 친구와 같이 면접을 보고 목요일부터 일을 시작했다고 한다.

고3을 몇 달 앞둔 시국에 아르바이트라니 천하태평이다. 주에 3일 영어 학원에 다니던 아들은 선생님의 배려로 주 5일 수강을 시작한 지 얼마 되지 않았다. 그런데 다시 주 3일로 스케줄을 조정하고 아르바이트하러 갔단다.

그 말을 듣는 순간 숨이 넘어오다가 목구멍에서 턱 하니 걸렸다. 돈 벌어서 뭐 할 거냐고 물었다. 엄마, 아빠 생일선물 산다고 했다. 축구화도 사고 핸드폰도 바꿀 거란다. 핸드폰은 충전하고 얼마 안 가서 전화기가 꺼지는데 말을 해도 안 사 주니 직접 벌어서 사겠다는 것이다. 완전히 고장이 난 것도 아닌데 왜 비싼 핸드폰을 바꾸려는지 이해가 되지 않았다. 내 핸드폰도 5, 6년은 족히 넘었다. 축구화도 그렇다. 몇만 원짜리나 몇십만 원짜리나 닳기는 매한가지라고 생각했다. 축구선수를 할 리도 없어서 3만 원짜리 축구화를 사 줬다. 발꿈치가 까졌다며 밴드를 여러 겹 붙이는 아들에게 새 신발은 원래 그런 거라고 얼버무렸다. 신발 옆구리가 터졌다며 접착제를 찾던 아들은 얼마 뒤 모아 둔 용돈으로 20만 원이 넘는 축구화를 냅다 질러 버렸다. 비싸게 주고 산 축구화도 1년을 넘기지 못하긴 매한가지였다. 하긴, 공부는 안 하고 쉴 새 없이 공만 차고 다니니 무쇠 신발인들 버티겠냐 싶었다.

아들 준이는 어릴 때부터 걷는 것보다 뛰어다니며 운동하는 걸 좋아했다. 초등학교에 입학하면서부터 태권도 도장에 다녔다. 처음 도장에 갔던 날, 수줍어 문밖에 한참을 서 있던 아들이 일주일이 지나자 목소리에 기합이 들어가는 걸 보고 흐뭇했던 적이 있었다. 태권도 학원의 그 어떤 아이들보다 열심히 운동했다. 승급심사를 받고 띠 색깔이 바뀔 때마다 평상복에도 띠를 매고 다녔다. 부끄럼이 많아 과자도 못 사 먹던 녀석이 학교며 슈

펴까지 그러고 다녔다. 시범단이 되었을 때는 귓불까지 올라간 입꼬리가 내려오지 않았다. 태권도를 하면서 자신감이 생긴 듯했다.

준이는 6살부터 유치원에 다녔다. 한글을 모른다고 선생님이 전화하셨을 때, 때 되면 알게 될 거라 조바심 내지 않았다. 어느 날, 간판에 쓰인 '종' 자를 보고 친구 이름에 들어간 글자라고 했다. 그해가 갈 무렵 그림책도 읽고 서툰 편지도 썼다. 아이 키우며 재촉하지 않기로 마음먹었던 것은 그때부터였다.

준이가 초등학교에 입학한 후, 또래 아이들은 학원이나 방과 후 교실에 다녔다. 조카 둘도 어릴 때부터 학습지를 풀고, 영어 · 수학 학원에 다녔다. 그렇게 공부시키는 친구와 언니가 별나다고 생각했었다.

중학생이 되던 해, 코로나19로 한동안 등교하지 않고 가정에서 온라인으로 수업했다. 선생님의 설명이 이해가 가지 않는다고 할 때, 기본이 갖추어져 있지 않아서 어려울 수 있겠다는 생각이 들었다. 어쩔 수 없이 태권도를 그만두게 하고 학원에 보내려고 하자 4품을 따고 그만두겠다며 자신의 목표치를 말했다. 나름의 계획을 세우고 있는 모습이 대견스러웠다.

고등학생이 된 후 모의고사를 쳤는데 성적이 좋지 않았다. 그때부터 태권도를 그만두고 수학 학원에 다니기 시작했다. 비가 오던 어느 날 아침, 준이를 학교에 데려다주며 머지않아 고3이니 진로를 정해서 공부하는 것이 좋지 않겠냐고 했더니 대뜸 짜증을 냈다.

공부를 왜 해야 하는지 모르겠다며 운동은 좋고 공부는 어렵다고 말한다.

운동으로 꿈을 이루려면 공부 못지않은 열정과 노력이 필요하다. 본인과의 싸움이 될 것이다. 체대 입시상담을 받아 보기로 했다. 체대에 지원한다고 해도 학업에는 계속 신경을 써야 한다. 학원 다녀도 성적에 큰 변화는 없지만 시험 기간이 되자 여느 때보다 열심히 하는 눈치다. 시험 성적이 잘 나오면 좋겠지만 그것보다 중요한 것은 최선을 다하는 자세다.

불투명한 미래를 두고 달려가는 게 인생이다. 미래를 알고 싶으면 이미 지나간 일들을 돌아보라는 말이 있다. 내일을 알 수 없기에 오늘 최선을 다해야 한다. 준비된 자에게는 그만큼의 미래가 기다리고 있다.

다 된 밥상에 수저만 놓던 아들이다. 아르바이트지만 일터에 첫발을 디뎠다. 손님의 그릇을 챙기고, 눈을 맞추며 주문을 받고, 앉았던 자리를 정리하고, 동료들과 손발을 맞추는 일을 했다. 고되었을 시간, 돈을 벌기 위해 갔던 그 자리가 겸손을 배우는 시간이 되었길 바란다. 아직 야물지 않은 손으로 정리했던 타인의 자리가 살아갈 시간 앞에 힘이 되었으면 좋겠다. 살다 보면 뜻대로 풀리지 않을 때가 많다. 짧은 시간이었지만 준이의 선택이 용기가 되고 배움의 귀한 시간이 되었길 응원한다.

준이는 한 달 만에 월급을 받았다며 의기양양한 표정을 지었다. 세 가지 계획을 세웠던 아들이다. 부모님 생일선물 사기, 축구화 사기, 핸드폰 바꾸기.

아들에게서 생일선물로 시계를 받았다. 고장 난 시계로 불편해할 때 눈

여겨놔 두었던 모양이다. 핑크빛이 도는 아날로그 시계다. 마음에 들었다. 아빠께는 옷을 사 드렸다고 한다. 아르바이트해서 받은 돈으로 선물 사고 나니 돈이 부족해 본인이 갖고 싶었던 두 가지는 포기했다고 한다. 생색내거나 투정하지 않는 아들을 보며 공부는 하지 않고 아르바이트한다고 화를 냈던 미안한 마음에 고맙다는 말도 제대로 하지 못했다. 격식을 갖춰야 할 때 아들이 사 준 반짝이는 시계를 찬다.

아들을 향한 내 마음은 채워지지 않는 항아리 같다. 공부를 잘한다고 성공일 것도, 운동을 못 한다고 실패일 것도 없지만 공부도 잘하고 운동도 잘하면 좋겠다. 내일이 되면 아들이 살아가야 하는 시간을 두고 다시 내 기준으로 잔소리를 늘어놓을지도 모르겠다. '재촉하지 말기, 질책 금지, 응원하는 엄마 되기.'라고 화장대 거울에 메모해서 붙여 놓아야겠다.

앞으로 다가올 자신의 인생에 대한 목표를 세우고, 도전을 두려워하지 않는 멋진 삶을 살아가길 응원한다.

제 4 장

내 삶이 대답했다,
다 괜찮다고

1

늘 최선이라 믿으며

-

강혜진

선택은 두려움이 아니라 희망을 반영해야 한다.

- 넬슨 만델라

"산모님, 정말 검사를 해 봐야 알겠지만 아무래도 다운증후군이 의심됩니다."

심장이 쿵 떨어지는 것 같았다. 결혼한 지 채 1년이 되지 않아 찾아온 나의 귀한 아이. 살면서 큰 사건 사고 없이 잘 지내 온 나의 인생이 축복이라 느끼며 살던 중이었다. 그런데 담당 의사의 말 한마디에 하늘이 무너지는 기분이 들었다.

임신 5개월. 이미 열 달 중 절반을 뱃속에서 길러온 아이는 태산이라는 태명도 있었다. 아직 태어나지도 않은 태산이의 초음파 사진을 소중히 간직하며 지내던 중이었다. 임신하고 출산하는 것은 누구나 하는 일, 유난 떨 필요 없다고 생각하며 지냈다. 바쁜 남편과 스케줄 조율하는 일이 더 유난이라며 씩씩하게 혼자서 산부인과에 다녔다. 유난을 떨진 않았지만 이름까지 지어 준 나의 태산이는 귀한 존재임이 분명했다.

기형아 검사 결과 '다운증후군'이라는 단어를 듣는 순간, 침착하다 자부하던 나도 손이 떨렸다. '의심'이라는 단어는 새카맣게 잊어버리고 '다운증후군'이라는 단어에만 꽂혀 앞으로 어떻게 해야 할지 머리가 복잡해졌다. 다운증후군 수치가 1:5라고 했다. 태아 5명을 임신했을 때 그중 1명이 다운증후군일 확률이라고 했다. 뒤쪽의 숫자가 작을수록 다운증후군일 확률이 높은 셈이다. 보통 1:270보다 확률이 높으면 다운증후군 고위험군이라 한다. 그러니 뱃속 아기는 다운증후군 초초초고위험군쯤 되는 셈이다.

어떻게 해야 하냐는 나의 물음에 의사 선생님도 쉽게 대답하지 못했다. 그나마 위안이 되었던 건 아직 정확한 결과가 아니니 정 걱정이 되면 양수검사를 해서 아이의 유전자를 확인해 보는 방법이 있다는 말이었다. 그런데 그다음 이어지는 의사의 말들은 마치 사형선고와도 같았다. 양수검사 결과를 확인한 후 아이를 낳을지 말지 결정해도 된다고 했다. 이미 뱃속에서 아이가 많이 컸으니 혹시 낳지 않는다고 해도 출산의 과정을 똑같이 겪게 될 거라고도 했다. 곧 태어날 아이가 건강히 잘 지내고 있는지 검사하러

간 나에게 그 말은 다운증후군이 확실하다는 의미로 왜곡되어 들렸다.

다리가 불편했던 할머니와 청각장애가 있는 아빠와 함께 자란 나였다. 가족 구성원 중 장애를 지닌 사람이 한 사람이라도 있다면, 그 장애가 아주 경미하다 할지라도 온 가족이 평생 정서적인 무게를 나누어 짊어지고 살아야 한다는 걸 누구보다 잘 알고 있었다. 병원을 나오면서 남편에게 전화를 걸어 담담한 척 검사 결과를 알렸다. 의사가 한 이야기를 똑같이 전해 주었다. 일단 양수검사부터 하고 다운증후군인지 아닌지 확실히 알아봐야겠다고 말했다. 놀라 대꾸도 할 수 없을 거라 예상했던 남편은 나보다 더 침착한 목소리로 조심해서 돌아오라고 말했다.

집으로 돌아오는 동안 남편은 양수검사가 어떤 것인지 검색해 본 듯했다. 배에 길쭉한 주삿바늘을 찔러넣어 양수를 채취하는 양수검사는 태아에게 너무 위험하다고 했다. 만에 하나 양수검사 결과 아이에게 장애가 있더라도 아이는 포기하지 않을 것이니 검사할 생각하지 말고 잘 키우자는 말도 한다.

산부인과도 잘 따라가 주지 않은 남편이 그제야 원망스러웠다. 그렇게나 무서운 이야기를 혼자 듣고 오게 한 남편이 미웠다. 뱃속 아기에게 정을 떼려고 하던 나는 너무나도 바람직한 대답을 해대는 남편 앞에서 무너졌다. 결국 참았던 울음을 터트리고야 말았다. 나쁜 생각을 했던 나는 아이에게 미안해졌다. 애써 정신을 차리고 말했다. 양수검사는 하고 싶다고. 정말로 다운증후군 아이가 태중에 있다면, 미리 알고 강한 부모가 될 준비를 하겠다고 말이다.

고집스러운 나는 양수검사를 할 때도 혼자서 산부인과에 다녀왔다. 결과가 나오기까지 일주일간 밥도 제대로 못 먹고 잠도 제대로 못 자고 온몸의 피가 바짝 마르는 게 이런 거구나 느꼈다.

일주일이 채 안 된 어느 날, 병원에서 전화가 왔다. 결과 나올 날이 멀었지만 무슨 일인가 걱정돼 호흡을 가다듬으며 전화를 받았다.

"산모님, 오늘은 남편하고 맛있는 거 드시러 가세요. 검사 결과 다운증후군 아니래요."

마음 졸이고 있을 나를 위해 결과를 먼저 듣고 전화해 준 간호사가 고마웠다. 덕분에 편하게 숨이 쉬어졌다. 허기도 느껴졌다. 기쁨이 먼저일 줄 알았는데 미안함과 고마움이 더 크게 몰려왔다. 뱃속 아기가 나의 이야기를 다 듣고 나의 기분을 다 느끼고 있었을 거란 생각에 미안한 마음. 우리 아이가 어떤 상태로 태어나더라도 아빠로서 아이를 잘 지켜줄 것 같은 남편에게 고마운 마음. 이제부턴 행복하게 아이를 기다릴 수 있겠다는 기쁜 마음과 함께 욕심내지 말고 아이를 건강하게만 키워야겠다는 각오도 했다.

아이는 건강하게 태어났고 큰 탈 없이 잘 자랐다. 문화센터 수유실에서 돌도 안 된 아이에게 젖을 물리고 있으면 다 큰 아이 젖을 준다는 핀잔을 들을 정도로 우람하게 자랐다. 아이 봐 줄 사람이 없어 어린이집 문 앞에서 출근하는 선생님을 기다렸다 우는 아이를 안겨주고 일터로 떠나는 것이 일상이었다. 상처를 꿰매는 응급수술도 몇 번 시켰고 약한 기관지 탓에 툭하면 고열이 나 일 년에 두세 번씩 병원에 입원시키곤 했다. 그러나 다운증후군일지도 모른다던 그때를 떠올리면 그야말로 별것 아닌 일들이었다.

아이가 어렸을 땐 모유 수유는 언제까지 할지, 이유식 재료로 무엇을 넣을지, 어떤 장난감을 살지, 아플 땐 어떤 병원을 가야 할지 자잘한 고민을 자주 했다. 초등학교에 입학하고 나서는 공부를 어떻게 도와주어야 할지, 휴대전화는 어떻게 관리해야 할지 걱정했다. 어떤 진로를 선택하게 해야 할지 아이의 인생에 영향을 줄 수 있는 큰 고민도 자주 하게 되는 요즘이다. 고민의 순간마다 늘 무언가를 선택했지만 모두 기억하지 못할 만큼, 지나고 나니 사소한 고민이 아니었나 싶다. 그러나 이것만은 확실하다. 그 사소한 것조차도 아이에게 좋은 것을 주고 싶은 마음에 매 순간 최선이라 여겨지는 것을 선택했다는 것 말이다.

아이 기르며 힘들다고 느낄 때마다 초심으로 돌아가려고 한다. 다운증후군일지도 모를 그 아이가 지금은 건강하게 태어나 행복하게 잘 지내고 있는 것만으로도 다행이다. 살면서 아이를 기르는 다양한 선택지를 만날 때마다 큰 욕심 부리지 말고 감사하면서 살자고 되뇐다. 살다 보니 자꾸만 잊고 욕심 부릴 때가 있지만, 자주 신생아 때의 아이 사진을 보며 건강하게 잘 태어나서 감사하다고 기도하던 그때를 생각한다.

아이를 기르는 모든 순간이 만족스러울 만큼 성공이라 말하기는 어렵다.

그러나 엄마의 지난 선택이 모두 최선이었음은 자신 있게 말할 수 있다. 뱃속 아기를 낳아서 잘 기르겠다 각오한 그 순간부터 나는 내 인생 최고의 선택을 한 엄마다.

다른 엄마들처럼 세심하게 챙겨주지는 못했지만 그래서인지 뭐든 스스로 하며 자란 아들, 알아서 공부하고 제 할 일을 척척 해 나가는 아들이 고마운 요즘이다.

2

그 순간만이 존재한다

\-
글빛혁수

행복도 하나의 기술이다.
즉, 자기 자신 속에서 발견하는 기술이 필요하다.
\- 힐티

아무것도 할 수가 없었다. 씻지도 먹지도 못하고 침대에 널브러져 있었다. 머리가 텅 비었다. 도저히 못 하겠다고 말해버릴까, 하는 생각까지 들었다. PPT(파워포인트)의 P자만 들어도 머리가 지끈거렸다. 다음 날 아침에 일어나 다시 봐도 답이 안 나왔다. 도대체 무슨 말을 어떻게 해야 할지 알 수가 없었다. 결국 어떻게든 되겠지, 하는 마음으로 집을 나섰다. 그날 2024년 8월 31일은 공저 『문장, 살아갈 힘을 얻다』로 창원에서 북 콘서트를 하는 날이었다. 저자특강을 20분 동안 해야 했다. 그동안 일주일 넘는 시간이 있었지만 특강 준비는 시작도 못 했다. PPT 준비를 못 하니 거기에 맞춰서 해야 하는 특강 준비도 할 수가 없었다. 동료 작가가 간단하게나마 준비해 주었지만, 그가 준비해 준 PPT에 사진만 세 장 올리고 나머지는 말로 할 수밖에 없었다. 그러자면 20분 동안 특강할 내용을 노트에 메모해야 했다. 창원까지 버스로 3시간, 그 안에 승부를 보기로 했다. 다행히 휴게소 도착 전 대충 줄거리가 그려졌다. 휴게소에서 맛있는 수수부꾸미도 사 먹었다. 조금 전까지도 꽉 막혔던 가슴이 내려가니 그제야 허기가 몰려왔다. 그런데 그게 끝이 아니었다. 머릿속에서 스토리는 나왔는데 글로 옮겨 적으려니 시간이 오래 걸렸다.

창원에 도착해서 반가운 라이팅 코치와 저자특강을 같이 할 작가 동지들을 만났다. 같이 밥 먹고 카페에서 특강 시간을 기다렸다. 밥을 먹어도 주스를 마셔도 마음은 편치 않았다. 내내 네이버 메모장만 두드려 댔다. 마침내 올라갈 시간이 됐다. 백란현 라이팅 코치의 이름이 스마트폰에 뜬다. 강의실 준비가 됐다는 코치의 전화다. 어떡하지. 준비가 덜 됐는데. 아무렇지 않은 척 전화 받고 올라갔다. 시간이 없다. 강연 순서는 내가 두 번째다. 첫 번째 작가가 저자특강을 하는 동안 쥐어짜 본다. 특강 시간 20분이지만 2분, 아니 20초처럼 흐른다. 그럴 때 시간은 왜 그렇게 빠른지 모르겠다. 세계 8대 불가사의에 올려도 되지 싶다. 어느새 5분도 남지 않았다. 반 정도 쓴 메모지와 네이버 메모장을 덮었다. 더 본다고 나아질 게 아니다. 부딪혀 보는 수밖에 없었다.

그때 문득, 노래를 부르자는 생각이 들었다. 노래를 부르면, 노래하며 고함 한번 지르면 마음이 훨씬 가라앉겠지. 여유가 생기겠지. 그래! 노래를 부르자. 오늘 특강할 책『문장, 살아갈 힘을 얻다』에도 있는 〈오, 솔레미오〉를 부르자. 모두 손뼉을 치며 멋지다고 난리 나겠지.

첫 번째 강연자 강혜진 작가의 특강이 끝났다. 완벽했다. 차분하고 선명했다. 나로서는 기죽고 말고 할 시간도 없었다. 빨리 해치우고 내려오자 생각하니 마음만 급해졌다. 긴장돼서 그나마 쓴 메모가 눈에 들어오지도 않았다. 아무렇지 않은 척, 마이크를 잡자마자 노래 부르겠다고 설쳤다. 예로부터 마이크 잡으면 노래부터 하라는 말도 있지 않냐고 너스레를 떨었다. 먼저 치고 들어갔다. 선수 쳤다고, 나 혼자 좋아하면서 다짜고짜 눈을 감고 노래를 부르기 시작했다. 1분도 안 돼서 공간 매니저가 들어와 조용히 해 달라고 했다. 옆방에서 시끄럽다고 민원이 들어왔단다. 나는 여유 있게 미소 지으며 고개 숙여 알았다고 했다. 좋아, 좋아 자연스러웠어. 할 수 없이 마이크를 내려놓고 다시 노래를 불렀다. 노래를 못하게 된다면 특강이고 뭐고 말짱 도루묵이 될 판이었다. 목소리를 최대한 낮추고 집에서 부를 때처럼 손으로 입을 가린 채 저음으로 노래를 이어갔다. 차라리 잘됐다. 크게 제대로 불렀으면 높은음이 안 올라가는 실력이 들킬 뻔했다. 나는 성악가 저리 가라며 얼굴을 일그러뜨리고 몸을 비틀며 노래에 빠져들었다.

그런데 이게 웬일인가. 노래가 끝나고 고개를 들어보니 반응이 나쁘지 않았다. 환청인지는 모르겠지만, '와 노래 잘한다.' 하는 소리도 들은 것 같았다. 노래를 부르고 겨우 돌아온 정신 줄을 붙잡고 특강을 시작했다. 버벅거리면서도 하긴 했다. 다행히 시간도 20분을 채웠다. 그것만으로 만족하며 자리로 돌아왔다. 이로써 나는 '저자특강'도 해 본 작가가 됐다. 해 보니 별거 아니었다.

하느냐 마느냐, 한 발 더 들어가느냐 그냥 돌아서느냐는 한 걸음 차이다. 나는 일단 해 본다. 작년 2023년 3월부터 12월까지 세 번의 글쓰기 수업을 들었다. 내년 2024년에는 꼭 책 한 권 쓰겠다고, 보는 사람마다 말하고 다녔다. 시작은 서울 강남 '글 ego(에고)'에서 들은 '작필 소설 이론 초급반'이었다. 기초적인 문법도 조금씩 배우면서 소설 쓸 때의 기초 이론을 배웠다. 친절하고 세심한 강의였다. 하지만 나에게는 조금 어려운 수업이었다. 강의는 좋았지만, 학교 수업을 듣는 느낌이었다. 두 달이 그렇게 지났다.

두 번째는 서울 한겨레 문화센터에서 '에세이 글쓰기' 수업을 들었다. 7월부터 8월 중순까지 참여했다. 일주일에 한 번씩 모여 선생님에게 내 글을 제출하고 합평을 듣는 수업이었다. 그것은 새로운 경험이었다. 내가 쓴 글을 선생님이 보고 잡아 주는 건 부끄럽고 설레는 일이었다. 어쩌다 글 잘 썼다고 선생님에게 칭찬을 듣는 사람도 있었다. 부러웠지만 다른 수강생들의 글을 듣는 것만으로 좋았다. 글을 써서 누군가에게 보여 준다는 자체가 신선한 경험이었다.

세 번째 강의 역시 한겨레 문화센터였다. 100일 동안 매일 카페에 글을 올리는 '곰사람 100일 글쓰기'였다. 매일 글을 올린다는 건 생각보다 부담이 많이 됐다. 그래도 하다 보니 어떻게든 할 수 있었다. 100일까지는 어떻게 썼는데, 문제는 그 후였다. 차츰 습관이 무뎌져 갔다. 쓰지 않게 됐다. 스스로 알아서 써야 하는데 그게 쉬운 일이 아니었다. 한 번 더 100일 글쓰기 수업을 신청할까도 생각했지만, 크게 달라질 것 같지 않았다. 같이 할 때는 좋았지만 끝나고 나니 다시 처음으로 돌아간 느낌이었다. 나 같은—독거노인이라고 말하고 싶지는 않다—사람은 계속 누군가와 같이 해야 한다는 걸 깨달았다.

글을 쓴다는 건 쉽지 않지만, 일단 쓰기 시작하면 또 괜찮다. 공저를 두 권 냈다. A4 용지 1.5매에서 2매 분량으로 네 편의 글을 쓴다. 처음 공저를 시작할 때는 무슨 글을 쓸지 암담하고 막막했다. 먹지도 못하고 잠도 편히 잘 수가 없었다. 아니면 너무 많이 먹어서 속이 뒤집히거나 온갖 잡생각으로 멍하니 천장만 바라볼 때도 많았다. 내가 왜 이걸 하고 있나, 후회도 했다.

그렇다고 중간에 포기할 수는 없었다. 여러 사람이 같이하는 공저이기 때문이다.

2023년 12월 6일, '자이언트 북 컨설팅' 인증 라이팅 코치 '글빛백작'을 만났다. 조금 먼 곳에 있는 맛집이 어디인지 물어물어 찾아가듯, 설레는 마음으로 책 쓰기 수업을 듣기 시작했다. 버스를 타고 돌고 돌아 맛집에 도착한다. 드디어 젓가락을 든다. 글쓰기를 배우고 책을 쓴다. 드디어 내 이름이 저자로 적힌 책이 나온다. 누가 썼는지 재밌다. 읽을 만하다.

책 쓰기 평생회원에 가입했다. 글은 분명 혼자 쓰지만 같이 쓸 수도 있다. 특히 나처럼 혼자 살고 나이도 좀 있는 남자에게 추천한다. 심심할 틈이 없다. 책 읽고 글 쓰느라 딴생각할 시간이 없다. 몸과 마음에 활력이 돋는다. 여러 사람과 같이 쓰니 저절로 매일 쓰게 된다. 매일 기분이 좋고 살아갈 힘이 난다. 매일 글을 쓰니 매일 나아진다. 새로운 나를 만난다.

글 쓰고 책 쓰는 게 좋아져서 '자이언트 북 컨설팅' 인증 라이팅 코치까지 수료했다. 여러 가지 책을 읽고 글을 쓰는 생활을 하다가 어떤 사실 하나를 깨달았다. 5년 후, 10년 후, 30년 후의 내가 지금의 나와 같이 있다는 걸 알게 됐다. 10년 전, 30년 전의 나도 지금의 나와 같이 있다는 걸 알았다. 모든 순간이 하나라는 사실을 알게 됐다. 무엇이든 하고 싶어졌다. 지금 아니면 없다. 나중은 없다. 오늘 지금의 나만 있을 뿐이다. 그걸 안 이상 가만있을 수 없었다. 무엇이든 할 수 있는 일을 한다. 내가 할 수 있느냐 없느냐는 두 번째 문제다. 그런 생각 하느니 그냥 한다. 그냥 하는 그 순간만이 존재한다.

3

슈퍼우먼이 되기를 선택했다

-

김서현

성공은 영원하지 않고, 실패는 치명적이지 않다.
중요한 것은 계속하는 용기다.
- 윈스턴 처칠

거울에 비친 나를 보았다. 아기 키우느라 제대로 씻지 못해 헝클어진 머리, 후줄근한 옷차림, 어두운 낯빛. 누가 봐도 갓난아기 키우는 아기 엄마다. 우중충한 내 모습은 어느 하나 마음에 드는 구석이 없었다.

출산 휴가가 끝나고 2주 정도 일을 하다가, 아기가 6개월이었을 때부터 육아휴직을 했다. 휴직하고 아기만 보면 행복할 줄 알았다. '일을 쉬고 사랑스러운 아기와 보내는 하루는 얼마나 천국 같을까'하는 생각에 말이다. 천만에. 휴직 기간은 나에게 지옥이었다. 먹이고 달래고 재우고 씻기고. 내

하루는 그게 다였다. 엉엉 우는 아기가 울음을 그치지 않아 나도 같이 넋 놓고 우는 건 다반사였고 세 시간에 한 번씩 깨는 아기 때문에 수면 부족에 시달렸다. 양가 부모님이 자주 도움을 주실 수 있는 상황도 아니었다. 남편이 출근한 날이면 오롯이 혼자 육아를 해내느라 내 시간이 없으니 당연히 자기 관리도 할 수가 없었다. 내 외모는 점점 아가씨 때와 180도 달라져 갔다. 자존감이 바닥을 쳤고 산후우울증의 늪에 허우적대며 어느 순간부터 나 자신은 증발해 버린 기분이었다. 그래서 하루빨리 복직을 하고 싶었다. 복직해서 돈도 벌고 일하는 동안 아기를 어린이집에 보내 조금이라도 나만의 시간을 가지면 숨통이 트일 것 같았다.

2024년 3월, 1년의 육아휴직이 끝났다. 복직해서 학교로 출근했다. 나는 1학년 담임을 맡게 되었다. 계획대로 아기를 어린이집에 보내고 직장에서 퇴근 후 다시 육아 출근을 했다. 말로만 듣던 워킹맘 타이틀이 나에게도 생긴 것이다. 드디어 숨통을 트겠다고 생각했다.

하지만 워킹맘 생활은 처음부터 쉽지 않았다. 하루에 육아와 일 두 가지를 해내느라 정신이 없었고 체력적으로도 고단했다. 일도 육아도 멋지게 잘해 내는 워킹맘의 모습을 그렸었지만 나는 간신히 하루하루를 버틸 뿐이었다. 퇴근 후에 너무 피곤해서 아이와 놀아 주기 힘들었다. 아기 저녁밥을 차릴 때도 불량 주부처럼 매일 똑같은 반찬만 해 주었다. 학교에서는 수업과 업무가 늘 제자리인 듯했다. 이것도 저것도 제대로 하는 것이 없으니 휴직했을 때보다 더 자존감이 낮아졌다.

그날도 어김없이 아이 등원 준비로 바쁜 아침을 보내고 허둥지둥 학교로 출근했다. 정신없이 하루를 보내고 있는 나에게, 우리 학년의 부장인 선배 교사가 책을 한 권 내밀었다. 선배가 직접 쓴 책이었다. 같은 학년의 동료 교사가 된 기념으로 주는 선물이라고 했다. 개인 저서를 선물로 받아 보는 것은 처음이었다. 그 책 한 권에 들어 있을 선배의 정성과 노력을 생각하니 그 어떤 선물보다도 가치 있게 느껴졌다. 선배는 교사이자 작가로 이미 공저와 개인 저서를 몇 권이나 썼다고 했다. 몇 년 전에도 동료 교사로 함께 일한 적이 있어 선배의 내공이 얼마나 탄탄한지는 이미 잘 알고 있기에 기대하며 책을 펼쳐보았다. 세 자매를 키우는 워킹맘인 선배 본인의 이야기였다. 딸 셋을 육아하며 직장 생활도 하는 선배의 이야기는 아주 흥미진진했다. 아이 셋 육아하느라 고생한 일, 일과 육아를 멋지게 해 나가는 선배의 마인드 등 다사다난한 이야기를 읽으며 웃다 울다 하다 보니 몇 시간이 훌딱 지나가 버렸다. 하루 만에 완독했다. 책을 덮고 나니 무언가 힘이 나는 것 같았다. "나는 애 셋 키우느라 너보다 더 힘들었지만 지금 이렇게 잘 지내. 너도 할 수 있어."라는 따뜻한 목소리가 들려오는 듯했다. 살아가며 겪는 고통과 아픔도 글로 쓰이면 누군가에게는 위로가 되는 법. 글쓰기란 이렇게 매력적인 것이었다. 문득 나도 선배처럼 글로 다른 사람을 토닥이고 싶다는 생각이 들었다.

며칠 뒤 회식 자리에서 선배에게 살짝 말해 보았다. 나도 선배처럼 책을 써 보고 싶다고. 선배는 활짝 웃으며 얼마든지 도와줄 테니 블로그를 열어 매일 글도 써 보고 책 쓰는 방법도 배워 보라고 했다. 선배의 조언대로 10년 넘게 묵혀두었던 블로그를 새롭게 단장했다. 그리고 매일 마주하는 육아와 직장 속 이야기를 블로그에 써 보았다. 단 몇 줄이라도 꼬박꼬박 기록했다. 인터넷으로 책 쓰기 강의도 수강하며 공부하고 글을 썼다. 매일 글을 쓰니 어느덧 글이 제법 쌓였다. 두서없이 끄적인 글이었어도 쌓인 글들을 읽다 보니 나의 강점이 눈에 보였다. 한껏 낮아진 자존감 때문에 육아와 업무 둘 다 빵점이라고 생각했었지만 그게 아니었다. 분명 잘하고 있는 부분이 있었다. 물론 부족한 점도 있었지만 글을 통해 나에 대해 객관적으로 파악을 하니 마음이 달라졌다. 앞으로의 육아와 업무를 어떤 방식으로 해야 할 지가 그려졌다. 마치 아무것도 없던 백지 위에 밑그림이 그려진 듯한 느낌이었다. 드디어 내가 내 삶의 주인공이 된 것 같았다. 멋진 워킹맘, 그저 상상 속의 단어가 아닐지도 모르겠다는 생각이 들었다. 좀 더 욕심을 내서 뭐든지 잘하는 슈퍼우먼이 되어 보겠다는 자신감도 생겼다.

며칠 뒤 퇴근 후에 아기가 먹을 저녁 식사를 차렸다. 매일 똑같은 반찬만 해 주던 내가 요리도 잘하는 엄마가 되고 싶어 반찬들과 국을 직접 요리했다. 5구 식판을 가득 채웠다. 쉬운 일은 아니었지만 다 하고 나니 뿌듯했다. 정갈하게 식판을 세팅하고 사진을 찍었다. 이후 블로그에 식판 사진과 함께 글을 올렸다. 다른 사람들의 댓글이 달렸고 조회 수도 올라갔다. 나 혼자 만족하는 것을 넘어 다른 사람과 공유하니 더 재미있고 신이 났다. 화면 속 아기 식판을 내가 직접 차렸다니 불량 주부였던 이전의 나와 비교하면 놀라운 발전이었다. 이후 더 욕심이 생겨서 며칠 뒤에 예쁜 식판도 새로 사고 맛깔 나는 반찬들을 만들어 사진과 글을 올렸다. 매일 글을 올리기는 어려웠지만 확실한 사실은 내가 요리를 좋아하게 되었다는 것과, 아기가 예전보다 훨씬 정성이 가득한 식사를 하게 되었다는 것이다. 글쓰기 습관 덕분에 육아와 요리까지 잘하는 진짜 슈퍼우먼이 되는 것 같았다.

학교에서는 아이들과 있었던 일을 주제로 매일 '교단 에세이'를 쓴다. 글감이 넘치는 날도 있고 특별한 일이 없는 날은 쓸거리가 잘 생각이 나지 않는 때도 있다. 하지만 몇 줄이라도 일단은 쓴다. 쓰고 나면 그날은 특별한 날처럼 느껴진다. 아이들의 사소한 말과 행동, 일화를 글로 풀어내고 다시 읽어 보면서 교사로서 내가 어떻게 아이들을 대할지 돌아보게 된다. 수업했던 내용도 글로 기록하고 더 나은 수업을 위해 반성해 본다. 더 좋은 선생님이 되어 질 높은 수업을 만들고 싶다. 육아뿐만 아니라 업무도 더 잘하고 싶다는 생각이 저절로 샘솟는다. 모든 것을 잘하는 슈퍼우먼, 진짜 그렇게 되어야겠다.

나는 그냥 '우먼'이었다. 이것도 저것도 아닌 평범한 '우먼'이자 워킹맘.

하지만 지금은 다르다. '슈퍼우먼'이 되기를 선택했고 그것을 향해 가고 있다. 물론 그냥 '우먼'으로 살 수도 있다. 글을 열심히 써도 책 하나 못 낼 수도 있고, 만약 내더라도 완성도가 낮을 수 있다. 수업 연구를 열심히 한다 해도 막상 실제 수업은 제자리걸음일 수도 있다. 하지만 내가 선택한 길이다. 내 선택이 성공하든 실패하든 중요하지 않다. 중요한 것은 시곗바늘이 앞으로 부지런히 움직이는 것처럼 나도 매 순간 뛰고 있다는 사실이다. 시곗바늘은 뒷걸음질 치지 않는다. 나도 묵묵히 앞을 향해 뛰기를 선택했다. 뛰고 있는 지금이 좋다. 터질 것 같이 두근거리는 심장 박동에 내가 살아 있음을 느낀다. 뛰다 보면 생각지도 못한 다양한 길들도 보인다. 내가 글쓰기를 통해 요리에 눈을 뜬 것처럼 말이다. 이것 또한 살아가는 재미다.

일단 무엇이든 선택했다면 앞으로 달려 나가면 된다. 그리고 제일 소중한 내 숨소리와 심장 소리를 느껴본다. 목적지에 도착할지는 아직 알 수 없지만 달려가는 그 순간을 즐기면 그것으로 됐다. 슈퍼우먼을 꿈꾸며 달려가는 나, 오늘도 여전히 내 심장은 뛴다.

4

행복은 라디오 주파수

-

백현기

행복은 우연이 아닌, 선택의 문제다.

-짐 론

이혼을 후회했다. 몇 날 며칠 동안 술을 마셨다. 잊으려 하면 할수록 혼자라는 생각만 들었다. 밤마다 불안감이 온몸을 짓눌렀다. 수면제를 먹어야만 잠잘 수 있는 날도 많았다. 직장 일까지 잘 안됐다. 의미 없는 출퇴근만 반복했다. 퇴근 후 혼자 남은 집에 들어가기가 싫었다. 늦은 밤에 불 꺼진 현관문을 열 땐 어두운 집안이 무섭기까지 했다. 희미한 무언가를 본 듯한 날에는 한참을 밖에서 배회했다. 그러다 지칠 때쯤이면 집으로 갔다.

집 앞에 무인 카페가 하나 생겼다. 투명한 유리 벽 안으로 일인용 테이블 몇 개가 보였다. 집에는 가기 싫고, 이 밤에 어딜 가겠냐며 매일 들렀다. 뜨거운 커피를 받았다. 나만의 자리가 있었다. 앉으면 길 건너 가로등 불빛이 훤히 보이는 곳이었다. 이미 시간은 밤 열한 시가 넘었으므로 언제나 그렇듯 카페 안의 사람은 나 혼자였다. 마침 부슬비가 내리는 밤이어서 그랬는지 기분이 많이 차분해졌다. 가만히 앉아 라디오에서 들리는 가사 없는 음악에 귀를 기울였다.

갑자기 눈물이 왈칵 쏟아졌다. 혼자 여기 앉아서 무얼 하는 건지, 앞으로 어떻게 살아야 하는지 별생각이 다 났다. 생각해 보면 별일 아니었다. 이미 일어난 일이었고, 돌이킬 수 없다면 지금 살아가는 게 더 중요했다. 내가 무슨 드라마 속 비련의 남자 주인공도 아니고, 왜 그랬을까. 그제야 주변에서 해 줬던 위로가 생각났다. '당신들이 알긴 뭘 알아?'라며 거리를 뒀다. 술과 약에 취해 있는 나를 보며 사람들은 어떤 생각을 했을까. 그동안 마음의 벽을 높이 세웠던 내가 생각났다. 얼굴이 화끈거렸다.

행복한 삶을 꿈꿨다. 그러나 어디에서도 행복이 무엇인지 배울 수는 없었다. 좋은 직장 다니는 사람, 넓은 아파트에 사는 사람, 사랑하는 사람과 가족을 이루는 사람을 보면 행복해 보였다. 나도 그렇게 살고 싶었고 따라 했다. 끊임없이 비교했다. 남보다 내가 조금이라도 부족하면 불행하다고 느꼈다. 그 모습은 마치 어린아이 손에 원하는 장난감을 쥐여 주지 않으면 생떼를 부리는 것과 다를 바 없었다. 삶 앞에 나는, 겉만 어른이었을 뿐 속은 아직도 어린아이였다.

곧바로 집으로 갔다. 집안 불을 다 켰다. 늦은 밤이었지만 반드시 오늘

해야 하는 일이 생겼다. 잘 쓰지 않는 물건을 종이에 적었다. 책상 위에서 먼지만 쌓인 카메라는 중고로 판매하기로 했다. 덜 쓰는 가구와 가전제품도 정리하기로 했다. 방금까지 거실을 차지하던 소파를 밀어 현관 밖에 내놨다. 그러고는 바닥에 누웠다. 예전 같으면 상상 못 할 일이었다. 거실엔 무조건 소파가 있어야 했고, 건너편에는 텔레비전이 항상 틀어져 있어야 했다. 고개를 들어 빈 곳을 둘러봤다. 분명 무언가 없으면 불행해야 했다. 신기하게도 하나도 불행하다 느껴지지 않았다.

거실 구석에 먼지 묻은 책 한 권이 눈에 들어왔다. 언제부터 그곳에 있었는지, 왜 거기가 있었는지 모를 일이었다. 몸을 일으켜 책을 들었다. 대충 흔들어 먼지를 털어 냈다. 벽에 기대어 앉아 책을 몇 장 넘겼다. 영어로 된 명언과 한글 번역이 번갈아 나오는 책이었다. 책장 사이에는 포스트잇으로 메모까지 적혀 있었다. “Life is a journey not the guider tour.” 직역하자면 ‘삶은 곧 여행이며, 정해져 있는 길이 아니다.’라는 의미였다. 거짓말처럼 영어 문장의 밑엔 나의 글씨체로 추정되는 삐뚤삐뚤한 몇 줄의 다짐도 있었다. ‘이 글을 쓰고 있는 나는, 20대의 어느 날을 살아가며 수년 후의 나에게 이 말을 하고 싶다. 삶은 늘 갈림길 앞에서 선택의 연속이고, 틀린 길은 없다는 걸 알았으면 한다.’라고. 분명 그때도 지금처럼 흔들렸을 터다. 후회를 밥 먹듯 했고, 자책하며 괴로워했을 것이 분명했다. 그러다 이런 명언 한 구절을 읽으면 또다시 일어났을 것이고.

그동안 행복을 찾는다며 그럴싸한 핑계 좋은 포장에 가려 열등감에 빠져 있던 나를 만날 수 있었다. 행복은 남을 따라 하는 것이 아닌 지금 내가 일상에서 느낄 수 있는 감정의 경험이었다. 방금 내린 향긋한 커피 한 잔, 이와 함께 곁들 일 기분 좋은 음악, 책 한 줄을 느낄 수 있는 한순간 말이다.

삶은 멀리서 보면 희극, 가까이에서 보면 비극이라는 말이 있다. 지금껏 넘지 못할 것만 같은 벽을 하나씩 넘으며 살아왔다. 도저히 힘들고 앞이 보이지 않을 땐 잠시 멈추어 방향이 맞는지 돌아 볼 필요가 있다. 물론 이 순간에도 선택은 필요하다. 지금껏 믿고 있었던 방향으로 삶의 방향키를 저어갈지, 말지는 오로지 개인의 몫. 내가 뒤늦게라도 행복의 올바른 의미를 깨달은 것처럼 잠시 멈추어 보는 것 역시 하나의 방법이다. 삶은 여러 갈래의 길 중 한 개만 맞는 건 아니니까.

19년도 겨울, 일본으로 혼자 여행을 다녀온 적 있다. 때마침 겨울이었던 까닭에 여행객들에게 유명한 료칸 지역을 가기로 했다. 밤늦은 시간 온천욕을 하면서 별구경 하는 건 상상만 하더라도 특별한 경험이었다. 별 다섯 개의 호텔은 아니었지만 허리 밑으로 느껴지는 온천의 뜨끈함이, 등으로는 일본의 겨울을 동시에 느낄 수 있었다. 그때의 느낀 감정은 만큼은 최고의 행복 중 하나였다.

글을 쓰다 보면 처음 의도와는 달리 '이건, 이쪽이 낫겠는걸?' 하며 노선을 틀거나 글 전체를 지우는 경우가 많다. 과거의 경험 때문이다. 기억을 꺼내어 쓰다 보면 그때로 다시 돌아가고 싶은 기분에 방향을 튼다. 몸은 여기에 있지만, 마음만큼은 과거로 돌아가 순간의 향기를 맡고 싶다. 료칸에서의 찐한 사우나 냄새와 온몸으로 느낄 수 있었던 뜨거운 수증기, 무인 카페에서 들었던 라디오 음악에서 들었던 경험에서 행복까지.

사실 이글은 행복에 관해 쓰려던 글이 아니었다. 아직 가지 못한 일본 여행지를 정리하려 시작했지만, 하필 맞춰놓은 라디오 주파수에서 낯익은 음악이 들린 까닭에 내용을 틀었다. 이젠 보이지 않는 음악으로도 행복을 느낄 수 있는 인간 백현기가 됐다.

이쯤 되니 행복은 내가 원한다고 이루어지는 건 아니라는 걸 깨달았다. 과거의 내가 선택한 결과를 어떻게 느끼고 있는가에 따라 행복과 불행이 판가름 난다는 것도 알았다. 그러니 지금 내가 할 일은 내일의 나를 위해 지금의 삶에 최선을 다해 살면 그뿐이다. 성공, 실패, 행복, 불행 모두 내가 생각하기 나름이다. 행복은 실패에도 숨어 있었다. 과거의 기억이 글 한 편의 마침표가 될 수 있는 걸 보면 성공적인 실패는 이럴 때를 두고 하는 말인가 보다. 글 쓰느라 줄였던 라디오의 볼륨을 높여야겠다. 혼자 있어서인지 유독 음악 소리가 크게 울렸다.

5

마음이 이끄는 선택을 향해

-

신민진

마음이 이끄는 선택은 언제나 옳다.

- 오프라 윈프리

"당신 꼭 정직한 후보 같아."

남편이 말하며 큰 소리로 웃는다. 이유를 몰라 당황하는 나를 놀리듯 남편 웃음은 멈추질 않는다. 〈정직한 후보〉는 영화 제목이다. 주인공이 거침없이 마음속 생각을 발설하는 코믹한 상황에 빗대어 나를 표현한 말이다. 전보다 자주 놀림을 당하는 것을 보면 내 표현 방식에 문제가 있나 고민하게 된다.

나는 짧고 굵은 표현이 좋다. 긴 설명보다 센스 있는 단어 하나, 압축된 한 문장을 선호한다. 핵심은 군더더기 없는 솔직함이다. 그 위에 감각적인 표현을 살짝 얹는다. 찰떡 비유도 좋고 신조어도 좋다. 젊은 세대와 쉽게 통하고 재미도 있다. 하지만 이런 화법이 매번 통하지는 않는다. 윗사람에게는 상세한 설명이 적절하고, 듣기 불편한 이야기는 돌려 말할 줄도 알아야 한다. 때로는 아닌 척 겸손의 미덕을 발휘하며 같은 표현을 반복해야 하는 순간도 있다. 알면서도 내 생각을 시시콜콜 설명하는 게 귀찮다. 말이 길어질 것 같으면 그냥 입을 닫고 미소만 짓는 것이 편했다. 오해를 사기도 했지만 일일이 설명할 이유도 없다고 생각했다. 이제는 사십 대 후반, 말은 나를 위해서 하는 것이 아니라 타인을 위해 필요한 수단이라고 느껴질 때가 많다. 중년을 넘어선 나이만큼 책임도 커진다. 진중함을 발휘할 때이다.

'통장 공개모집 안내'. 아파트 정문을 나와 좌회전 신호를 받는데 정면에 커다란 현수막이 눈에 들어왔다. 며칠째 걸려있던 건데 갑자기 눈길을 사로잡았다. '오, 통장? 한번 해 볼까?' 주민센터 홈페이지에 들어가 확인해 보니 준비할 서류가 많다. 수당은 한 달에 사십만 원. 퇴직하고 현재 전업주부인 나는 수당에 눈이 한 번 더 갔다. 매일 출근하는 일도 아니고 부담 없이 할 수 있는 일 같았다. 이력서를 쓰고 증빙서류들을 발급받는데 귀찮은 마음보다 콧노래가 나왔다. 주민센터에 접수하니 나까지 세 명, 다음 주에 면접도 본다고 했다. 이십 년 넘게 교육공무원으로 일했던 나에게는 익숙한 절차들이었다. 통장이 될 자신이 있었다.

면접 이십 분 전 주민센터에 도착했다. 너무 일찍 왔는지 조용했다. 2층

도서관을 대기실로 마련해 주어서 혼자 기다렸다. 면접시간이 거의 다 되자 통장지원자 두 분이 더 오셨다. 오십 대 후반쯤 되어 보이는 분들이었다. "여기서 기다리는 건가요?"하고 한 분이 다가와 물었다. "네. 여기가 대기실이래요."하고 대답했더니, 다른 한 분이 "저기 선풍기 틀어도 되나요?"하고 물었다. "더우세요? 제가 틀어드릴게요."하고 대답하며 선풍기를 켰는데 아무래도 나를 주민센터 직원으로 착각한 것 같았다. 두 손을 비벼대며 긴장하는 그분들과 달리 나는 마음이 편안했다. 아무도 경쟁자로 보이지 않았다.

면접 장소는 대회의실. 공연장에서 볼 수 있는 양문형 두툼한 문을 밀고 들어가니 대기업 면접실처럼 다섯 분이 쭉 앉아 있었다. 동장님과 편하게 이야기를 나누는 분위기일 거라고 예상했었는데 격식을 갖춘 면접장의 분위기에 놀라 잠시 숨이 멎었다. 공간이 넓어 면접 자리까지 걸어가는 데 한참 걸렸다. 오랜만에 신은 구두 소리가 어찌나 크게 들리는지 걸음걸이가 어색했다. 분위기에 맞게 정중하게 인사를 하고 자리에 앉으니 한 분씩 질문이 이어졌다. 지원동기와 통장의 역할까지 그럭저럭 순조로운 시작이었다. 이어 동장님이 질문했다.

"한창 사회에서 일할 나이인데 마음 바뀌어서 다시 학교로 돌아갈 수도 있겠네요?"

전 통장이 취업하면서 임기를 못 채우고 그만두었다는 말을 들었다. 또 그렇게 되지 않을지 우려하는 마음 같았다. 신뢰를 주어야 했다. '이십 년이 넘는 시간 동안 최선을 다해 특수교사로 일했습니다. 미련이 없을 만큼 충분했습니다. 계획한 퇴직이었기 때문에 다시 학교로 돌아갈 생각은 없습니다. 지금은 자녀들을 돌보는 데 집중하고 있고, 자유로운 시간 덕분에 통장 역할을 잘 수행할 수 있을 거라 생각합니다.'라는 생각이 머릿속에 떠올랐다. 그런데 입에서는 생각과는 다른 단어가 튀어나왔다.

"특수교사로서 이십 년 불살랐습니다. 뒤돌아보지 않습니다."

불살랐다니. 이미 뱉어 버린 품격 없는 말에 얼굴이 붉어졌다. 좀 더 말을 이어 수습하고 싶었지만, 아무 말도 생각나지 않았다. 다음 질문은 태극기 게양에 대한 계도 방법을 물으셨다.

"솔선수범하여 실천하는 것은 물론, 요즘 시대에 맞게 대면 권장보다는 SNS 한방이면 더 효과적인 홍보가 될 수 있다고 생각합니다."

한 방, 없어도 될 말이었다. SNS 활용이 쉽지만 큰 효과를 거둘 수 있다는 느낌을 담고 싶었다. 틀린 표현은 아니지만 세는 단위에 '방'을 넣어 간접 비유를 하기에 이 자리는 엄격했다. 자신감이 반토막도 남지 않았다. '저 통장 안 할래요.'하고 뛰쳐나와 집에 가고 싶었다. 만회해 보려 애를 쓰며 대답을 이어갔지만 입을 열 때마다 어긋났다. 터벅터벅 걸어 집으로 돌아오는 데 헛웃음이 나왔다. 면접 때의 내 모습이 떠올라 부끄러웠다. 당일 연락을 준다는 합격통지는 오후 내내 오지 않았다. 당연한 결과였다. 남편에게 하소연하니 배꼽을 잡고 웃기만 했다. 면접이 문제가 아니라 평소 언어습관을 바꾸어야 했다.

"오늘 뭐 하셨어요?"

화요일 저녁마다 책 쓰기 강의를 듣는다. 코치의 질문에 쉽게 대답이 나오질 않는다. 온라인상에서는 비언어를 전달하기 어려워 더 점잖은 말을 궁리하게 된다. 긴 설명을 피하려고 짧게 할 수 있는 말로 둘러댈 때도 있다. 최근에 공저로 책을 쓰면서 가장 어려웠던 것은 생략된 표현, 신조어나 외래어, 압축된 단어를 누구나 알기 쉽고 품위 있는 어휘로 바꾸는 것이었다. 또 감정을 직접 말하는 것이 아니라 상황을 구체적으로 묘사하는 과정도 쉽게 나오지 않았다. 어휘력보다 몸에 밴 말 습관이 문제였다. 긴 설명을 피하고 짧게 툭툭 던지는 말 습관부터 고치고 싶었다. 단어를 순화해서 바꾸어 쓰고 상황을 좀 더 친절하게 설명해 보려고 노력했다. 쓰다 보니 조금씩 감이 왔다. 독자들이 이해하기 쉽고 편안하게 느끼는 말을 쓰기 위해 고민했다. 귀에 확 꽂히지 않더라도 서서히 스며드는 고급스러운 표현을 떠올려 보고 수시로 사전을 찾아보았다. 글을 쓸 때뿐 아니라 말을 할 때도 천천히 호흡하며 자세하게 풀어서 이야기하는 연습을 했다. 말하는 방식을 바꾸니 급한 성격까지도 한 템포 느려졌다. 습관을 바꾸기 위해서는 의식적인 연습과 꾸준한 훈련이 필요했다. 내가 쓰는 언어의 품격을 높이면 나이에 맞는 품위를 지켜낼 수 있을 것 같았다.

어쩌다 보니 두 번째 공저에 참여한다. 최근에 사업자등록을 해 둔 일도 있고 유튜브 채널을 키워 보고 싶다. 하지만 자녀를 돌보며 나에게 주어진 시간은 오전 딱 세 시간. 그것도 특별한 일이 없을 경우만 그렇다. 세 가지를 같이 할 수도 있지만 짧은 시간에 다 하기에는 무리다. 뭐라도 제대로 하려면 한 가지를 선택해야 한다. 마음이 기우는 쪽은 책 쓰기. 계산으로는 사업체를 키우거나 유튜브 채널 운영에 집중하는 것이 도움이 된다. 그런데 선택의 순간들에 나도 모르게 책 쓰기를 선택하게 된다. 정확히 말하면 '어쩌다 보니'가 아니라 마음이 이끄는 선택을 통해 지금의 두 번째 공저까지 흘러온 것이다. 돈을 벌고 싶지만, 책을 읽고 글을 쓰며 나이만큼 멋있게 무르익어 가고 싶은 열망이 앞선다. 물론 언어습관을 바꾸고 싶다는 것이 책을 쓰는 이유는 아니다. 책을 통해 얻는 수많은 것 중 하나다. 다른 일을 뒤로하고 책 쓰기에 집중하는 것이 내 삶에 어떤 결과로 남게 될지 모르겠다. 하지만 계속해서 나를 성장하게 해 주는 최선의 선택이라는 확신을 믿고 따라가 본다. 비록 수입은 없지만, 지금을 보여 주는 성과이고 미래를 위한 투자라고 생각하며 늦은 시간까지 강의를 듣고 틈만 나면 글을 쓴다. 시간이 흘러 지금 이 순간을 회상해도 책 쓰기를 선택한 내 삶의 방향이 최선이었다고 말할 수 있기를 꿈꾼다. 마음이 이끄는 대로 하는 것이 가장 위대한 선택이라는 말을 되새겨 본다.

6

내 페이스로 뛴다

-

쓰꾸미

당신이 늘 하던 대로 하면, 늘 얻던 것을 얻을 것이다.

-토니 로빈스

결정을 쉽게 그리고 빠르게 하고, 책임을 지는 자세로 하면 성공을 경험했다.

2024년 4월 8일, 건설인 마라톤 대회에 가족 모두가 참석했다. 참가 종목은 5km 건강 걷기였다. 나는 건설회사에 다니고 있어 총 근무 기간 중 반 이상을 해외에서 근무했다. 한국에 있는 동안 가족들과 추억을 만들려고 노력하는데, 이것이 시발점이 되었다. 대회에 참석한 사람들은 완주를 목표로 열정, 그리고 긍정의 에너지를 뿜어냈다. 그 에너지가 주변의 사람들에게 전달됐다. 참여하고 있는 동안 긍정적이고 열정적인 사람이 된 기분이었다. 그리고 달리는 분위기도 즐겼다. 5km 걷기이기 때문에 어린이부터 나이가 좀 있으신 분들까지 이야기하면서 행사를 즐기는 분위기다. 가족 마라톤 참가라는 좋은 추억이 하나 생겼다. 달리기에 대한 좋은 매력을 느꼈다. 그리고 2024년 5월 25일, 동성제약에서 주최하는 마라톤에 도전했다.

결정은 쉬웠다. 아침 출근길 버스 안에서 도봉구 쌍문동 근처에서 마라톤 행사를 홍보하는 현수막을 보았다. 그 현수막을 사진을 찍어서 아내에게 보냈다. 그리고 "콜?"이라는 카카오톡 메시지를 보내면서 참가하자고 제안했다. 그때에는 10km가 어느 정도인지 가늠하지 못했다. 가족 마라톤 걷기의 좋은 경험만 가지고 신청했다. 함께 5km 걷기는 할 만했다. 그리고 긍정의 에너지를 받아 기분이 좋아졌고, 완주한 다음에 여운이 진하게 남았다. 그 기분을 또 느끼고 싶은 마음에 쉽게 결정하고 신청했다. 그때 내 체력을 알았다면, 절대 신청을 못 했을 거다.

마라톤 신청 후, 그날 저녁 밖으로 나가서 달려봤다. 3분도 제대로 뛰지 못하고 숨을 몰아쉬는 나를 발견했다. 당황했다. 5km 걷기를 완주했으니, 같은 거리를 뛰기도 가능할 줄 알았다. 그런데 의욕과 달리 몸은 1km를 다 뛰지도 못하고 헉헉거렸다. 가족 마라톤 대회에서 느꼈던 성취감. 책『아비투스』에서 본 마라톤을 즐기는 사람들은 성공하는 사람이라는 문장. 그런 것들이 생각나 더욱 포기하기 싫었다.

잘 달리는 사람들의 기술을 훔치고 싶었다. 유튜브 〈마라닉TV〉에서 한 달 30분 연속 달리기 프로그램을 따라 훈련을 시작했다. 첫째 날 거북이 달리기부터 시작해서 마지막 30일째 되는 날에 30분 연속 달리기를 달성하였을 때의 기록을 블로그에 남겼다. 그 완주 기록은 긍정의 단어로만 채워져 있었다. 처음 받은 충격 때문에 30분 연속 달릴 수 있는 체력을 의심하며 시작했지만, 이제는 30분은 연속으로 달릴 수 있다. 이러한 변화로부터 발견한 세 가지 생각을 공유해 본다.

첫째, 달리기는 도전할 수 있는 체력을 뒷받침해 준다.

달리기를 시작했을 때, 새로운 것들을 도전하고 있었다. PDS 다이어리 스피치를 도전했고, 꾸준히 블로그 글쓰기도 이어 가고 있었다. 다양한 기회를 붙잡기 위해 주변의 이것저것 계속 시도하는 중이었다. 그런데 한 가지 문제점이 있었다. 그것은 내 부족한 체력. 그때 입에 달고 산 말이 바로 "피곤해."였다. 지금은 새벽 3시 30분에 일어난다. 그리고 달리기하고 출근한다. 이런 내 생활방식을 보면, 주변 사람들이 새벽부터 그렇게 달리면 피곤하지 않냐고 묻는다. 뛰고 난 후로 집중력이 높아져 하루에 할 수 있는 일이 많아졌다고, 그리고 생산성도 높아졌다고 대답한다. 그러면 사람들이 거짓말이라고 반응한다. 나 역시 달리기 전에 이 답변을 들었다면 거짓말이라고 했을 거다. 그러나 이제는 달리기가 숨은 생산성의 비밀이라는 것을 알아서 아이들과 아내도 아침에 달리고 하루를 시작한다.

둘째, 달리는 동안 스트레스를 줄일 수 있다.

감정에 따라 내 생활이 바뀌는 것을 발견한다. 기분이 좋으면 사는 게 긍정적이다. 기분이 나쁘면 사는 게 부정적으로 바뀐다. 신기하다. 나는 물건을 자주 떨어뜨린다. 그런데 기분이 좋은 날에는 아무렇지도 않게 물건을 집어 든다. 그리고 "다음에는 떨어뜨리지 말아야지."라고 생각하면서 긍정적으로 나를 다독인다. 그런데, 몸이 힘들거나 짜증이 나 있는 상황에서는 부정적으로 반응한다. "나는 왜 이리 물건을 소중하게 여기지 않지? 조심성이 없어서 무엇을 하지? 나는 참 운이 없는 사람이다. 누가 나에게 이렇게 한 번에 물건을 많이 쥐여 준 거람." 등등. 물건 하나를 떨어뜨렸다는 상황 자체는 바뀐 게 없다. 하지만 부정적 생각은 내 인생을 운이 나쁘다고 느끼게 만든다. 그래서 부정적인 생각이 나를 감싸고 있다면 기분을 전환하기 위해 달리러 밖으로 나간다. 달리기를 시작하면 숨이 차오른다. 숨쉬기가 힘드니 다른 생각을 할 여유가 없어진다. 만약에 달리면서 부정적인 생각이 계속 남아 있으면 일부러 달리는 속도를 올려 본다. 그렇게 속도를 조금씩 올리다 보면 숨쉬기와 달리는 것에만 집중하는 시점이 있다. 이것을 '러너스 하이'라고 한다. 이렇게 일정 시간 동안 스트레스를 받았던 사항에서 강제적으로 거리를 둔다. 그러면 그렇게 힘들게 한 사항이 희석된다. 희석되면, 가끔 자연스럽게 다른 해결 방안이 생각이 나서 시도해 볼 수 있다.

셋째, 포기하지 않으면 목표에 도달할 수 있음을 일깨웠다.

지금도 매일 달리기를 하고 있지만, 항상 처음 달리기 10분을 넘기가 힘들다. 그 10분 동안 나와의 싸움이 항상 반복된다. 컨디션이 좋지 않을 때는 뛰기 싫다는 유혹이 강해진다. 그렇지만 뛰고 나면 좋지 않았던 컨디션이 좋아진다는 사실을 알고 있기에 꾸준하게 계속하라고 나를 격려한다. 그렇게 10분이 넘게 되면 20분이 도달할 때까지는 쉽게 간다. 그리고 20분부터 30분 사이에 비슷한 고비가 또 온다. 이러한 불편함을 포기하지 않으면 30분이 넘게 되는 순간에 새로운 상황에 접어든다. 규칙적으로 뛰는 것에 몸이 적응하기 시작하면서, 스트레스로부터 해방되는 느낌을 받는다. 그것이 바로 위에서도 언급한 러너스 하이 현상이다. 그렇게 목표로 하는 시간을 다 달린다. 달리기를 마치자마자 밭은 숨이 가라앉기도 전에 해냈다는 뿌듯함이 흘린 땀처럼 나를 둘러싼다. 두 다리는 무거웠지만 마음은 가벼웠다. 완주하고 나면 달리기 전의 두려움을 이겨 낸 내 마음을 칭찬했다. 달려온 길이 머릿속에 스쳐 지나간다. 그 길 끝에서 기다리고 있던 것은 피곤함이 아닌, 한층 더 성장한 자신이었다.

궁정의 마음을 품고, 가족 모두가 10km 마라톤에 참여했다. 딸 채민이는 초등학교 4학년이어서 우리 가족 중에 가장 느리게 달린다. 딸의 페이스에 맞추어야 했다. 그렇게 1km를 지나고 있을 때, 갑자기 아들의 목소리가 들렸다. 아들 우찬이는 달리기 초반에 자신은 시상대에 올라가야겠다고 앞으로 뛰어나갔다. 그런데 갑자기 아들 목소리가 들려서 놀랐다. 폐가 아프다고 했다. 우찬이와 상의한 후, 계속 뛰기를 결정했다. 그때 머릿속 목표는 하나였다. 다른 사람들이 뛰든 걷든 중요하지 않다는 것이다. 그것은 그 사람들의 페이스이고, 우찬이와 같이 포기하지 않고 달리기를 마무리한다는 생각뿐이었다. 그 목표 하나만 생각하면서 걷고 있는 우찬이의 페이스에 맞추면서 제자리 뛰기를 했다. 포기하지 않고 꾸준하게 뛰어서 10km를 완주했다. 완주 20일 뒤, 6월 14일에 우찬이는 기흉(공기가슴증)으로 입원했다. 공기가슴증 때문에 폐가 아팠던 것 같다. 아픈 폐를 가지고 완주한 우리 아들이 대견할 뿐이다.

쉬는 날 아침을 달리기로 시작한다. 가족과 함께하는 것, 그 자체만으로 충분하다. 또 처음 혼자 달리기를 연습하면서 내 미숙함을 이겨 내는 방법을 배웠다. 내가 미숙함을 느낄 때, 이미 잘하고 있는 사람들의 경험을 훔치며 성장할 수 있다는 것도 알게 되었다. 그리고 아무리 잘 준비하더라도 통제할 수 없는 상황이 발생하는 것은 당연하다는 것도 알게 되었다. 또 모든 일은 본인의 의지가 반영된 나만의 페이스로 목표를 향해 뛰어야, 중간에 포기하지 않고 끝까지 갈 수 있다는 것을 우찬이로부터 배웠다. 누구나 똑같은 페이스로 뛸 필요는 없다. 나와 우찬이만의 페이스로 완주할 수 있어서 나에게는 더 큰 의미로 다가온 것 같다. 또 옆에서 아들과 내가 같이 뛰었기에 완주를 할 수 있었다. 달리기가 나에게 많은 선물을 주었다. 몸이 크게 아프지 않은 한, 달리기와 하루를 시작하고 싶다.

7

시간을 어떻게 쓰는가

-

윤미경

모든 성공은 선택의 결과다.

- 스티븐 코비

"엄마! 어떡해! 나 학교 늦었어."

초등학교 시절, 자영업을 하는 아빠는 집이 곧 직장이었고 출퇴근 시간이 따로 정해져 있지 않았다. 부지런한 아빠는 늘 늦은 밤까지 일하셨고, 일이 바쁜 시즌이면 엄마도 아빠를 도와야 했다. 아침 일찍 출근해야 하는 월급쟁이 부모가 아닌지라 우리 가족의 생체 리듬은 저녁형에 가까웠다. 덩달아 나도 취침 시간이 늦었고 아침에는 쫓기듯 일어났다. 초등학교 때까지는 가까운 거리의 학교를 걸어 다녔으니 별문제가 되지 않았다. 중학생 때부터는 스스로 준비하고 버스 시간에 맞춰 이른 시간에 등교해야 했지만, 버릇이 든 탓에 아침 시간은 늘 분주했다. 몸에 밴 나쁜 버릇은 대학 때의 잦은 술자리 약속으로, 직장 생활을 시작하고 나서도 저녁의 유흥으로 이어져 여전히 시간 관리를 잘하지 못했다. 어김없이 허겁지겁 출근했고 시간을 다 흘려 버렸다. '일찍 일어난 새가 벌레를 잡아먹는다.', '시간은 금이다.'라는 명언들을 글자로만 배웠다.

늦은 결혼을 하고 아이들이 태어나면서부터는 시간을 쪼개어 써도 부족했다. 내게 남아돌던, 내가 흘려보내 버렸던 시간을 좀 가져와 쓸 수 있다면 얼마나 좋았을까? 직장 생활과 집안일, 육아까지 도맡아 해야 했으니 할 일이 너무 많았다. 일의 경중도 알지 못해 어떤 일부터 시작해야 할지 가늠이 안 되었다. 일은 더해지고, 예기치 않은 일들이 생겨날 때, 누가 쫓아오는 것처럼 긴장되었다. 가족들에게는 짜증이 섞인 말투로 콕콕 찔러대고, 표정은 한껏 일그러져 '나 건들지 마시오.'라고 외쳤다. 나의 바쁨을 아는지 모르는지 가족들은 눈치껏 알아서 일을 도와주긴커녕 연신 "여보!"와 "엄마!"를 불러댔었다. 정신없는 육아 기간이 끝나고, 집안일의 노하우가 생기고, 직장에서의 승진 준비를 어느 정도 마무리하다 보니 어느덧 40대 중반이었다. 하루하루 쫓기듯 살아 내게 남은 건 뛰어난 능력도, 성취도 아무것도 없었다.

5년 전, 학교에서 후배 교사가 주도하는 교사 독서 동아리에 처음으로 참가하게 되었다. 나는 읽은 책 내용도 잘 기억나지 않고, 내 생각을 얘기하는 말주변도 없어서 늘 듣기만 하는 처지였다. 그 후배는 모임을 주도하고 미니 특강에서 자신의 배움을 거침없이 공유했고, 우리의 이야기 내용들을 모두 기록하여 파일로 보내주기도 했다. 토요일 새벽마다 서울로 나가 독서 모임에 참가하고 이미 책을 두 권이나 집필했다는 후배의 모습에 너무 대단하다 느끼면서도 기가 죽었다. 같은 교사인데 저 후배는 저 많은 것을 어떻게 다 소화하는 거지? 나는 이제까지 뭘 한 거지?

그동안 틈틈이 책은 읽었지만 내가 주로 읽는 책들은 소설이었다. 베스트셀러라고 해서 읽은 이지성 작가의 『꿈꾸는 다락방』과 같은 자기 계발서는 좋은 내용이라는 건 알지만 내가 실현할 수는 없는 딴 세상 이야기로 치부했다. 그러나 계속 내가 해오던 방식만 고수하다가는 제자리는커녕 뒤처질 것만 같았다. 더 이상 미룰 수가 없어 후배를 통해 소개받은 3P 자기 경영연구소의 '독서법 강의'부터 신청하였다. 대표인 강규형 소장의 저서 『독서 천재가 된 홍 팀장』과 『바인더의 힘』도 추천받았다. 나는 책의 내용을 내 생각과 접목하여 수려하게 말하기를 제일 큰 목표로 삼았지만, 강의나 책에서는 '성과를 지배하는 전략'으로 바인더와 책을 꼽았다. 양질의 독서를 꾸준히 하면서 기록관리, 시간관리, 목표관리, 업무관리를 바인더로 하라는 것이었다. '바인더를 쓴다고 해서 뭐가 달라질까?'하고 의심스러웠지만 일단 도전해 보고 싶었다. 그렇게 나의 바인더 쓰기는 시작되었다.

일요일 저녁이면 바인더를 펼쳐 다음 한 주간의 목표를 정하고 주요 일정을 잡으며 일주일을 그려 본다. 매일 저녁에는 내가 목표한 것을 이루었는지 약속된 색깔로 표시하고, 낭비한 시간이나 이루지 못한 목표를 다음 날에 배정하면서 수정해 나간다. 저녁 10시에는 취침을 해야 다음 날 일정에 무리가 없는 최상의 신체 컨디션을 가질 수 있음도 알게 되었다. 소화할 수 있는 일정들을 계획하고 실천할 수 있었다. 바인더를 쓰고 목표를 세우다 보니 꼬리에 꼬리를 물며 연쇄작용으로 많은 일들이 일어났다. 내 시간을 관리하니 핸드폰이나 만지작거리며 흘려보냈던 여백의 시간이 많이 발견되었다. 그 시간을 새로이 조직하니 운동할 수 있는 시간, 독서 모임을 할 시간, 책을 읽을 시간이 생겨났다. 시간을 더 알차게 보내기 위해 같이 성장하고 싶은 교사들과의 모임에 가입하였다. 함께 책을 읽고 나누다 보니 또 다른 성장의 동력들을 얻게 되었다. 열심히 살아가는 이들에게 자극받아 하고 싶은 일들이 점차 많이 생겨났다. 일 년, 한 달, 한 주 단위로 내 삶을 바라보다 보니 이루고 싶은 목표들이 구체화했다. 그렇게 하브루타, 캘리그래피와 낭독 공부도 시작하게 되었다. 이런 모든 과정을 블로그로 기록으로 남기기 시작하자 글쓰기를 잘하고 싶은 욕심이 생겨났고 글쓰기 수업으로까지 이어졌다. 평생 꿈 한번 꾸지 않았던 책을 쓴다는 원대한 목표가 생기는 기적도 일어났다. 나 같은 평범한 사람이 어떻게 책을 쓰냐고 반신반의했었는데 현실로 이루어지게 되었다. 이제 내가 만들어 가는 작은 성취들 덕에 나 자신을 좀 더 사랑하게 되었다.

"엄마, 요즘에 왜 주말에도 일찍 일어나요? 우리 어릴 때는 점심에야 일어난 적도 많잖아요."

"그때는 잠이 안 와서 새벽까지 소설 읽다가 자서 그런 거지."

"캘리그래피도 배우고, 글도 쓰고, 저는 부지런해진 엄마가 좋아요."

시간 관리를 제대로 하지 못해 계획 없이 시간을 막 쓰던 엄마의 달라진 모습에 아들들이 깜짝 놀란다. 처음 얼마 동안은 줌에 중독되었냐고, 왜 이 이렇게 하는 게 많냐고 타박하던 아들들도 이젠 엄마의 꿈을 응원한다. 직장에서 퇴근하고 집에 오면 엄마로서, 주부로서 해야 할 일이 많다. 아이들과 얘기도 나누고 집안일도 해야 한다. 그 와중에 짬을 내어 운동을 가고, 나의 성장과 목표를 위해, 독서, 글쓰기, 낭독, 캘리그래피까지 모두 다 할 수 있다는 사실이 믿기지 않는다. 바인더를 쓰면서 시작된 시간 관리 덕에 건강관리도 내면 관리도 문제없다. 이제는 시간이 아까워 돈으로 시간을 사곤 한다. 마트에서 장을 보는 시간이 아까워 쇼핑 앱에서 식재료를 주문한다. 인근 도서관까지 대출하러 가야 하는 시간이 아까워 인터넷 서점에서 책을 사버린다. 시간과 돈을 사이에 두고 선택해야 할 때 지금은 과감히 시간의 손을 들어준다. 이젠 시간이 아주 귀한 다이아몬드임을 알고 있다.

후배 교사의 자기 계발 및 출간 성과, 교사들의 성장 모임에서의 활약을 보면서 기죽어서 가만히 그 자리에만 있었다면 실패한 인생임이 틀림없었을 것이다. 승진 점수도 쌓았고, 아이들 건강하게 키우는 등 직장과 가정에서 애를 쓰고 있음에도 나 자신이 늘 부족해 보였기 때문이다. 성장하는 후배를 보면서 도전하는 마음을 가지고 책을 읽고 시간 관리를 시작한 일은 최고의 선택이었다. 이제는 다른 사람과 비교하는 삶 대신 순간마다 내 인생을 증명하는 시간으로 삼고자 한다. 분주했던 과거도, 시간 관리를 하는 현재도 내 선택은 옳다.

8

엄마 뭐 하시니?

-

이해랑

당신이 할 수 있다고 믿는다. 이미 반은 이룬 것이다.

- 시어도어 루스벨트

“밥은 먹고 왔니? 뭐 먹고 왔어?”

“안 먹었어요. 밥이 없어요.”

“엄마가 바쁘신가 보다. 일하시니?”

“아니요. 집에 계세요.”

“아프셔?”

“아니요. 안 아파요. 책 읽고, 도서관 다니느라 밥 안 해요.”

“….”

둘째 딸 재이가 카페 사장과 나눈 대화를 들려주었다. 나와 재이는 박장

대소했다. 딸은 집 근처 카페에서 아르바이트했고, 나는 복직하기 전 잠시 전업주부 생활을 한 불량 엄마였다. 딸 재이에게 엄마가 밥 안 챙겨주는데 괜찮냐고 물었다.

"매번 누가 챙겨줘야 먹는 나이도 아니고 집밥 대신 다른 음식을 먹는 것도 좋아."

"네가 일하는 카페는 못 가겠구나! 엄마를 이상하게 볼 것 아니니?"

결혼과 동시에 내리 연년생 두 아이를 낳았다. 14개월 차이다 보니 쌍둥이 키우는 것만큼이나 힘들었다. 아이들이 어릴 땐 병원 갈 일이 많다. 유모차가 있어도 때론 업고 안아야 외출할 수 있다. 두 아이를 데리고 문화센터 육아 프로그램을 다니고, 성장 발달에 좋다는 체조 교실, 놀이 미술 등 조기교육에 관심이 많았다. 중학교 다닐 때까지는 아이들 곁을 잠시도 비운 적이 없었다. 큰딸 유이가 중학교에 진학하면서 시간에 여유가 생겨 잠깐 직장에 복귀한 적이 있었다. 공부에 자기 주도적이던 아이가 엄마 없는 시간을 텔레비전으로 채운다는 걸 알고, 곧바로 일을 그만두었다. 아이와 가족이 최우선이었다. 아이들의 선생님에게서 어떻게 이렇게 바르게 잘 키웠냐는 칭찬을 들었을 때 행복한 엄마로서 기분이 좋았다. 비록 좋은 옷을 사 입지 못하고 명품 가방이 없어도 괜찮았다.

유이가 중학교를 졸업하고 미국 고등학교를 선택하면서 경제적으로 어려움이 시작됐다. 돈의 힘을 절실히 느낀 시기다. 홈스테이보다 기숙학교를 선택하고 싶었지만 비싼 비용 때문에 그럴 수 없었다. 형편에 맞는 선택을 한다고 했지만, 미국 가정에서 지내는 홈스테이도 돈이 많이 들어가는 것은 마찬가지였다. 다달이 보내는 생활비는 물론이거니와 학교에서 하는 밴드 활동과 스포츠 활동, 각종 대회 등 돈이 필요했다. 집안 형편을 아는 유이는 학교 행사 때마다 돈이 없어서 의상을 맞출 수가 없어도 우리에게는 알리지 않았다. 졸업 후에야 돈과 관련된 이런저런 이야기를 들을 수 있었다.

생각보다 많은 돈이 들어갔다. 고심 끝에 당시에 살던 34평집에서 25평의 서울 외곽지역으로 이사를 했다. 남편도 나도 돈 때문에 딸이 학교를 못 다니는 상황을 만들지 않기 위해서 이를 악물었던 것 같다. 생활비를 줄일 수 있는 만큼 줄였고, 나 역시 집 근처로 직장을 옮겨 학비에 도움이 되고자 무던히 애를 썼다. 둘째 재이가 다니던 학교는 내신 성적을 신경 써 주는 곳이라 다른 학교로 전학시키지 못했다. 졸지에 학교가 멀어져 버린 둘째는 새벽마다 눈을 비비며 지하철을 탔다. 조금이라도 더 자고 싶어서 아침도 먹지 못하고 나가는 날이 부지기수였다. 어떤 날은 지하철 중간에서 내려 토하기까지 했다고 한다. 한창 공부해야 할 중요한 시기였지만 수업시간에 많이 졸기도 했단다. 정신없이 지나온 날 들이었다. 지금도 그때를 생각하면 재이에게 가장 미안하다.

첫째 유이가 대학을 먼저 졸업하고, 2023년에 둘째 재이도 대학을 졸업한 후에 비로소 마음에 여유가 생겼다. 문학 전집이나 소설을 좋아했던 내 어린 시절이 떠올랐고, 다시 책을 읽고 싶었다. 우연히 온라인 독서 모임에 들어갔고, 그곳에서 재테크와 자기 계발에 관한 책을 추천받았다. 두 아이 공부시키느라 경제 공부가 필요하다는 것을 느껴서인지 추천받은 책마다 관심 있게 읽었다. 세상에는 성공을 위해 노력하는 사람이 많다는 것을 책으로 알았다. 내 세계가 넓어지는 것 같았다. 한 권 두 권 읽어가는 책이 쌓일수록 독서의 재미에 빠졌다. 후기 하나를 쓰는데 두 시간 남짓 걸렸지만, 글을 쓸수록 더 쓰고 싶어졌다. 남편과 아이들은 몇 달 하다 그만두겠지, 생각했지만 1년이 넘는 시간을 계속 이어올 줄은 몰랐다고 한다.

책을 읽고 도서관에서 보내는 시간이 늘어나자, 가족과의 관계가 조금씩 불편해지기 시작했다. 가장 먼저 남편의 불만이 터졌다. 남편은 자신이 하숙생이냐며 '적당히 하라'고 요구했다. 예상치 못한 일이었다. 남편의 불만은 이해했지만, 나에게도 나름의 이유는 있었다. "단 몇 줄도 쓰기가 힘든데, 어떻게 '적당히' 하라는 거야?"

하루하루 꾸준히 읽고, 쓰다 보니 비로소 적당한 것이 가능해졌다. 능숙하게 잘해서가 아니라 방법을 알게 되고, 무엇보다 잘하려는 마음을 내려놓으니 여유가 생긴 것이다. 누군가는 블로그로 수익을 올리고, 새벽에 일어나니 삶이 달라졌다고 하지만 나는 책을 읽고, 글을 쓰면서 마음의 위로를 받는 느낌이 좋았다. 글이 하나둘씩 쌓여가는 과정도 즐거웠다. 자기 계발을 처음 시작할 때는 많이 읽고 잘 쓰고 싶다는 욕심이 컸지만, 이제는 나답게 살기로 결심했고, 있는 그대로 나를 사랑하기로 했다.

지금껏 허투루 살지는 않았다. 후회의 순간이 없었다고 단언할 수 없지만 그때그때 처한 상황에서 최선을 다했고, 지금의 상황에서도 최선을 다한다. 처음만큼은 아니어도 남편은 여전히 서운한 감정을 드러내곤 한다. 그러면서도 맞춤형 책상을 안방에 슬쩍 넣어 준다. 딸이 쓰던 책상의 높이가 불편해 허리를 꼿꼿이 세우고 앉는 탓에 "아이고 허리야." 저절로 튀어나온 말을 들은 것이다. 텔레비전 소리를 줄여주고, 늦은 밤까지 안방에 불이 켜져 있어도 불평하지 않는다. 그런 상황에서 미안함이 느껴질 때도 있다. 퇴근길에 가끔 딸의 전화를 받으면 "엄마가 좋아하는 된장찌개 끓여 놨으니까, 밥 먹고 도서관 가자!"라고 한다. 그런 말 한마디에 없던 힘이 생기기도 한다. 사랑하는 사람의 지지를 받는 느낌이 정말 좋다. 아이들 교육과 남편 챙기며 직장 생활에도 애쓴 만큼, 이제는 인생 후반전을 나를 위한 시간으로 채우고 싶다.

9

모든 선택은 내게 선물이었다

-

조지혜

삶은 성취가 아니라 선물이다.

- 데이비드 깁슨, 『인생, 전도서를 읽다』 중에서

끼익 끽. 차 사고가 났다. 오른쪽 차 문과 범퍼가 긁혔다. 좁은 골목에서 속도를 줄이지 않는 차를 기다려 주다가 내 차만 건물 모서리에 긁히고 말았다. 벌써 세 번째다. 양보하려다 또 손해를 봤다. 휴직 중이라 여윳돈도 없는데 남편에게 뭐라고 말해야 할지 모르겠다. 통화 너머 남편은 한숨을 쉬었다. "다친 데 없어 다행이긴 한데, 당신은 마음이 약해서 문제야. 버텼어야지." 나도 한숨이 나왔다.

수리를 맡기고 집 가는 버스를 타려니 네 정거장 거리다. 버스 타기도, 걸어가기도 애매했다. 시내버스 안내 전광판에는 52번 버스 도착 예정 시간이 10분 후로 표시됐다. 3월이지만 가만히 서 있기엔 찬 바람이 분다. 매일 만 보씩 걸을 생각이었는데 일주일에 세 번 이상 채운 적 없었다. 걷기로 했다. 걷다 보니 동네 간판이 눈에 들어온다. 운전하며 출퇴근할 땐 지나쳐 가기 바빠 눈에 담지 않았다. 정육점, 떡볶이 가게, 세탁소, 떡집, 세차장. 두리번거리다가 빵 굽는 냄새를 따라 걸었다. 처음 보는 빵집이었다. 10평 남짓 되어 보이는 가게 양쪽에는 이미 구워서 포장해 놓은 몇 가지 빵들이 있었다. 가운데 매대 위 빵들에서 김이 났다. 계산 데스크 뒤로는 주방이 보였는데, 오븐 앞에 반죽들이 이런저런 모양으로 뭉쳐져 발효되고 있었다. 쟁반에 유산지를 깔고 집게를 들었다. 네모난 식빵 가운데에 달걀프라이가 들어간 토스트 하나, 공 모양의 찹쌀 도넛 세 개, 어릴 때 좋아했던 모차렐라 치즈가 올라간 소시지 빵까지 골랐다. "많이 춥죠? 오후엔 좀 풀린대요." 사장님은 계산 후 정성스레 포장해 주셨다. "네, 아침이라 아직 쌀쌀하네요. 빵 냄새가 너무 좋아서 들어왔어요."라고 대답했다. 서로 인사를 주고받으며 가게를 나왔다.

처음 휴직했을 때 오롯이 아이만을 위해 살았다. 울음소리를 들으면 변기에 앉아 있다가도 달려갔다. 내 몸뚱이는 오직 아이를 위해 존재하는 것처럼. 복직하기 직전까지 어린이집에 보내지 않았을 정도로 아이와의 시간에 집중했다. 햇살 좋은 어느 날, 베란다에서 빨래를 널고 있었다. 거실에 있는 아이가 잘 놀고 있는지 보려고 얼굴을 내미는 행동을 몇 번 반복했다.

갑자기 아이가 까르르 웃었다. 까꿍 놀이하는 줄 알았던 거다. 태어난 지 일 년도 안 된 아이와 눈을 맞추고 함께 소리 내어 웃었다. 십 년이 지난 지금도 그 행복했던 순간을 기억한다.

좋은 날만 있었던 건 아니다. 해외 출장이 잦은 남편은 일 년에 열 번 정도, 짧게는 3일, 길게는 3주 정도 집을 비운다. 남편이 출장 간 어느 날, 두 아이를 뒷좌석 카시트에 태워 외출했다가 아파트 주차장에 도착했다. 등 뒤에 짐으로 가득한 가방을 메고, 갓 돌 지난 연우를 아기띠로 안고, 세 돌 된 민우 손을 잡고 집으로 올라갈 참이었다. 민우가 울기 시작했다. 돌아오는 길에 잠들었는데 억지로 깨우니 기분이 안 좋았던 거다. 자기도 안아달라고 악을 쓰는데 그 소리에 놀란 연우가 덩달아 운다. 도리가 없었다. 한 손으로 아이를 안을 수 없어서 결국 연우 바깥으로 민우를 안고 엘리베이터에 탔다. 아이 둘과 가방 무게까지 합쳐 30kg이 넘는 무게에 다리가 후들거렸다. 8층이면 도착해야 할 집이 30층에 있는 것 같았다. 집으로 들어가 저녁밥 해 먹이고 목욕시키고 나니 설거짓거리가 쌓였다. 하루에도 옷을 두세 벌 갈아입는 건 예삿일이다 보니 빨래도 쌓였다. 눈 질끈 감고 다음 날 할 일로 미룬다. 떨리는 목소리로 자장가를 불렀다. 곯아떨어진 아이들 옆에 놓여있던 가제 손수건을 집어 들었다. 숨죽여 울며 흐르는 눈물을 닦았다.

아이들과 온전히 보낸 시간이었지만 나만의 시간을 가질 수는 없었다. 다시는 휴직하지 않겠다고 결심했다. 그런데 복직 후 몇 년이 지나고 몸이 아프기 시작하더니 도저히 일할 수 없게 되었다. 둘째 아이가 초등학교에 입학하며 휴직의 기회가 찾아왔고, 선택했다. 아이를 위한 명분이지만 결국 나를 돌보는 시간이 되었다.

교문 앞에서 하교하는 아이를 기다린다. 아이는 교문을 나오기 전부터 두리번거리며 학원 차량과 사람들 속에 있는 나를 찾는다. 손을 들고 "연우야!"하고 부르면 나와 눈이 마주친다. 힘껏 달려 나오다가 학교 지킴이 선생님의 제지에 멋쩍게 웃으며 걸음을 늦춘다. 몇 걸음 뒤 내 품에 안기는 순간 가슴이 뛴다. 조그마한 아이 손을 잡고 핫도그 가게로 간다. 연우는 모짜렐라 치즈가 들어간 핫도그와 사과주스를 가장 좋아한다. 시간이 맞으면 민우도 같이 만난다. 동생과 달리 특별히 좋아하는 핫도그와 주스는 없고 매번 다른 걸 골라 먹는다. 떡볶이는 양이 많아 웬만하면 같은 걸 주문해야 한다. 이 시간이 평온하기만 하면 좋겠다. 형은 매운 떡볶이, 동생은 로제 떡볶이. 올 때마다 의견이 갈려 목소리가 커진다. 가게 사장님 보기 민망하다. 원하는 메뉴를 한 번씩 번갈아 먹기로 했다. 사장님이 힘내시라며 내게 아메리카노 한 잔을 건네신다. 그 격려에 다시 힘을 낸다. 둘은 집에 돌아오면 고삐 없는 망아지처럼 소파와 침대를 뛰어다닌다. 아이들은 서로가 앞구르기 하는 모습을 휴대폰으로 찍어 주며 깔깔거린다. 장롱 속 이불을 모두 꺼내 거실 테이블과 의자를 뼈대 삼아 아지트를 만든다. 그 안에서 손전등을 켰다 끄며 소곤거린다. 긴 모험 중인가 보다. 나올 생각 하지 않고, 간식도 그리로 가져다 달란다. 때론 옆집과 윗집에 죄송하다. 마주칠 때마다 최대한 공손하게 인사드린다. 그 와중에 다행인 건, 아랫집이 없다. "그만 좀 뛰라고! 8시 이후에는 층간소음 안내방송 나오잖아!" 내 속에 사자 한 마리가 살고 있다는 걸 알게 됐다. 더불어 민우는 요즘 화가 날 때면 방문을 쾅 닫고 들어간다. 사춘기가 시작되려나 보다. 연우는 쪼르르 방에 따라 들어가 한 소리 듣고 나온다. 방문에 대고 "형아, 미워!"라며 소리 지른다. 연우에게 한 자릿수 덧셈, 뺄셈 공부 좀 하자고 하면 엉덩이가 가벼워 1분 넘게 앉아 있는 게 여간 어려운 일이 아니다. 아, 일하러 나갈 걸 그랬나. 하루에도 몇 번씩 선택에 대한 확신과 후회가 든다. 여전히 흔들리는 얄팍한 마음. 단번에 굵고 단단하게 만들 순 없을 거다.

다시 휴직을 선택했다. 휴직의 명분대로 아이들을 돌본다. 그리고 이번 휴직은 아이들만 돌보는 시간으로만 보내지 않는다. 내 몸과 마음의 여유를 되찾고 더욱 단단한 나를 만드는 시간을 더해 본다. 아이들 학교 가고 남편도 출근하면 제일 먼저 헬스장에 가서 운동한다. 집에 돌아와 성경을 읽고 교회 채팅방에 녹음 파일을 올린다. 바로 이어 영어원서와 교재를 낭독하고 온라인 채팅방에 인증한다. 차로 가기 애매한 거리에 있는 장소에 갈 때는 일부러 동네를 걷는다. 평소엔 보지 못했던 상점, 이웃을 만난다. 카페에 들러 책을 읽는다. 노트북을 가지고 나간 날은 짧게라도 글을 쓴다. 집에 돌아와 아이들이 삐딱하게 꽂아놓은 칫솔을 제자리에 두고, 아침 먹고 난 그릇을 설거지한다. 시장에 가서 첫째 아이가 좋아하는 고등어를 사고, 도서관에 가서 둘째 아이가 좋아할 만한 그림책을 빌린다. 학교 수업 마치고 나온 아이들의 즐거우면서도 고단한 얼굴을 만난다. 핫도그 가게에 앉아 주문과 동시에 사장님과 서로 안부를 묻는다. 오늘을 충실하게 사는, 나를 만난다.

이미 내 주변에 있었지만, 아직 누리지 못한 시간과 공간 속에서 소소한 즐거움을 찾는다. 잃어버렸던 나의 얼굴을 찾고, 아이들의 재잘대는 목소리를 듣고, 이웃의 얼굴을 만나기 위한 선택. '지금 여기를 살아가는 한 사람'을 만나는 것이, 내가 선택한 길이다. 아직도 가야 할 길이 내 앞에 있다. 다시 없을 이 시간을 힘껏 살아가고 싶다. 내일도 걷고, 생각하고, 읽고, 쓰는 하루를 보내야겠다.

10

행복할 시간을 기다림

-

최지은

기다림 속에서 우리는 진정한 행복을 발견한다.

-니체

"정해진 구역을 넘어오지 마세요."

2020년 초등 1학년에 입학한 학생 중에는 슈퍼, 울트라 개구쟁이들이 한 뭉치나 있었다. 불러도 오지 않고 규칙도 지키지 않는다. 놀이 수업을 방해하는 녀석들이다. 가만히 있는 애 어깨를 밀고 지나간다. 발길질하고 달아나기도 했다. 친구들에게 장난 거는 걸 재미로 삼는 녀석들이다. 놀이에 참여하지 않고 방해만 하는 다섯 명. 어떻게 할 방법이 없었다. 돌봄 교실로 보내기로 했다. 데려다주는 것도 일이다. 왔다 갔다 하는 시간에 다른 아이들은 기다려야 한다. 뭉쳐 있는 개구쟁이들을 불렀다. 놀이공간에 있겠다고 저만치 달아난다.

구역을 정했다. 똘똘 뭉친 개구쟁이들을 구역 안에서만 놀게 했다. 자유롭게 놀되 다른 친구들이 노는 것을 방해하지 않도록 주의를 시켰다. 단, 같이 놀고 싶을 때는 말하고 참석하도록 일러 주었다.

정해 준 규칙을 지켜주길 바라며 아이들의 선택을 기다렸다.

술래잡기하던 날. 슈퍼, 울트라 개구쟁이 중 한 명이 같이 놀고 싶다고 말했다. 다음 날에도 또 다른 녀석 한 명이 함께 놀겠다고 '정해진' 구역에서 빠져나왔다. 술래와 놀래 역할을 번갈아 하면서 별난 녀석들은 친구들과 함께 노는 시간을 즐겼다. 구역과 규칙을 정해 주며 기다려 주는 것이 주어진 상황에서 아이들을 위한 최선의 선택이었다.

돌봄 교실 아이들과 쥐와 고양이, 달팽이 놀이, 해마을 비마을 등 교과서에 나오는 익숙한 놀이도 해 보고, 오징어 달구지, 다방구, 개뼈다귀 등 내가 어릴 때 즐겼던 놀이도 알려 주었다. 새로운 놀이도 만들어서 놀아 보고, 놀이 이름을 활동에 맞게 바꾸어 부를 때도 있었다.

술래잡기에서 술래는 잡으러 가는 역할, 놀래는 술래를 놀리고 도망가는 역할을 한다. 부엉이 꽁꽁은 아이들과 이야기 나누다 만든 놀이다. 술래가 부엉이(콩주머니)를 숨기면 놀래가 찾는다. 동시에 술래는 놀래를 잡으러 간다. 잡힌 놀래는 찾은 부엉이를 하나 건네고 목숨을 건진다. 숨겨 둔 부엉이가 다 나오면 끝난다. 술래팀, 놀래팀 부엉이를 세서 많은 쪽이 이긴다. 아이들이 하는 온라인 게임을 활동 시간에 할 수 있도록 만들었다.

다방구를 하던 날이다. 술래에게 잡히면 기둥을 잡고 기다린다. 술래를 피해 다니던 놀래가 기둥을 치면서 '다방구'라고 외치면 달아나는 놀이다. 체육관에 기둥이 없다. 문을 기둥 삼기로 했다. 다방구의 뜻을 정확하게 설명할 수 없었다.

"다방구 뜻은 선생님도 잘 몰라."

"그럼, 우리가 문을 치니까 문방구라 해요." 세윤이가 제안했다.

그렇게 다수결로 문방구라 부르기도 했다. 문방구라 하든지, 다방구라 하든지 아이들만 재미있어하면 그만이라는 생각을 한다. 준비했던 놀이가 끝나고 나면 다방구 하자고 조른다. 그렇게 아이들이 즐겨 하는 놀이가 되었다.

김해초등학교 아이들과 8년 동안 놀이 수업을 하고 있다. 처음 왔을 때만 해도 학년당 2학급이었다. 지금은 학년당 1학급씩이다. 규모가 작아서 한적하다. 전교생 얼굴을 다 알고 있다. 내가 안부를 묻기도 하고 먼저 안부를 전하며 다가오기도 한다. 전학 온 친구를 소개해 준다. 전학 간다는 소식도 알려 준다. 감기 걸려 학교에 오지 않은 아이 소식도 전한다.

학교 앞에는 작은 슈퍼가 있다. 낯익은 아이들이 지나간다. 아이들을 불렀다. 슈퍼 가서 아이스크림 하나씩 사 주었다. 아이들은 더위 사냥, 빠삐코를 잡았다. 더 비싼 거 먹어도 된다는 말이 끝나기도 전에 아이스크림 주둥이가 아이들 입속에 있었다.

다음날, 아이 중 한 명이 색종이로 비행기를 접어 선물을 했다. 또 한 명은 쭈글쭈글해진 마이쮸 한 개를 건넸다. 공짜가 없다. 애써서 접은 비행기, 바지 주머니에서 쭈글탱이가 된 마이쮸지만 감사를 표현할 줄 아는 아이들이다.

슈퍼, 울트라 개구쟁이 중에 현우라는 친구가 있다. 다들 술래잡기에 빠져 있을 때도 정해진 구역 안에서 좀체 벗어나지 않았다.

가을이 되었다. 운동장에서 오징어 달구지 놀이를 했다. 오징어 그림을 그리는 동안 아이들은 기다리고 있었다. 현우는 그림 그리는 땅보다 훨씬 떨어진 곳에 혼자 서 있었다. 햇볕을 고스란히 쬐고 있었다.

"현우야, 날도 더운데 그늘로 와. 선생님하고 같이 놀아 주라."

오라는 말에도 바로 다가오지 않는다. 한 발 움직이려다 다시 뒷걸음질 쳤다. 그러더니 다시 가까이 오려는 듯, 한 발 한 발 움직인다.

"왜 불러요? 귀찮은데, 잠깐만 놀다가 갈 거예요. 시시해서 하기 싫어요."

현우의 입에서 나온 말과 표정은 반대다. 고집 피우느라 얼굴이 부루퉁하더니 이내 장난기 있는 미소를 보였다. 햇빛이 비치는 가을 운동장에서 다 같이 오징어 달구지를 했다. 기다렸던 몇 달이 떠오른다. 비로소 개구쟁이와 아이들이 한 뭉치가 되었다. 모두 웃는 행복한 시간이었다. 기다리길 잘했다.

현우는 그날 이후로 구역에서 빠져나와 친구들 못지않게 열심히 놀았다. 자기 마음에 들지 않을 때는 간간이 발로 땅을 찰 뿐, 더는 친구를 상대로 화풀이도 하지 않았다.

개뼈다귀 놀이 중에 아이들 머리 위로 노란 은행잎이 떨어졌다. 너나 할 것 없이 은행잎을 잡겠다고 소리치며 뛰었다. 천사들이 춤을 추는 것 같았다. 아이들은 놀 때 행복해 보인다. 아이들의 웃는 모습에 덩달아 행복해진다.

10년째 놀이 강사로 활동하고 있다. 다양한 아이들을 만난다. 어색한 사이라도 한 판 놀고 나면 금세 친해진다. 엄마한테 꾸중 듣고 등교한 아이도 놀이 한 판이면 깔깔 넘어간다. 술래잡기하느라 땀에 흠뻑 젖었어도 힘든 티 내지 않고 한 번 더 놀자고 조른다. 놀이의 힘이다.

놀다 보면 선생님을 찾는 아이가 있다. 다툰 것이다. 다툰 이유를 들어보면 별일 아니다. 규칙을 어겼다, 몰랐다 하며 다툰다. 놀이판에 있는 아이들에게는 별일이다. '아이들은 싸우면서도 큰다.'라고 어른들이 종종 했던 말이 생각난다. 다툰 아이들이 찾아오면 오해를 풀 수 있도록 기다려 준다. 다그치고 외면해서 좋을 건 없다. 기다려 주면 언제 그랬냐는 듯 화해하고 놀이판으로 돌아간다.

어릴 적에 노느라 시간 가는 줄 몰랐다. 흙투성이가 되어 들어가면 엄마한테 혼났다. 그래도 좋았다. 실컷 놀고 나면 혼남을 이길 수 있는 마음의 힘이 생긴다.

아이와 놀이는 '같이'라는 말이 어울리고, 빈손일수록 좋고, 힘이 있어야 한다는 것이 닮았다.

놀면서 배우는 것들도 있다. 혼자 하면 시시하다. 같이해야 재미있다. 규칙을 지켜야 안전하다. 도와주면 도움을 받게 된다. 놀이판에서 기다려 주면 아이들은 스스로 알아간다. 아이들은 놀 때 가장 아이답다.

아이들은 '기다림'이란 단어와도 참 잘 어울린다. 기다려 주면 아이들은 자기들끼리 토닥거리며 멋지게 성장한다. 놀이 경력 10년이 되고 보니, 아이들은 행복할 시간을 기다린다는 것을 알게 되었다.

강혜진

무엇이든 잘하고 싶었다. 사랑받고 싶었고, 1등하고 싶었다. 욕심쟁이였다. 그래서 자신 없는 것은 쳐다보지 않았다. 실패할 것은 애초에 시도조차 하지 않았다. 40년 가까이 그렇게 살았다. 나와 같은 사람을 '게으른 완벽주의자'라고 한단다.

두 아이의 엄마이자, 많은 아이의 선생님이다. 아이들을 기르고 가르치며 성장 과정을 누구보다 가까이에서 지켜본다. 처음부터 잘하는 아이가 있나? 대답은 당연히 "No."다. 아이가 태어나 처음 한 발짝 떼기까지 얼마나 많은 넘어짐이 있었던가. 넘어질 것이 두려워서 한 발짝 떼는 걸 시도하지 않는다면, 넘어질 일도 없겠지만, '한 발짝'이 성사될 일도 없지 않겠는가. 실패가 두려워 시도조차 하지 않으면, 실패야 하지 않겠지만 결국 성공하지 못하는 것도 필연이다.

잘하고 싶지만, 매번 그럴 수만은 없다는 것을 아주 늦게 깨달았다. 늦은 깨우침이지만 지금은 부딪치고 깨져도 무모하게 실행해 보자고 생각하고 실천한다. 글쓰기가 나에겐 그 '한 발짝'이다.

글빛혁수

'일단 한다. 해 보고 말한다.' 9년 전에 있었던 교통사고 후 생긴 좌우명이다. 이 좌우명으로 내 인생은 바뀌었다. 무엇을 선택하든 자신이 있었다. 성공도 했다. 100km를 하루에 걷기도 하고 투자도 과감하게 했다. 나 자신이 대견했다. 무엇이든 할 수 있을 것 같았다. 하지만 결과는 좋지 않게 나타났다. 사기를 당해 몇천만 원을 잃기도 했고 너무 많이 걸어서 다리가 안쪽으로 휘는 지병을 얻기도 했다. 빚은 아직도 갚고 있고 조금만 걸어도 무릎과 골반이 아프다.

깨달은 것은, 그 결과가 끝이 아니라는 것이다. 다리가 아프지 않았다면 여러 가지 걷는 방법을 찾지 않았을 것이다. 사기를 당하지 않았다면 '자이언트 북 컨설팅' 인증 라이팅 코치 공부에 투자하지 못했을 것이다. 중요한 것은 받아들이는 마음이다. 그 선택을 어떻게 받아들이느냐, 그것만이 남은 내 인생을 밝혀 줄 것이라고 믿는다.

김서현

이 책을 쓰기를 선택했다. '선택했다.'는 표현은 어쩌면 '수많은 고민을 했다.'를 짧게 줄인 말인지도 모르겠다. 내가 책을 써도 될까, 내가 감히 책을 쓸 수 있을까, 내 이야기를 누가 읽어나 줄까. 이곳에 적기에도 모자랄 정도로 많은 고민을 했다. 고민 끝에 써 보기를 선택했다. 큰 결정을 내렸기에 더는 고민할 일이 없을 것이라 생각했다. 하지만 초고를 쓰고 몇 번이나 퇴고의 과정을 거치다 보니 역시나 '인생은 선택의 연속'임을 느꼈다. 이 문장과 저 문장 사이의 선택, 이 단어와 저 단어 사이의 선택. 글자 하나하나가 모두 선택의 결과다. 선택의 연속 안에서 성장하는 것이 우리 삶이라면, 나는 이 책을 쓰면서 많이 성장했으리라 믿는다.

선택을 통해 증명되는 것 또한 인생이다. 두렵고 막막했지만 작가라는 꿈을 향해 힘껏 달려가 보는 선택을 했으니 내 인생 어느 한 구절은 멋지게 증명될 것이다. 다른 사람의 선택도 그랬으면 좋겠다. 성공과 실패를 떠나 그 선택이 각자의 인생을 이루는 한 조각이길.

백현기

알고 보니 내 삶은 실수투성이였다. 그런데도 못 본 체하고 살았다. 들여다볼 용기가 없었기 때문이었다. 삶은 늘 선택의 연속이라고, 어느 쪽으로 가야 할지 망설이다가 포기한 날도 많았다. 그러다 성공 중독을 앓았다. 무작정 성공을 뒤좇았지만 그럴수록 실패만 맛봤다. 원하는 삶이 무엇인지 알지 못했기 때문이었다. 독서를 시작하며 성공과 실패는 마음먹기에 달렸다는 걸 깨달았다. 마주하기 싫은 삶의 회색 면 또한 소중한 내 삶의 일부라 여기는 법을 배웠다.

공저 작가들과 함께 실패를 연구했다. 이왕이면 마음속 선택 버튼을 눌러 성장이라는 이름을 붙일 용기만 낼 수 있다면 삶은 언제나 내 편이라는 걸 배웠다. 매일 아침 하나의 다짐으로 당당히 하루를 살아가는 삶을 꿈꾼다.

신민진

성공의 순간을 떠올려 본다. 세상에서 말하듯 큰 부를 이루거나, 이름을 빛낸 명예도, 세상을 변화시킬 권력도 없기에 쉽게 생각나지 않는다. 자랑스러웠던 내 모습을 기억해 본다. 많은 이들에게 박수를 받던 순간과 성과가 좋았던 경험들이 머릿속에 떠오른다. 하지만 성공이라는 단어에 끼워 맞추기엔 그 의미가 흐릿하기만 하다. 그러다 환하게 웃고 있는 나의 얼굴을 발견했다. 찬란하고 영광스러운 순간은 아니지만, 마음속 깊은 곳에서 기쁨이 넘치던 또렷한 기억이다. 그것이 나에게 확실한 성공이었다.

하지만 글을 써 내려가며 다른 얼굴을 마주했다. 성공의 자리에 함께 있었던 최악의 순간들, 일명 '흑역사'라고 불리는 일화 속에서 성공이라는 꽃이 피어나고 있었다. 마음 한편에 밀어두고 애써 외면했던 시련과 아픔, 좌절이 다르게 보이기 시작했다. 성공과 실패로 여겼던 짧은 순간들이 결국 인생에서는 똑같이 소중한 선물이었음을 깨달았다. 실패와 성공으로 가르던 것들을 이제는 모두 끌어안게 된다. 내 인생이 조금 더 좋아진다.

쓰꾸미

살면서 성공도 하고, 실패도 한다. 그런데 성공만 하고 싶다. 언제나 기분이 좋기를 바라는 내 욕심 때문이다. 하지만 시간이 지나고 나서 더 기억에 남는 것은 실패였다. 실패를 하면 후회가 남는다. 더 잘하고 싶어 하는 마음이 다음에 더 열정적으로 도전하라고 부추긴다. 그리고 다음번 성공하기 위해 배울 점을 찾아서 개선하려고 노력한다. 그렇게 경험을 쌓는다. 그리고 성장한다.

더 성장하고 싶어서 글쓰기를 하고 있다. 그렇게 삶이 성장하기를 바라는 마음으로 정성 담아 쓴다. 자꾸 다른 작가들과 비교한다. 내 글의 부족함으로 초라함을 느끼고, 꾸준함을 유지하기 힘들다. 매주 글쓰기 수업과 문장 수업을 듣는다. 꾸준함을 다짐하고 가능성을 보기 위해 수업을 듣는다. 수업만 들어서는 성과가 없다. 그래서 기회만 있으면 공저를 계속 쓰게 된다. 다른 작가들은 글을 어떻게 쓰고 있는지 관찰하고 배운다. 여유가 있을 때마다 전자책과 개인 저서도 쓴다. 이렇게 계속해서 글을 쓴다. 글쓰기를 하면서 삶을 연결하려고 노력한다. 그리고 일상을 지내면서도 글쓰기를 잊지 않으려 노력한다. 오늘도 일상의 성공과 실패를 글에 담는다. 오늘도 그렇게 성장한다.

윤미경

로버트 프로스트의 「가지 않은 길」이라는 유명한 시구절을 읽었을 때, 선택은 대단한 결단이나 고민 끝에 내리는 큰 결정이라고만 생각했다. 그러나 삶에선 순간마다 선택해야 할 일들이 너무 많았다. 짜장면과 짬뽕 중에 선택하는 것과 내 남편감을 선택하는 일뿐 아니라 삶을 어떻게 살아야 하는 그 방향성까지. 끝없는 선택의 연속이었다. 선택을 한 이후에는 이미 돌아갈 수 없었다. '그때 이렇게 해야 했었는데.'라는 후회가 의미 없었다. 혹여나 좋지 못한 결과들이 뒤따를 때는 방향을 재정비하여 우회로로 돌아가면 되었다. 속도는 느리고 남보다 훨씬 뒤처져 갈 수도 있다. 그 와중에 또 새로운 선택들로 더 좋은 새로운 기회를 마주할 수도 있으니 미리 절망할 필요도 없다. 세상에는 정답이 없으니까 말이다. 가지 못한 길에 마음을 뺏기지 않겠다. 남과의 비교 대신 나의 선택이 최선이라 여기며 지금, 여기 이곳에서 열심히 살아갈 뿐이다.

이해랑

1호 독자인 딸이 묻는다. "엄마는 왜 글을 쓰려고 해?" 그동안 나에게 해왔던 질문이지만 쉽게 입이 떨어지지 않는다. 삶이 간결해지는 느낌과 비워지는 경험 때문이라고 답해 본다. 질문이 계속 이어진다. "엄마 글의 정체성은 뭐야? 자신에게 떳떳한 글을 쓰는 사람이야?" 이쯤 되니 생각이 깊어진다. 단호하게 답할 수 있을 것 같았지만, 아닌가 보다. 사실의 나열이 아닌 감정과 경험이 담긴 솔직한 글을 쓰고 있었는지 되돌아본다. 공저 참여는 나에게 특별한 선택이었다. 아름다운 실패 하겠다고 마음먹었지만 나의 선택을 증명해야 했고, 그 무게를 감당하는 일은 쉽지 않았다. 배움에는 끝이 없다더니 정말 맞는 말이다. 쓰면서 배우고, 배우면서 썼다. 그 과정에서 막연한 두려움이 성취감으로 바뀌는 경험은 무엇과도 바꿀 수 없는 소중한 순간이었다. 책을 쓰는 과정은 나를 깊이 이해하고, 내 안의 목소리를 듣는 시간이 되었다. "글은 완벽이 아닌 완성"이라는 말에 힘을 얻으며, 경험을 즐기려고 노력했다. 나에게 충실한 시간이었음에 감사한다.

조지혜

생애 처음으로 공저에 참여했다. 쓰는 즐거움을 알게 해 준 아홉 명의 글벗과 글쓰기 코치에게 감사한 마음을 전한다. 올해 초 글 쓰는 삶을 시작해야겠다고 마음먹었지만, 결코 만만한 일이 아니었다. 때로는 포기하고 싶을 때도 있고, 옳은 선택으로 만들기 위해 애쓴 적도 있었다. 그러나 이 과정을 통해 인생의 여러 갈림길에서 주체적으로 선택하고 걸어 나가는 행위 자체가 성공이라는 걸 배웠다. 도착 자체가 끝은 아니듯 다시 펼쳐진 길을 묵묵히 걸어가는 것이야말로 어른의 삶이라는 걸 깨달았다. 선택과 결정의 연속선상에서 고통을 피하기보다 변수와 상황을 온전히 나의 것으로 받아들이며 걷기로 다짐했다. 남은 인생이 얼마나 주어질지 알 수 없지만 앞으로도 겸손하게 읽고, 걷고, 생각하고 쓰는 삶을 실천하고 싶다. 이 작은 글씨앗이 필요한 누군가의 마음 밭에 심어지길 바란다. 내게 쓸 수 있는 용기를 준 가족에게도 마음 깊이 고마움을 전한다. 우리는 모두 아직 가야 할 길을 걷고 있다. 당신의 선택으로 걷고 그 길을 책임지는 삶을 진심으로 응원한다.

최지은

살아가다 보면 선택해야 할 순간이 점점 더 많아지는 것은 어쩌면 자연스러운 일일 것이다. 예상치 못한 문제 앞에서 어떤 선택을 해야 할지 몰라 쩔쩔맸던 경험이 수두룩하다. 옳은지 그른지 모르는 결과를 위해 늘 선택의 순간에 있어야 했고 시간이 지나 봐야 확실한 결론에 이를 수 있었다.

신은 우리에게 자유의지를 주셨다고 한다. 코앞에 닥친 문제에 대한 선택의 권한은 내게 있다. 내가 했던 선택이 항상 옳을 수는 없다. 그러나 어떤 결과가 나오든 실패는 없다. 좋지 않은 결과 속에서 헤쳐 나온다면 더 빛난 성공을 보게 될 것이기 때문이다. 지나온 시간을 되짚으며 성공과 실패 사이에서 연연했던 순간들을 적어 보았다. 막상 적고 보니 성공이었다 할 수도, 실패였다 할 수도 없는 이야기들이다. 바람이 지나가 봐야 그 바람이 좋은지 나쁜지 알 수 있듯이 오늘을 살아 봐야 내일의 나를 예상해 볼 수 있다. 그러나 어제 내가 한 일, 오늘 있었던 일들을 일일이 기억하기란 쉽지 않다. 그래서 다짐을 해본다. 이제 나의 어제가 될 오늘을 글로 써 보는 것이다. 내일의 나를 위해.